U0528917

The Common Reader: Second Series

吴尔夫
作品集

普通读者 II

［英］弗吉尼亚·吴尔夫　著
石永礼　等　译

人民文学出版社

Virginia Woolf
THE COMMON READER：SECOND SERIES
根据 Harcourt，Brace and Company，New York 1948 年版译出

图书在版编目（CIP）数据

普通读者. Ⅱ／（英）弗吉尼亚·吴尔夫著；石永礼，马爱新，刘春芳译.—北京：人民文学出版社，2022
（吴尔夫作品集）
ISBN 978-7-02-015160-8

Ⅰ.①普… Ⅱ.①弗…②石…③马…④刘… Ⅲ.①随笔—作品集—英国—现代 Ⅳ.①I561.65

中国版本图书馆 CIP 数据核字（2019）第 063685 号

责任编辑	翟　灿
装帧设计	李思安
责任印制	王重艺

出版发行	人民文学出版社
社　　址	北京市朝内大街 166 号
邮政编码	100705

| 印　　刷 | 河北鹏润印刷有限公司 |
| 经　　销 | 全国新华书店等 |

字　　数	190 千字
开　　本	880 毫米×1230 毫米　1/32
印　　张	8.5　插页 3
印　　数	1—3000
版　　次	2022 年 1 月北京第 1 版
印　　次	2022 年 1 月第 1 次印刷

| 书　　号 | 978-7-02-015160-8 |
| 定　　价 | 65.00 元 |

如有印装质量问题，请与本社图书销售中心调换。电话：010-65233595

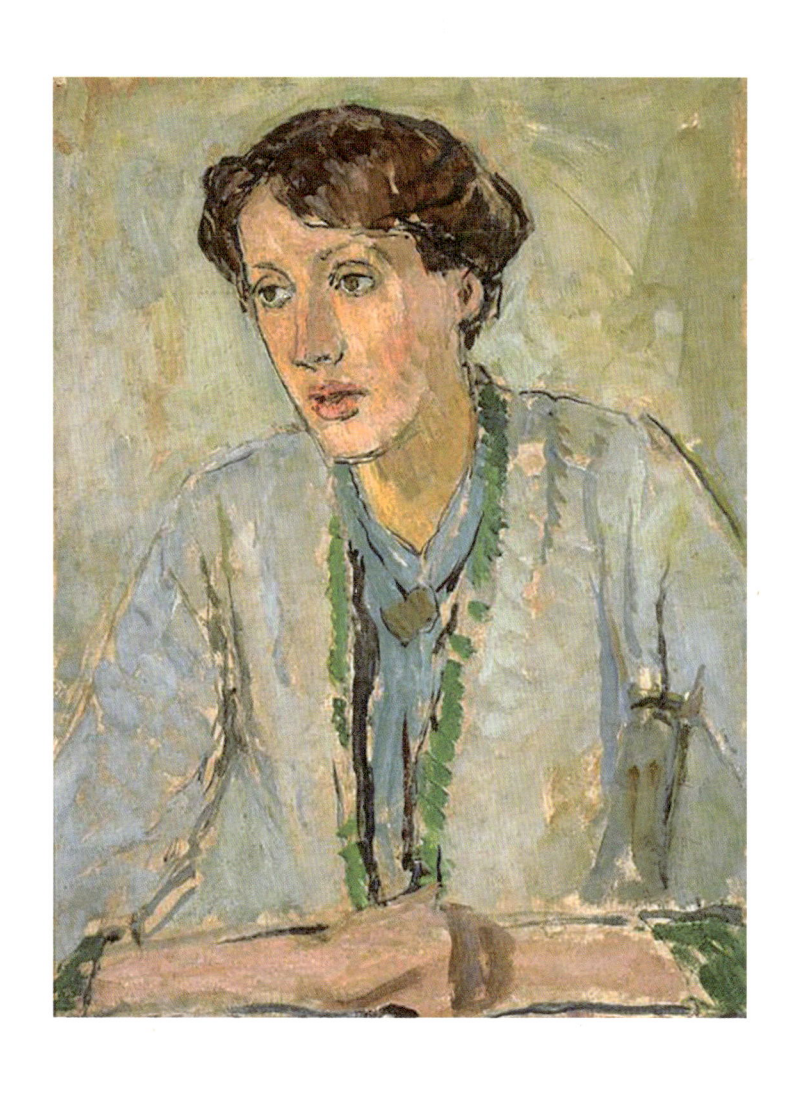

弗吉尼亚·吴尔夫肖像（1912 年）

凡妮莎·贝尔 绘

吴尔夫作品集

远航　　The Voyage Out

夜与日　　Night and Day

雅各的房间　　Jacob's Room

达洛维太太　　Mrs. Dalloway

到灯塔去　　To the Lighthouse

奥兰多　　Orlando: A Biography

海浪　　The Waves

岁月　　The Years

幕间　　Between the Acts

一间自己的房间　　A Room of One's Own

普通读者 I　　The Common Reader: First Series

普通读者 II　　The Common Reader: Second Series

前　言

本书是弗吉尼亚·吴尔夫的第二本《普通读者》，让人不由想到她对"普通读者"为什么如此感兴趣。在第一本《普通读者》里，吴尔夫在代序里引用约翰逊博士的话说："我很高兴能与普通读者产生共鸣，因为在所有那些高雅微妙、学究教条之后，一切诗人的荣誉最终要由未受文学偏见腐蚀的读者的常识来决定。"这话讲得实在有见地，令人琢磨。一是要与普通读者产生共鸣，二是诗人的荣誉最终要由普通读者的判断来决定，这两点一下子把普通读者放到了很高的位置。这至少让人看出吴尔夫阅读文学作品的态度：出于本能，阅读再阅读，得到什么收获写出什么收获。

吴尔夫是一个特别爱读书的人，这在许多传记里都是有定论的，但是在这本书里收集的文章却是没有什么规则可寻的。比如，她无数次提及莎士比亚、狄更斯、萨克雷等英国文学史上的文学大家，却没有一篇专门文章是谈论他们及他们的作品的。这难免让我们有点遗憾；但是一篇接一篇读下去，我们却又会为吴尔夫为我们提供的文章感到由衷的喜欢。我们会由衷钦佩吴尔夫的读书感的切入点。她把英国文学反复掂量，全盘衡量，分出了各种级别，由此及彼地比较再比较，呈献给读者英国文学批评史上最有特色的文章。本书所收集的二十六篇文章，大致可以分为四类：名家名著；文坛钩沉；书信日记和文人逸事。

想来意味深长，"名家名著"这类评论文章或曰读后评点式文章本应该是一个评论家或者读书人（哪怕是"普通读者"）的主要阅读板块，自然而然也是评说的主体，但在吴尔夫的这本集子里，点评一流"名家名著"的只有两篇：《〈鲁滨孙飘流记〉》和《托马斯·哈代的小说》。这当然不能说吴尔夫阅读的名家名著少。从她的小说和文章里我们知道，她对英国文学如数家珍，对莎士比亚、狄更斯、萨克雷、乔治·爱略特和特罗洛普这些大作家都有极为独特和准确的点评，但长篇大论和专著她却从来不作。这表明吴尔夫点评名家名著是很有选择的。她不止一次表示，但愿自己能写出如同笛福那样的叙述体的《鲁滨孙飘流记》。有了这样的情结，笛福的作品就会成为阅读重点，反复阅读。有了这样的背景，吴尔夫三言两语就说得出笛福的一生经历。关于《鲁滨孙飘流记》，虽写了四五千字评说，但是一个段落或几句话就能让我们大开眼界："现实，事实，实质将支配以下整个故事。""人必须贬为奋斗的自我保护的动物；上帝萎缩为行政长官，他那实在的，还有点硬的宝座，在仅仅稍高于天边的地方。""如果你是笛福，的确，描写事实就够了；因事实是恰当的事实。凭借这种求实的天才，笛福取得的效果，除了伟大的小说大师，谁也达不到。"凡是文学评论如果都能挖掘到这样的深度，那是多好的光景？

因为大量阅读，吴尔夫能把英国文坛上被人忽略的作家从暗处拉到明处，让读者看到一些不凡的作家。《三百年后读多恩》《陌生的伊丽莎白时代的人》《杰克·米顿》《乔治·吉辛》等多篇均属此类。他们大多数是没有被他们的同时代人所理解，时过境迁后便被人遗忘了。吴尔夫把他们拉出来评说，自然要写出理由，写出特点。例如，多恩这位英国文学史上难得的玄学派诗歌代表人物，吴尔夫不惜近两万字的篇幅来评述他。他的诗妙在哪里？"我渴望跟一个老情人的幽灵谈谈。""像一束竖起的破红萝卜／你那害痛风的手的发肿的短指头。""为探测海深，人们放下那么多绳索，／有理由认为，绳索的尽头处，／地球另一面，会有一片与此相对的地区。"看到吴尔夫能勾出这么精彩奥妙的诗句，她的评论自然会精当无比，读之有味。她用"你知道伦敦城有人走街串巷兜售煤油吗"开始写《乔治·吉辛》，让读者立刻感觉到吉辛是个表现自然的作家。因为急于揭露丑陋的现实，吉辛多了思考，少了艺术，成为"一个不完美的小说家，却堪称一个修养很高的人"。

不过，本书中最有看点的是她关于作家书信日记和文人逸事的文章。出版书信是现代事件，大概最数英国人做得好。说不清是不是因为英国人是世界上资本积累完成最早而最有休闲时间的人，要么是因为工业革命和科学发展最早而最早省下时间的人，反正他们写下的书信和日记是最多的国度之一。书信和日记是最具私密性的，因此也最接近真话和真实的东西。阅读这些材料确实有趣，有味，因为人是受好奇心驱使的动物。在这类材料上大做文章当然很有动力，却也很容易流于低俗。吴尔夫很智慧，把眼光定位于文学写作和文化事件。这样，她挖掘到的东西就特别和"普通读者"这个称谓接近了。文人通信也好，写日记也罢，评说文学作品和谈谈文学写作是再自然不过的事。于是，我们在《多萝西·奥斯本的〈书信集〉》里看到："写作书信没有什么不体面……我们在英国文学里第一次听到男人女人围炉聊天。"在《切斯特菲尔德爵士家书》里，我们看到："一个男人，在议会，或当牧师,或从事法律工作,不擅演说就不能崭露头角。""上午用于学习,晚间参加良好的社交活动。要像最好的人那样穿着打扮,要效法他们的行为举止,切勿显得古怪,或自高自大,或神不守舍。遵守比例的规律,每时每刻都要过得充分。"看着这些话,如果是在看小说,还会认为这是某个虚构人物在逢场作戏,而当我们看到这些话是出自书信的话,我们就和英国社会和社会的人拉得很近很近,会对这些话再三琢磨,把它们引为我们自己的行为准则,家书或信件的意义便显示出来了。日记又是另一种情形:"人的一生即使在其他方面光明磊落,堂堂正正,但日记往往是其中唯一秘密的事实。"信件的隐秘性与日记的隐秘性一下子就区别开了。日记成为某种身份特殊或性格特异的人宣泄自我平衡自我的一种工具。一个牧师会"天天坐下来记他星期一干了什么,星期二晚餐吃了什么,记了四十三年"。他看不惯人类的大吃大喝,就会写出来:"他们日复一日,一年又一年这样大吃大嚼,直到他们之间一定吞下成群的牛羊,成群的家禽,一打左右的大小天鹅,成蒲式耳的苹果和梅子,同时,必然有一座座山,一座座金字塔,一座座宝塔似的馅饼和果冻被他们的餐匙捣碎压烂。"吴尔夫看到这些日记里这样的话,由不得总结说:没有哪部小说会像这样的作品塞满了食物。从日记与书信里看人,看得再真切不过了。

在这本集子里,吴尔夫评论书信和日记的文章占比很大,差不多是四分之三的篇幅。实际上,这些文章也是吴尔夫在写英国文坛上古往今来的文人逸事。不同职业的人交往方式必然不同,而文人因为有了文化而交往起来更有故事,加之他们能写会吟,一定要把他们的所想所说写出来,因此从书信和日记看文人交往,便是一个既便捷又真切的角度了。吴尔夫发现,一个作家或者学者,看他们的作品与看他们写的或别人写他的信和日记,差别真是太大了。他们在作品里可以板着面孔或者以某种身份描写人和事,但在实际生活中却有时连日常生活都难以应付。《杰拉尔丁和简》堪称这类文章的代表。杰拉尔丁·朱斯伯里是一个三四流作家,但她的作品具有特色,她这个人就更有个性。她的这些性格是从简·韦尔什·卡莱尔书信里反映出来的,而卡莱尔就是鼎鼎有名的散文作家和历史学家。吴尔夫像提葡萄,一提就是一串串。这里主要写杰拉尔丁和简的交往;文人气味相投时会互相来往,卡莱尔头脑一热,建议夫人把杰拉尔丁请到府上住一住。杰拉尔丁不客气,一住就是一个多月,"一上午都写信。一下午都在客厅里的沙发上睡大觉"。"她谄媚。她哄骗。她不真诚。她调情。她咒骂。"而卡莱尔夫人还"没法让她离开",最终落得不欢而散。文人似乎无法相聚过久,但是她们却在帮助一家穷苦人家时又亲热起来。卡莱尔夫人简帮助米迪家的女儿们找事干,但她们"呆头呆脑",总把差事丢了。无奈之下,简写信给杰拉尔丁,杰拉尔丁对这事热心得出人意料,竟超过了简,完全当成自己的事来做了。这让简很感动,很内疚,认识到宽容待人是多么重要,两个人于是成了终生朋友。吴尔夫写这样的文坛逸事绝不马虎,一定是有更深层的内容。她让我们通过文人的交往,看到了卡莱尔所谓的"英格兰现状",十分难得。

另一些逸事是通过传记和宴会、聚会向读者披露的,重点是突出作家个性,反映当时文坛的风气。值得注意的是,无论写人写事,吴尔夫最擅长的仍是关于女性的。男性就事论事,而女性的文章就显得生动活泼。《"我是克里斯蒂娜·罗塞蒂"》一篇的篇名就是这位女诗人在一次宴会上自报身份的话:"一个身材娇小、身着黑色衣衫的女人猛然从座椅边站起来,快步走向客厅中央,郑重其事地宣布:'我是克里斯蒂娜·罗塞蒂!'说完,又回到她的椅子。"吴尔夫总能从阅读中挑出这样凸现人物性格的故事,自己欣赏后又提供给读者。

总之,吴尔夫从阅读角度写评论,近乎自我欣赏,却给后人留下了如何写好文学评论的一篇篇范文。她的文章历经半个多世纪更为读者喜爱,专家学者看重,我看,在于她这种文章的亲和力。

苏 福 忠
二〇〇二年九月十二日

目 录

陌生的伊丽莎白时代的人 …………………………………… 1
三百年后读多恩 ……………………………………………… 16
《彭布罗克伯爵夫人的阿卡迪亚》…………………………… 35
《鲁滨孙飘流记》……………………………………………… 46
多萝西·奥斯本的《书信集》………………………………… 54
斯威夫特《寄斯特娜的日记》………………………………… 62
《多情客游记》………………………………………………… 73
切斯特菲尔德爵士家书 ……………………………………… 82
两个牧师 ……………………………………………………… 89
    一　詹姆斯·伍德福德 …………………………………… 89
    二　约翰·斯金纳教区长 ………………………………… 95
伯尼博士家的晚宴 …………………………………………… 103
杰克·米顿 …………………………………………………… 123
德·昆西自传 ………………………………………………… 130
四位人物 ……………………………………………………… 137
    一　考珀和奥斯丁女士 …………………………………… 137
    二　博·布鲁梅尔 ………………………………………… 145
    三　玛丽·沃斯通克拉夫特 ……………………………… 153

1

四　多萝西·华兹华斯 …………………………… 161
威廉·赫兹利特 ………………………………………… 170
杰拉尔丁和简 …………………………………………… 183
奥罗拉·利 ……………………………………………… 199
伯爵的侄女 ……………………………………………… 212
乔治·吉辛 ……………………………………………… 217
乔治·梅雷迪思的小说 ………………………………… 223
"我是克里斯蒂娜·罗塞蒂" …………………………… 233
托马斯·哈代的小说 …………………………………… 240
如何读书？ ……………………………………………… 252

陌生的伊丽莎白时代的人

倒回三四百年,至少在想象中成为伊丽莎白时代的人,会感到莫大的愉快。毫无疑问,这些想象的确仅仅是想象,因为,"成为伊丽莎白时代的人",读伊丽莎白时代的作品,像读我们这个时代的作品一样流畅、有把握,那是幻想。伊丽莎白时代的人很可能会发觉我们讲他们的语言的发音,听不懂;我们对于所谓伊丽莎白时代的生活使我们感到愉快的情景所想象的画面,会引起他们说脏话取笑。然而,驱使我们去接近他们的冲动那么强烈,透过他们的著作吹来的清新和活力是那么美好,我们甘冒被嘲笑、出丑的危险。

如果要问,我们为什么在英国文学这一特定的领域比在其他任何领域偏离正道走得更远,回答无疑是,伊丽莎白时代的散文,虽然很美,让人受惠匪浅,却是很不完善的媒体。它几乎不能尽散文的一项职能,即让人朴实而自然地谈论普通事物。在一个像我们这个时代那样的实利主义散文的时代,我们确切地知道,人们怎么度过从早餐到上床这段时间,他们在既不是这个人也不是那个人,既不愤怒也不亲切,既不幸福也不悲惨时,如何为人处世。诗忽视这些较细微的差异;社会学者几乎不能从莎士比亚的剧本中获得关于日常生活的任何真情实况;如果散文拒绝开导我们,那么,一条接近另

1

一个时代的男女的大道被堵住了。伊丽莎白时代的散文,因为仍然没有脱离它的诗的主体,当然能够辉煌地写大主题——如人生多么短暂,人终不免一死;春天多么美好,冬天如何可怕。那些崇尚铺张、宏伟的时期,散文超越于这些简单的陈腔滥调,也许是由于它没有自贬身价去写生活琐事。但是,我们在它描写世间生活时所陷入的窘困中,发现它为这种飞扬华丽的文采所付的代价——例如,锡德尼夫人,因为夜间感到冷,不得不求侍从长要一间宫里较好的卧室。① 那么,任何一个跟她年龄相仿的女仆都会把这种事说得更简单,说服力也大得多。因此,如同我们为了充实蒲伯、丁尼生、康拉德的世界,应当去阅读我们的传记作家、小说家和记者的著作,要是我们为了充实伊丽莎白时代的诗的光辉世界,去阅读伊丽莎白时代的散文作家的著作,我们却不断受挫,不得不中止我们的探索。我们要问,莎士比亚时代普通男女的生活是什么状况?甚至当时的普通书信对我们也没有什么帮助。亨利·沃顿爵士②用词夸张、华丽,坚决不让我们接近。他们的历史回响着战鼓和军号声。他们的大开本著作,回荡着对死亡的沉思,对灵魂不朽的冥想。要发现他们没有戒心,因而能跟他们无拘无束相处的最佳时机,是寻找一个没有野心的人,这种人经常到有名人聚会的郊区去,倾听、观察,有时在本子上记点什么。但是他们很难找到。也许斯宾塞和锡德尼的朋友,加布里埃尔·哈维,可能尽这一职责。遗憾的是,当时的价值观使他相信,用拉丁文写修辞学,写托马斯·斯密斯③,写伊丽莎

---

① 玛丽·达德利·锡德尼夫人,爱尔兰代表亨利爵士的夫人,为这件事,她写信给她丈夫的秘书,通过他请求侍从长,未获准。
② 亨利·沃顿爵士(1568—1639),外交家,诗人。
③ 托马斯·斯密斯爵士(1513—1577),政治家,剑桥大学学者,哈维的保护人。哈维用拉丁文写了一系列挽歌,悼念他。

白女王，比记录斯宾塞和锡德尼爵士茶余酒后的谈话，更值得写。不过，他多少有一点现代的习性，爱收藏零碎东西，保存书信的抄件，以及在书本的空白处记下一时想到的见解。如果我们翻阅这些片言只语，无论如何我们会离开大道，也许会听见从酒店大门传来的大笑声，诗人们在里边喝酒；也许会遇上地位卑微的人，在挤牛奶，在谈情说爱，毫不在意这是伟大的伊丽莎白时代，或者莎士比亚此时此刻正在滨河路上溜达，要是有人扯扯他的衣袖，他可能告诉那人，他的十四行诗是写给谁的，他写哈姆雷特是什么意思。

我们遇上的第一个人，的确是一个挤奶姑娘——加布里埃尔·哈维的妹妹，梅西。一五七四年的冬天，她在萨费伦沃尔登附近的牧场上挤奶，有个老太婆做伴，那时一个男人走到她跟前，递给她蛋糕和白葡萄酒，当他们在树林里吃喝、那个老太婆去拾柴火时，那个男人开始说明他来办的差事。他是萨里爵士派来的，一个跟她年龄相仿的年轻人——即十七八岁——一个已婚男人；有一天，他在玩滚木球，看见这个挤奶姑娘。她的帽子被吹掉，"她的脸微微一红"①，总之，萨里爵士热烈地爱上了她；派这个人送她手套、丝带和从他的帽子上扯下来的一个有题词的搪瓷戒指，虽然这是他姑母 W——夫人为了大不相同的目的给他的。最初，梅西坚持她的看法。她是个穷挤奶姑娘，而他是个贵族老爷。她终于同意在村里她的家里跟他见面。于是，在圣诞节前一个大雾蒙蒙的晚上，萨里爵士和他的仆人来到萨费伦沃尔登。他们往麦芽房里瞧，只看见她母亲和几个姊妹；又

---

① 《加布里埃尔·哈维的妹妹，梅西·哈维的故事》，见《加布里埃尔·哈维著作集》第3卷第77页。（下文凡涉及这个故事未注明出处的引文，均引自这个故事。）

3

往客厅里瞧,只有她的几个兄弟在;没有看见梅西。"他们因为赶路浑身是泥,又累",没有别的办法,只好又骑马回家。最后,经过再次商谈,梅西同意半夜在邻居家里单独跟他见面。她在小客厅里发现他,"穿着紧身上衣,紧身裤,系衣服的带子没有系,衬衣披在身上"。他想强迫她上床;但她叫起来,接着那家主妇敲门,说道,有人找她,这是她们俩事先约好的。萨里爵士由于未能得逞,气急败坏,连声咒骂,"我该死,我该死",随即把兜里所有的钱全掏出来,作诱饵——有先令银币、六便士银币,总共十三先令——要她收下。不管怎么样,梅西匆匆离开了,完好无损,但有个条件,她要在圣诞前夕再去。可是,在圣诞前一天天刚亮,她就起床了,虽然时而下雪,时而下雨,她早上六点钟就赶到萨费伦沃尔登,走了七英里路,好赶上洪水消退,而那个仆人P,不得不穿木套鞋涉水拣着路走,晚些时候才赶到指定的地点。圣诞节过去了。一个星期以后,在挽救她的荣誉的关键时刻,这段故事离奇地泄露出来,才告结束。新年除夕,她的哥哥加布里埃尔,彭布罗克学院的年轻研究生,正骑马回剑桥大学,这时他赶上一个在他父亲屋里见过的老实的乡下人。他们一道骑马走着,聊了聊乡下的事之后,那个人说他口袋里有一封给加布里埃尔的信。信上的确写着"我亲爱的哥哥加·哈收",当加布里埃尔在路上把信打开时,发现那称呼是骗人的幌子。那不是她妹妹梅西写的,而是写给他妹妹梅西的。信开头写道"我的可爱的梅西";签名是"你的永远永远不受约束的菲尔"。加布里埃尔在看信时几乎控制不住自己——"几乎无法掩饰我突然想象到的种种情景,无法调解我内心的种种激情。"因为这不仅仅是一封情书;还要恶劣;信里谈到按承诺占有梅西。信里还包了一个好看的金币。加布里埃尔在乡下人面前竭力控制自己,随即把信和金币交还他,并告诉他到萨费伦沃尔登把它们交给他的妹妹,还带个口信:"要三思而后行。她自己会领会这句话的意思。"他骑着马继续向剑桥大学走去。他给这个年轻爵士写了一封长信,以模棱两可的礼貌的语气告诉他,这场游戏已结束。加布里埃尔·哈维的妹妹不会成为一个已婚贵族的情妇。更确切地说,她要在奥德莱别业的史密斯夫人家里当侍女,"勤快、可靠而温顺"。梅西的爱情故事就这样突然中断,又乌云密布;我们再也见不到那个挤奶姑娘,那个老太婆,那个狡诈的仆人,他带着葡萄酒、蛋糕、缎带来试探一个在挤奶的穷姑娘的荣誉。

这也许不是一个不寻常的故事。一定有很多挤奶姑娘,在挤奶时帽子被吹掉,有很多爵爷看到这种情景就心跳,以致从帽子上扯下珠宝,打发仆人去为他们说合。但是,把那个姑娘的书信保存下来,或者能读到她自己讲述的这段故事,因为在她哥哥的讯问下不得不作交代,是十分难得的。然而,当我们尝试用她的话去照亮伊丽莎白时代的田野、伊丽莎白时代的房屋和起居室,我们遇上通常令人为难的情况。把这个挤奶姑娘、牧场和那个去拾柴火的老太婆,加工为美妙的作品,就是撇开下雨、大雾和洪水,也容易得很。伊丽莎白时代的诗歌作者已经把那套惯用的特殊手法教给我们了,教得很好。不过,如果我们抗拒很想把这个故事加工为珍品的冲动,梅西本人帮不了什么忙。她是个挤奶姑娘,在阁楼上借廉价蜡烛的光亮,潦草地写情书。虽然如此,伊丽莎白时代的惯例的影响如此强大,他们说话的腔调那么高傲,她那文雅的举止,引起共鸣的言谈,准会给练笔写作的贵妇人增添光彩。当萨里爵士强迫她屈从时,她答道:

你知道,爵爷,这种事是亵渎上帝的大罪,是冒犯世人的大恶,是使我的朋友最伤心的事,是我自己的一大耻辱,我认为,也是阁下大失体面的事。我听父亲说过,童贞是少女花园中最美的花,贞洁是穷姑娘能拥有的最华贵的嫁妆……有人说,贞洁好比时间,一旦失去,就无法挽回。

字字句句在她耳里和谐地响着,她仿佛的确在享受写作的乐趣。当她想让他知道,她不过是贫穷的乡下姑娘,绝不是像他妻子那样美貌的夫人时,她叫道:"天哪,你家里有那么昂贵精美的家什,倒去外边寻求简陋的乡下东西!"她甚至突然放慢节奏,押起韵来,朗朗上口,虽远不如她的散文响亮,但可以证明,写作是一种艺术,不仅仅是表达事实的手段。如果她想得到指点和加强语气,她从她父亲屋里听来的谚语即来到她的笔端,《圣经》的比喻在她耳朵里闪过:"那么,但愿把我,可怜的姑娘,扔去喂老鹰,让我完全毁了,让我的朋友极度悲伤。"总之,挤奶姑娘梅西写出一种自然而高尚的风格,不可能流于庸俗,也同样不可能流于亲密。我们觉得,要梅西向她的情人讲一通关于荣华的虚幻,贞洁的美好,命运的无常的大道理,再容易不过。可是,在一个特定的梅西和一个特定的菲力普之间,却没有一点情感的踪迹。当谈到只消几句话就可以处理的小事时——例如,亨利·锡德尼的妻子,诺森伯兰公爵的女儿,她不得不陈述她要一间较好的卧室的请求,她写起来活像一个不会写信,别字连篇,前言不搭后语的不识字的丫头。她讨价还价,斤斤计较,翻来覆去,啰啰唆唆一大篇,实在让我们受不了。于是,出现这种情况,关于信写得很好的挤奶姑娘梅西·哈维,或者信写得很拙劣的诺森伯兰公爵的女儿玛丽·锡德尼,我们所知很少。伊丽莎白时代生活的背景使我们困惑不解。

我们还是跟随加布里埃尔·哈维到剑桥大学去吧,说不定我们会在那里听到朴实的谈话,我们才能更熟悉这些陌生的伊丽莎白时代的人。加布里埃尔尽了兄长的职责之后,似乎全身心投入一个必须奔前程的有素养的青年的生活。他工作很勤奋,很少参加娱乐活动,因而不受同学们的欢迎。因为热衷于钻研英诗的未来和英语的能力,显然难以兼顾打纸牌、玩逗熊,以及这类娱乐。显然他也不能把凡是亚里士多德所说的话都奉为绝对真理。不过,对于诗、韵律,以及提高受轻视的英语和贫乏的英国文学的地位,使之跻身于世界上伟大的语言和文学之列等问题,他和意趣相投的人辩论起来,显然是一小时又一小时,一夜复一夜。我们一边听着,有时不禁想到可能现在正在美国新成立的一些大学里进行的这种辩论。那些年轻的英国诗人以大胆然而又不自在的傲慢态度发言——"英格兰有史以来所培养的德高望重、富于冒险精神、英勇无畏,或才智卓越的人物,决不比近年来培养的多"。[①] 然而,作为英国人,被认为是一种犯罪——"被当做是英国的无论什么东西,都认为是最可鄙的,看得最卑贱,最恶劣。"[②]伊丽莎白时代的人抱着对未来的希望,对更古老的文明提出的看法敏感,如果他们今天在较年轻的国家当中表现出几乎完全相同的敏感性,有时让我们感到困惑,那么,老为他们考虑即将发生的事,他们即将踏上的还未发现的陆地那种忧虑感,也非常像科学在我们这个时代富于想象的英国

---

① 《加布里埃尔·哈维著作集》第 2 卷第 95 页。
② 哈维致斯宾塞,《哈维书信抄件簿》第 66 页。

作家头脑里引起的激动。想到我们在大约一五七〇年在剑桥大学的厅堂里听到七嘴八舌的激烈争论，无论多么令人鼓舞，然而不得不承认，要把哈维的著作按顺序读下去，几乎超出了人类忍耐的极限。那些字字句句似乎变得火热、溶化，到处流动，直到我们因为恩赐的某些意义烙印在这些字句上痛苦得叫起来。他把相同的概念，一遍又一遍，翻来覆去阐述：

> 虽然大自然的鬼斧神工无与伦比，但什么花园没有杂草？什么果园没有蠕虫？什么玉米地没有麦仙翁？什么鱼池没有青蛙？什么明朗的天没有阴暗？什么反映知识的镜子没有无知？什么凡人没有脆弱？什么世上的方便没有不方便？[①]

没完没了。当我们像磨坊的马似的一圈又一圈转的时候，发觉我们受到声音的阻碍，因为我们阅读的是应当听的著作。那些铺陈，那些反复，那些像用拳头捶讲台边以助声势的加强语气，都为了那喜爱玩忽意义而玩味声音的迟钝而耽于声色的耳朵——那耳朵，把讲出的字句，连讲话人的神态、手势一起收纳，这给他讲的话增加了几分戏剧效果，给高谈阔论的顶峰添上一些抑扬，使这些话恰好飞到听者心里被瞄准的地方。因此，当我们把哈维猛烈抨击纳什的文章，或写给锡德尼的论诗的信摆在眼前，仅凭眼看，我们几乎无法看下去，丧失了任何明确的方向感。我们像快淹死的人抓住木板一样，抓住任何浮到水面上的朴实的事实——如：那个送信人叫柯克太太；佩尼[②]在彼得豪斯他的房间里养一只兽崽玩；"你最近那封信……在炉边由女主

[①] 《加布里埃尔·哈维著作集》第 2 卷第 288 页。
[②] 安德鲁·佩尼博士(1519？—1589)，伊利学院院长，前剑桥大学副校长。

人交给我了,一群诚实的好人,当时也是有理智的诚实的酒徒,很快从四面围了上来"①;格林向主妇伊萨姆"讨一便士白葡萄酒"②时死了,他自己的衬衣在洗的时候,借过她丈夫的衬衣,昨天埋在贝德兰附近的新教堂墓地,花了六先令四便士。那片黑暗似乎渐渐发亮。可是,没有。正当我们想抓住莎士比亚的外衣后摆,想听到正像斯宾塞说的那番厉声说的话时,冒起一阵阵哈维的雄辩,我们又被卷进那空泛、啰唆、冗长、陈旧的争论和雄辩中。我们一边浏览,一边问道,我们怎么会希望和这些伊丽莎白时代的人扭扯在一起?于是,一边翻着,一边跳着看,或溜一眼,后来,从那些激烈的文字,那些冗长的辩论中,时隐时现地、不清不楚地出现什么东西——一个人的形象,一张脸的轮廓,不是"一个伊丽莎白时代的人",而是某一个令人感兴趣的、复杂的、独特的个人。

  我们先从他对待他妹妹的态度上来认识他。我们见他骑着马上剑桥大学,他是学院的研究生,那时,她和一个穷老太婆在牧场上挤奶。我们感兴趣地观察到,他对与加布里埃尔·哈维,剑桥大学学者的妹妹相称的行为的敏感。教育在他和他的家庭之间设下一道鸿沟。他父亲在一个村子街上一栋房子里制绳子,母亲在麦芽房里干活,他是从这里骑马上剑桥大学的。他出身寒微和他得奔前程的意识,虽然使他对妹妹严厉,对大人物奉承,不自在,自我中心,好炫耀,但绝没有使他以他的家庭为耻。这位父亲,能送三个儿子上剑桥大学,而且毫不以他这门手艺为耻,甚至请人雕刻他干活制绳子的

---

① 哈维致斯宾塞,《哈维书信抄件簿》第 66 页。
② 《加布里埃尔·哈维著作集》第 1 卷第 170,171 页。

像,还把这雕像供于壁炉之上,他绝非一般人。那两个弟弟,继加布里埃尔之后上剑桥大学,是他在学校里最好的盟友,是他引以为荣的弟弟。他甚至也会以梅西为荣,因为她的美貌,让一个大贵族从帽子上扯下珠宝。毫无疑问,他为自己感到自豪。这是凭自己的奋斗获得成功的人的骄傲,因为别人玩牌的时候,他得研究,他决不承认对权威过于忠诚,连亚里士多德他也要反驳,因此他在剑桥大学不受欢迎,几乎丢了学位。可是,一个令人遗憾的机会,导致他在早年就要为他的权利辩护,力陈自己的成就。再说,既然那是实情,既然他比其他人更能干、更敏捷、更有学问,本人又漂亮,连他的敌人都无法否认(纳什承认"这是一个漂亮家伙在他得意的时候写的一篇肮脏东西"①),他有理由认为,他应该获得成功,他的同事对此拒不承认,不过是由于妒忌、共谋。他靠大搞阴谋活动,大摆自己的成就,暂时在学位问题上战胜了他的敌人。他发表演讲。在伊丽莎白女王驾临奥德莱恩德时,他应邀出庭辩论。他甚至讨得她喜欢。当他引起她注意时,她说道,"他看起来有点像意大利人"②。可是,甚至在他得意的时刻,也可以看出他败落的苗头。他没有自尊心,不能克制自己。他使自己出丑,让他的朋友感到不安。当我们读到他怎样打扮,"穿着丝绒服装,摆出一副盛气凌人的架子走来",他多么不自在,一会儿畏畏缩缩,一会儿"毫无顾忌,对菲力普·锡德尼爵士也不谦让",时而跟女士们调调情,时而跟她们打猥亵的谜语;当女王称赞他时,他高兴得多么得意忘形,讲家乡英语也

---

① 《纳什著作集》第3卷第88页。
② 《加布里埃尔·哈维的旁注》第19至20页。(下文未注明出处的引文,均引自此书。)

带意大利口音;这时,我们想象得到,他的敌人怎样冷嘲热讽,他的朋友多么羞愧。因此,不管他有多大的才能,他也开始没落。他没有被莱斯特爵士①聘用;他没有成为学校的发言人;他没有拿到三一学院的硕士学位。不过,有一个社会,他在那里获得成功。在斯宾塞和其他年轻人讨论诗、语言和英国文学的未来的一些烟雾腾腾的小房间里,哈维没有受到嘲笑。相反,哈维受到很认真的对待。在这类朋友看来,他像他们当中任何人一样能够取得伟大的成就。本来他也可能是那些注定要使英国文学光辉灿烂的人物当中的一个。他对诗的热情是无私的。他的学识渊博。当他滔滔不绝地谈论音节的长度、韵律,谈论希腊作家写了什么,意大利作家写了什么,以及英国作家可能写什么时,他无疑为斯宾塞营造了那种希望的气氛和以真才实学增添了兴味的强烈的好奇心,有助于激发年轻作家的想象,有助于使每一首保持原貌的新诗,好像一小群进行同一探索的冒险者的共同财产。斯宾塞对他的看法是这样:

  哈维,这位最最快乐的人,
  据我理解:他像这个世界舞台上
  一个旁观者,用批判的笔,写下
  对每一情况的强烈厌恶。②

诗人需要这样的"旁观者";即有人在超脱于战斗的望楼上明察秋毫,提出警告,有先见之明。哈维一边谈论,斯宾塞一边听的时候,一定感到很愉快;然后,不听了,让那激烈、粗暴的声音讲

---

① 莱斯特(1532—1588),伊丽莎白女王的宠臣。
② 斯宾塞的十四行诗《致我的古怪好友,加布里埃尔·哈维阁下》。

下去,一边悄悄地从理论到实践,在他头脑里做了几行他自己的诗。不过这位旁观者坐得太久,言谈间太好奇,太专断,也许不是没有目的。他的理论也许制订得太狭窄不能容纳无一定形式的生活。于是,当他停止谈理论,而试着实践的时候,仅流出点滴枯燥无味的诗,或者,涌出大量卑躬屈节阿谀奉承的颂歌。他未能成为诗人,如同他未能成为政治家,如同他未能成为教授,如同他未能成为硕士,如同他好像一事无成,除了赢得斯宾塞和菲力普·锡德尼爵士的友谊。

但是,幸好他留下一本札记;他有个习惯,他看书的时候,爱在书的空白处写批语。我们从这个批语看到另一个批语,从他的公开的自我看到私下的自我,看出他的脸两面都发光,表情有变化。伊丽莎白时代的人脸上很少有表情变化,我们发现另一个哈维潜伏在表面的哈维后面,以怀疑、努力、消沉遮掩着他。幸好这本札记不大,那些空白处只有伊丽莎白时代的对开本那么窄;哈维不得不写得简短,而且,因为他听命于某些急于要求记下的回忆或经验,仅仅写给自己看,他好像在写,又仿佛在自言自语。正确,他似乎在说;或者,这使我想起来了,或者,又说:我要是完成了这工作多好——于是,我们明白了那位在人群里跌跌撞撞的哈维和那位在家里明智地坐在书堆中的哈维之间的冲突。管行动、受委屈的那位,向管看书和思考的那位陈述他的情况,寻求忠告和安慰。

的确,两者他都需要。他的生活一开始就充满了冲突和困难。对这些,制绳匠的儿子哈维都可以勇敢地去对付,但是,在绅士的社会里,出身卑微仍然使他感到屈辱。那么,那位老坐着的哈维劝告他,想想所有那些默默无闻,却赢得胜利的人物吧。想想"亚历山大,一个没有专长的年轻人",想想大卫,"一个鲁莽的小伙子,却战胜巨人"①,想想朱迪思②、波普·琼③和她们的功绩;尤其要想想那位"巾帼英雄……贞德,一个最可敬的英勇的年轻姑娘……既然一个精力充沛的敢冒险的姑娘那样战无不胜……一个勤奋的明智的男子汉什么不能干?"那么,看来,剑桥大学那些机灵的年轻人之所以嘲笑制绳匠的儿子,好像是因为他缺乏摆绅士派头的本事。"别写了,"加布里埃尔劝告他,"写作耗费你过多的时间。……你已经这样折磨自己了。"掌握雄辩术。去见见世面。学习剑术,骑马,射击。一个星期之内就可以把这三项全学会。后来,这位有野心然而不自在的年轻人开始发觉异性有吸引力,便向他明智的老坐着的兄弟求教,指点他谈恋爱该如何行事。那一个哈维认为,对待女人,态度极为重要;一定要慎重、克制。顾问继续说道,绅士是由于他"殷勤招待贵妇、淑女。向人致意,态度要极为尊敬、庄重"而知名的——这无疑是由于在奥德莱恩德受到怠慢的回忆所引起的反映。健康和保健极为重要。"我们学者愚弄我们的身体和才智。"必须"一年到头天天早上精神饱满地从床上一跃而起"。必须节食,活跃,经常锻炼身体,像 H. 弟④那样,"他一天至少要遛一次狗,从未误过"。决不能"咋咋呼呼或沉思默想"。一个有学问的人也要通晓人情世故。把"锻炼,大笑,大胆地前进",定为你"每天的任务"。要是折磨你的人跟你争吵,骂你,愚弄你,嘲笑你,最佳回答是,用"一句机智的风趣的反讽"。无

---

① 大卫击杀巨人歌利亚事,见《圣经·旧约·撒母耳记上》第 17 章。
② 拯救人民的犹太寡妇,见《圣经·经外书·朱迪思》篇。
③ 中世纪传说中的女教皇。传说她狂热地爱一个修道士,为接近他而穿上僧袍。后因聪明,得人心,当选教皇,在就职时,生孩子,才暴露女身。
④ 亨利·哈维,剑桥大学三一学院硕士。

论如何,别抱怨,"时而抱怨这,时而抱怨那,无补于事,这是显而易见的愚蠢,是性情鲁莽、任性的可鄙的迹象"。如果久未迁升,付不出账,被投入监狱,或不得不忍受女房东的奚落、侮辱,仍然要记住"乐于贫穷即不为贫穷",如果,过一个时候,斗争加剧,好像"生活即战争",如果,这个战败者有时不得不承认,"要不是还有希望,你的心都会爆裂",他那坐在书斋里的贤明的顾问,仍不让他承认失败。他告诉自己,"最能隐藏他的苦难的人,最能忍受他的苦难"。

我们虚构的两个哈维——积极的哈维和消极的哈维、愚蠢的哈维和明智的哈维之间的对话,就是这样。从表面看来,这两半拉,尽管他们不断协商,只不过让这个整体落个可悲的下场。因为,当年满怀自负、希望,并对妹妹进忠告的骑马上剑桥大学的这个年轻人,到头来却两手空空回到他的家乡。他在萨费伦沃尔登湮没无闻地打发他漫长的晚年。表面上,他做医生,为邻近的穷人治病。他穷困已极,靠抹黄油的根茎和羊蹄子度日。即使如此,他也能获得安慰,他怀着种种梦想。当他穿着那身旧丝绒服装(据纳什说,这是从一个马鞍上窃取的,他没有为此受到惩罚)在他的园子里瞎忙活时,他心心念念想的尽是权力和光荣;斯塔克利和德雷克[①];"金奖获得者和金奖佩戴者"。他有大量的回忆——他写道,"如果对美好事物的记忆不经常回想、重现,这些记忆很快就会忘记"。可是,他心里有一种急切的骚动,一种渴求行动,光荣,生活,冒险的欲望,不许他流连于往事。"只有现在式才值得关注"是他的一个批注。他也不用学问的灰尘麻醉自己。他像真正的读者爱书那样爱书,不是把书作为

---

① 托马斯·斯塔克利(1525—1578),冒险者;费朗西斯·德雷克爵士。

挂起来展览的奖品,而是作为"必须加以思考,实践,而且并入我的身体和灵魂"的有生命的东西。在这位年老、失望的学者心里还残存着一个对学识的异常有人情味的看法。"这是学习一切知识的唯一美好的方法,既不用下功夫,又能获得许多乐趣。"他评论道。他无法付账,他在农舍里压药草,靠吃抹黄油的根茎度日,那时他的肌肉已经萎缩,皮肤"满是眼,皱得像一块烧过的羊皮纸",但是还维持着生命,这样一个老乞丐竟然梦想金奖获得者和金奖佩戴者,梦想行动和权力,虽然很荒唐。最后,他获得了他的胜利。他比他的朋友和敌人——斯宾塞和锡德尼,纳什和佩尼都活得长。对于伊丽莎白时代的人来说,他活到一个很伟大的时代,活到八十一或八十二岁;当我们说哈维活着的时候,指的是他争吵,讨厌,可笑,斗争,失败,有一张像我们一样的脸——一张常变、易变的人的脸。

石永礼 译

三百年后读多恩

当我们思考在过去三百年间英国何以写出并出版了千千万万字的著作,而绝大部分何以消失得无影无踪时,不禁很想知道多恩的诗具有什么品质,让我们至今仍能清楚地听到那些诗句。即使在纪念他而且奉承可以原谅的这一年里(1931),我们也不会提出这样的看法,认为多恩的诗是流行读物,或者说,打字员下班回家后,如果我们用望远镜从她肩上看过去,就会发现她在读多恩。不过有人读他,听得见他的声音——一个个新版本,常常刊出的评论文章就证明了这一事实,而且,当他的声音经过这么长久的飞行越过那一片把我们和伊丽莎白时代隔开的多风暴的大海,让我们听到之后,去分析他的声音对我们来说有什么含义,也许值得一试。

不过,那吸引我们的第一种品质,不是他的含义,尽管他的诗有含义,而是那纯净、直接得多的东西;即随着他突然开始发言那一下爆炸。整篇序言,整个讨论全毁了;他抄最短的捷径一下跃入诗里。一个短语毁了一切准备:

　　我渴望跟一个老情人的幽灵谈谈。①

---

① 《爱之神》第1行。

或者

> 他就完全疯了,无论谁说,
> 他恋爱了一小时。①

我们马上被吸引住。站着别动,他命令道,

> 站着别动,我要给你们
> 讲授,爱,爱的哲学。②

我们必须站着不动。一听到开头这几句诗,我们即感到浑身一震;原先麻木不仁的知觉,战战兢兢地复苏;视觉和听觉神经敏锐起来。在我们眼里,那"明亮的头发编的手镯"③在燃烧。不过,更值得注意的是,我们不仅仅知道那些美丽的记住的诗句;我们觉得自己被迫接近一种特殊的心态。那些原来散布在平常的生活长河中的要素,在多恩的热情的冲击下,变成一个整体。刚才,这个愉快,单调,充满形形色色的人物的世界一下毁了。我们这时在多恩的世界里。其他景物突然全被切断。

在突然令读者吃惊并征服读者的这种力量上,他超过大多数诗人。用一两句话概括他的本质,就是他的有特性的品质,他就是这样抓住我们。不过,这种本质,在我们心里起作用时,分成若干相互冲突的奇特的对立面。不久,我们就开始问自己,这种本质是什么东西构成的,是什么要素相结合给人留下如此深刻而复杂的印象。有些明显的线索散布在那些诗的表面上。例如,当我们读《讽刺诗》时,无须外部证据告诉我们,这些诗是一个男孩的作品。他有少年所有的无情和明确性,憎恨中年的愚

---

① 《破碎的心》开头两行。
② 《论影子的讲演》开头两行。
③ 《遗迹》第6行。

蠢行为,憎恨习俗。讨厌的家伙、说谎者、朝臣——既然他们是极可恨的欺诈者、伪君子,何不把他们概括起来,大笔一挥把他们从世上一扫而光?因此,给这些愚蠢的人物灌注了一种证明生活中有多少希望、信心和快乐的热情,以激发少年的轻蔑的野性。不过,当我们往下读时,开始怀疑,这个有一张早期画像上那种复杂好奇的脸——大胆而精细,色情而紧张——的男孩,有一些使他在年轻人当中显得奇特的品质。这不仅仅是由于少年想得比说得多,彼此挤挤压压,驱使他说得太快,顾不上文雅,或表达不清晰。这可能是因为在对词句这样的缩略中,在这突然堆起来的层层叠叠的想法中,有些比青年对老年的不满、诚实对腐败的不满更深的不满。他在造反,不仅仅反对他的长辈,也反对在他那个时代的倾向中使他厌恶的东西。他的诗有意缺少这种人物,他们不愿利用流行的惯用法;而这种人物却过多,他们感觉不到舆论的压力,以致有时丧失判断力,他们为古怪而堆砌古怪。布朗宁和梅瑞狄斯,总忍不住要写上一点任性的无缘无故的反常行为以美化非国教的基督教教义,他就是一个像他们那样的非国教教徒。不过为了探索多恩在他那个时代厌恶什么,我们不妨想象一下,在他写早期的诗篇时,必然对他起过作用的某些更明显的影响——不妨打听一下,他读过什么书。我们根据多恩自己的证词,发现他选择的书,有"严肃的神学家"[1],有哲学家,有"教人如何捆住一个城市的神秘身体的肌肉,那些快乐的政治家"[2],以及编年史家的著作。显然,他喜欢事实和辩论。如果他的藏书中也有诗人的作品,从他对他们所

---

[1] 《讽刺诗之一》第5行。
[2] 《讽刺诗之一》第7至8行。

用的形容词"轻浮的荒诞不经的"①看来,似乎轻蔑这一艺术,或者至少表明多恩完全清楚他在诗艺上厌恶哪些品质。而且,他正生活在英国诗的春天。他的书架上可能有斯宾塞的作品,还有锡德尼的《阿卡迪亚》;还有《设计高雅的乐园》②和李利的《尤弗依斯》。他有机会上剧院,看马洛创作的、莎士比亚扮演的戏;他显然未错过这一机会——"我告诉他上演的新戏"③。他到了伦敦之后,一定遇见过当时所有的作家——斯宾塞、锡德尼、莎士比亚和琼生;他一定在这家或那家酒店里听到过谈论新戏剧,诗的新时尚,对英语发展的可能性和英诗的未来展开的热烈而有真知灼见的讨论。然而,如果我们查阅他的传记,却发现他既不与同时代人交往,也不读他们的作品。有些怪人,他们不能从别人当时在他们周围完成的工作中,吸取教益,反而受到打扰而分心,他就是这种人。要是我们再来看《讽刺诗》,就易于看出之所以如此的原因。这儿来了一位务实的大胆而积极的人,他竭力把触及他那紧张感官的每一震动丝毫不差地如实表达出来。在街上,一个讨厌的家伙拦住他。他对他的观察精确,生动。

　　他服装奇特,虽然粗糙;还是黑色,虽然光秃;
　　他的紧身上衣无袖,而且原本是
　　丝绒面料,可如今(多处露出底子)
　　变成塔夫绸;④

---

① 《讽刺诗之一》第9至10行。
② 一部诗集,1576年,理查德·爱德华编。
③ 《讽刺诗之四》第93行。
④ 《讽刺诗之四》第30至33行。

19

接着,他喜欢用人们在现实生活中说的话:

> 他像一根绷得很紧的琵琶弦,尖声尖气道,啊,先生,
> 谈起国王真美妙。在威斯敏斯特大教堂,
> 我说道,这个教堂的守墓人,
> 为了讨几个赏钱,无论谁来都要应酬,
> 把我们所有的哈里们,爱德华们,一一介绍,
> 从国王到国王,连所有能行动的皇亲国戚都谈到:
> 你所耳闻,无非国王;你所目睹
> 尽是国王;到那儿去的路,就叫国王大道。①

他的力量和缺点在这儿都能找到。他挑选了一个细节,就盯着它瞧,直到把它化为几句表达它的古怪的话:

> 像一束竖起的破红萝卜
> 你那害痛风的手的发肿的短指头……②

但是,他不能从整体上全面观察。他不能站远一点观察那大轮廓,以致常常描写一时的激情,很少描写事物更宽广的形态。那么,要他运用有其他人物冲突的戏剧艺术,自然感到困难;他必然总是用独白,用讽刺,用自我分析,从自己的中心说话。斯宾塞、锡德尼和马洛没有为从这一视角看事物的人提供有帮助的模式。爱好雄辩、渴望美妙新颖的词句的典型伊丽莎白时代的人,倾向于拔高和综合。他爱广阔的风景,英雄的美德,以及在外形上或在英雄的冲突上显得崇高的形象。即使散文作家也有相同的拔高的习惯。当德克尔开始告诉我们春天伊丽莎白女王

---

① 《讽刺诗之四》第 73 至 80 行。
② 《悲歌之八》第 33 至 34 行。

去世的情形时,他不能特别描写她的死亡,或者特别描写那个春天;他非详述一切死亡和一切春天不可:

　　……杜鹃(像一个从这个酒店摇晃到那个酒店的、单身的、孤独的提琴手一样)整天飞来飞去;羊羔在山谷里跳跳蹦蹦,小山羊和山羊在山上跳来跳去;牧羊人坐着吹笛子,村姑在唱歌;情郎们为他们的姑娘作短诗,她们则为她们的情郎编花环;乡下欢天喜地,城市也一样快乐……半夜,没有尖叫的猫头鹰惊吓傻里傻气的乡下人,中午,也没有任何鼓声惊吓市民;一切比止水还平静,一切悄无声息,仿佛星球们都在结伴玩耍;最后,天空看来好似一座宫殿,大地这座宏伟的大厦就像乐园。啊,人的幸福何其短促!啊,世界,你的幸福,质地竟如此单薄!①

——简言之,伊丽莎白女王去世了,就是问德克尔,为他打扫房间的那个老太婆说了什么,或者,要是有人被堵在稠密的人群中,那天晚上切普塞德街②什么样子,问也白问。他非拔高不可;他非综合不可;他非美化不可。

　　多恩的天才恰恰与此相反。他缩小;他精确地描写细节。这不仅仅是因为他看到有损美貌的每个斑点、每条皱纹;而是他极为好奇地关注他自己对这样的对比的反应,而且急于把看见的这两个相冲突的细节并列在一起,任其发出不谐和音。正是这种在这个倾向华丽文风的时代里追求赤裸的渴望,这种决不记录有助于构成完满的适宜的整体的相似处,而记录破坏相似的不一致处的决心,以及使我们同时感到爱、恨、大笑的不同激

---

① 德克尔《美妙的一年》(1603)第 16 至 17 页。
② 中古时代,伦敦中部一条热闹的大街。

情的力量,使多恩区别于他的同时代人。如果日常往来——让一个讨厌家伙拦住谈话,上了律师的圈套,受到一位朝臣怠慢——尚且给多恩留下如此尖刻的印象,那么,坠入情网的影响必然要大得多,无法相比。对多恩来说坠入情网有许许多多含义;意味着受折磨,让人厌恶,幻想破灭和狂喜;不过,还意味着说真话,于是,那些爱情诗,悲歌和书信揭示出一种人物形象,其素质与伊丽莎白时代的爱情诗的典型人物形象大不相同。有几十个大手笔建立的伟大的理想形象,仍在我们眼里闪闪发光。她的身体如雪花石膏,她的腿好似象牙;她的头发像金丝,她的牙齿宛如东方的珍珠。她的声音像音乐般动听,她的步态雍容华贵。她可以爱,娱乐,也会不忠实,屈从,残酷和忠实;不过,她的情感单纯,跟她的容貌相称。多恩的诗所揭示的淑女,类型大不相同。她的皮肤为棕色,但也美;她孤独,但也好交际;她是乡下人,也爱城市生活;她持怀疑态度,然而虔诚,多愁善感,但含蓄——简言之,她像多恩本人一样,多样而复杂。至于选择一个人类完美的典型,并限制自己去爱她,而且只爱她,多恩,或者任何让他的感官纵情感受,而且忠实地记录他的种种情绪的人,怎么能这样限制他的本性,而且为了抚慰因循习俗者和正人君子而撒这样的谎?"爱的最美妙的部分,多样性"[1]难道不是吗?"变化,是音乐,欢乐生活和永恒的育儿室,"[2]他唱道。那个时代胆怯的时尚可能会限制一个情郎只爱一个人。就他来说,他妒忌,羡慕"认为多情人无罪"[3]的古人:

---

[1] 《冷漠的人》第20行。
[2] 《悲歌之三》末两行。
[3] 《悲歌之十七》第38行。

> 但是,自从用了荣誉这一称号,
> 就滥用了我们脆弱的轻信。①

我们从高贵的地位掉了下来;自然的黄金法则被废除。

于是,我们透过多恩那时而阴云密布,时而晴朗的诗的玻璃,看到许多他爱过、恨过的女人列队经过——有他轻视的平凡的朱莉娅;有他教じ她恋爱技术的傻子;有丈夫有病"圈在柳条椅里"②的女人;有只能用谋略冒风险才能爱她的女人;有梦见他、看见他越过阿尔卑斯山时被杀害的女人;有他不得不劝阻她别冒爱他的危险的女人;最后,是一个徐娘半老的贵妇人,他对她与其说爱,不如说尊敬——她们这样走了过去,平凡和稀罕,单纯和世故,年轻和年老,高贵和庸俗,各使不同的符咒,幻化出一个不同的情人,尽管那个男人是同一个男人,也许那些女人也是成年女性的种种状态,而不是各不相同的女人。这位圣保罗教堂的教长③在晚年本想编辑一部分这一类的诗,扣下这些情人当中的一个——大概是"上床""进行爱之战"那个诗人。要是那样,这位教长就错了。正是许多不同欲望的联合,才不仅赋予多恩的爱情诗以生命力,也赋予一种在传统而正派的情人身上少见的,力量如此强大的品质——心灵性。如果我们不爱那肉体,我们能爱那心灵吗?即使那诱惑先是这种品质的,然后又是那种品质的,如果我们不多样地、自由地去爱,我们能最终挑选出对于诱惑必不可少的唯一性质,从而使这些相互争斗的要素和平共处,达到超越于"他和她"④的境界吗?甚至在多恩最

---

① 《悲歌之十七》第 45 至 46 行。
② 《悲歌之一》第 22 行。
③ 即多恩。
④ 《承诺》第 20 行。

轻浮、年轻时纵情放荡的时候,他也能预告到了成年期,他会以不同方式,痛苦而艰难地爱一个人,而且只爱一个人。即使在他轻蔑、咒骂、辱骂时,他也预言了另一种关系,它超越了变化和离别,而且即使在两人的身体不在时也可能导致结合,交流思想感情:

> 若不是我们的灵魂已紧紧相连,就把我们
> 生生拆散,虽然办不到,不过把我们的身体分开,
> 我们仍然可以通过书信,送礼,
> 思念,做梦相爱;①

还有,

> 他们俩,相依为命
> 永不分离。②

还有,

> 因此,对适于两性的中性,
> 　我们死亡和复活都一样,而显示
> 　神秘就靠这种爱。③

对一个更远更微妙的境界的这种暗示和预告,驱使他一往无前,并注定他永远不得安宁,不满现状。他感到在任何这类片刻的快乐和厌恶之外有奇迹,在挑逗着他。情人们能达到那超越时间、超越性、超越肉体的结合的境界,能这样待上一会儿多好。他们终于暂时达到。在《狂喜》一诗里,他们一起躺在岸边。

> 我们的姿势整天那样,未曾挪动,

---

① 《悲歌之十二》第69至72行。
② 《短歌》《最甜美的爱,我不走》第39至40行。
③ 《封为圣徒》第25至27行。

那一整天,我们什么话也没有说……①

对此,狂喜没有感到困惑
　(我们说道)并告诉我们我们爱的什么,
由此,我们看到那不是性,
　我们看到,过去没有看到的确实在活动的东西……②

那时,我们是这新的灵魂,才知道,
　我们是由什么构成造就,
因为,我们借以发育成长的原子,
　是我们的灵魂,任何变化都不能入侵,
不过,唉,对我们的肉体
　我们怎么忍耐到现在,这么久……③

不过,唉,他突然中断,而这些话提醒我们,无论我们多么希望让多恩保持一种姿势——因为,正是在这些狂喜中,纯诗的诗句仿佛被高温所液化突然流动起来——要那样保持一种姿势违反他的本性。也许也违反事物的本性。多恩抓住那一激情,因为他知道,变化必然要变,不谐和音必然要打断。

　由于境遇,要长久维持那种狂喜,无论如何他都无能为力。他秘密地结了婚;当了父亲;使我们马上想起来,他很穷,然而野心很大,和一家人住在米切姆一栋潮湿的小房子里,孩子尚小。孩子们经常生病。他们哭闹;他在工作时,哭闹声穿透那偷工减

---

① 《狂喜》第19至20行。
② 《狂喜》第29至32行。
③ 《狂喜》第45至50行。

料盖的房子的薄墙,打扰他。当然,他要到别处寻求躲避,当然也要为这一解脱付租金。必须讨好那些备有美食和有美好的花园的贵妇人——贝德福德夫人,亨廷顿夫人,赫伯特太太①,必须安抚那些有权赠送房间的富人。于是,在严酷的讽刺诗作家多恩、傲慢的情人多恩之后,出现了权贵的忠诚仆人,对小姑娘也大加赞美的颂歌作者多恩那卑躬屈膝、阿谀奉承的形象。我们和他的关系突然改变。本来,那些讽刺诗和爱情诗有一种品质——某些心理上的激情和复杂性——使他比他的同时代人跟我们更接近,因为他的同时代人似乎常常陷入一个不同于我们这个世界的世界,不受我们那些令人困惑不安的事干扰,似乎也常常被我们羡慕然而感受不到的热情所席卷。要夸大跟谁的关系密切虽然容易,但是,因为我们易于接受对比,因为我们要求直言不讳,因为小说家用他们那缓慢、微妙、分析的散文教了我们心理上的复杂性,我们仍然会宣称,我们跟多恩亲近。不过,我们在他的发展历程中跟随他时,现在他却让我们陷入困境。他变得比任何伊丽莎白时代的人更疏远,更不可接近,更陈旧。就好像他曾经轻视、嘲笑过的时代精神,突然维护自己的权利,使这个叛逆成为它的奴隶。当我们看不见那个恨社会的直言不讳的青年,那个寻找和他的爱人神秘的结合,竟不可思议地时而在这儿、时而在那儿找到的热情的情人时,把最不可能腐败的人这样引入歧途的保护人和保护制度痛骂一顿,是很自然的。也许我们说得太轻率。每个作家都盯着读者,再说,贝德福德家,德鲁里家和赫伯特家的影响,是不是比图书馆和如今充当保护

---

① 露西·拉萨尔,贝德福德伯爵夫人;伊丽莎白·斯坦利,亨廷顿伯爵夫人,多恩向她们献过诗;马达伦·赫伯特太太,诗人乔治·赫伯特的母亲,多恩的圣诗和神圣十四行诗最初就是献给她的。

人的报纸老板的影响更坏,大可怀疑。

不错,这一比较,会引起很大的争议。给多恩的诗带来如此陌生的成分的贵妇们,只存在于映象,或者说扭曲的形象里,这是我们在诗的本身发现的。回忆录和书信写作的时代即将到来。要是她们写自己多好,而且据说彭布罗克夫人①和贝德福德夫人都是有成就的诗人,她们不敢在她们的作品上署名,因而失传。但是,有日记零零散散留存下来,我们可以从中更接近地不那么浪漫地观察这位女保护人。例如,安·克利福德夫人,某克利福德和某拉萨尔的女儿,虽然办事能干,务实,没有受多少教育——不许她"学习任何语言,因为她父亲不愿意让她学"②——但是,我们可以根据她的日记里大胆的叙述推断,她感到对文学及其作者负有责任,像她的母亲、诗人丹尼尔③的女保护人,在她之前所做的那样。她是大财产继承人,虽然受那个时代的影响,爱好田地、房产,忙忙碌碌为照管财富、房地产操心,但她仍然读好英文书,像她吃好牛羊肉那样自然。她读《仙后》和锡德尼的《阿卡迪亚》;她演过本·琼生的宫廷假面剧;那时,一个时髦姑娘应当能够读像乔叟那样陈腐的诗人,而不感到她在使自己成为笑柄,别人会拿她当女学究取笑,这是尊重读书的证明。这种习惯是正常的有教养的生活的一部分。即使在她成为一份房地产的女主人,而且有权要求拥有一份更大的房地

---

① 玛丽·锡德尼,彭布罗克伯爵夫人,她译的《诗篇》,有一部分是与她哥哥合译的,对此,多恩曾写诗纪念。
② 安·克利福德夫人,多塞特、彭布罗克、蒙哥马利伯爵夫人。见《生活,书信和工作》第 28 页。学者们倾向于认为,是不许安夫人学拉丁文、希腊文,不一定是当代语言。
③ 塞缪尔·丹尼尔(1562—1619),勉强地做过安夫人的家庭教师。他的十四行诗集《迪莉娅》和史诗《内战》献给他的母亲。

产时,仍保持这一习惯。在诺尔,她缝纫时,便叫人大声读蒙田给她听①;她的丈夫工作时,她则专心读乔叟。后来,由于多年的奋斗和孤独,不免愁闷,这时,她便去读乔叟,满意地深深叹口气:"……要是没有卓越的乔叟的书安慰我,"她写道,"像我那样,有那么多麻烦事,我的处境就可怜了,我一看入了迷,我对那些麻烦事,就看得很轻,全不放在心上,而且他那美好的精神有一小部分注入我心里。"②说出这些话的这个女人,虽然她从未打算办文艺沙龙,或建图书馆,但她觉得,对能写出《坎特伯雷故事》或《仙后》的出身寒微、没有财产的人表示敬意,是她义不容辞的责任。在诺尔,多恩当面给她讲过道。那位在威斯敏斯特教堂为斯宾塞建第一个纪念碑的资助人,就是她;在她为她的老家庭教师立墓碑时,如果说有大部分是详述她自己的美德和头衔,她仍然承认,像她那样高贵的夫人,也蒙受作家们的恩惠。在她没完没了地处理事务的那个房间,四面墙壁上都钉着伟大作家的语录,她在语录包围中工作,如同蒙田在勃艮第他的塔楼上在语录包围中工作一样。

因此,我们可以推断,多恩和贝德福德伯爵夫人的关系,跟目前这个时代诗人和伯爵夫人之间可能存在的任何关系,大不相同。那种关系有点疏远,拘泥于礼貌。对于他,她是"有如遥远的贤明的君王"③。且不说她的人品,她的职责之伟大就引起人们尊敬,正如她有权给予的报酬,引起人们谦恭。他是她的桂冠诗人,他赞美她的诗歌所得的报酬,便是几次邀请他到特威克

---

① 《日记》,1616 年 11 月,第 41 页:"9 日,我一边坐着干活,一边听里弗斯和马什读蒙田的《散文集》,这本书,他们读了将近两星期了。"
② 《生活、书信和工作》第 197 页。
③ 《献给亨廷顿伯爵夫人》第 44 行。

南陪她小住,让他与有权势的人见面,那些亲切的会见,对一个有野心的人的前途,大有好处——而多恩的野心很大,当然不是追求诗人的声誉,而是追求政治家的权力。因此,当我们读到贝德福德夫人是"上帝的杰作"①,她优越于一切时代的一切女人时,我们了解到约翰·多恩不是为露西·贝德福德而作;诗竟向权贵致敬。而这一距离有助于激发理性,而不是热情。贝德福德夫人如果从她的仆人的赞美中立即获得愉快,或者说令人陶醉的愉快,那她一定是个深得神学奥秘的非常聪明的女人。当然,多恩献给他的保护人那些诗里极精微的妙处和渊博的学问,似乎说明,为这样的读者写作的唯一效果,是夸大这位诗人的构思精巧。那没有诗意,不过是意义扭曲难懂的词句,会向这位保护人证明,这位诗人是为她运用技巧。再说,一首学识渊博的诗可以在政治家、官员当中流传,以证明这位诗人不仅会写几句诗,也能办差事,履行职责。不过,改换灵感激励者,虽然已毁了许多诗人——如丁尼生及其《国王歌集》便是一例——但仅仅激励了多恩那多边的天性和多面的头脑的另一边。我们一边读那首表面上赞美贝德福德夫人或那首纪念伊丽莎白·德鲁里(《解剖世界》和《灵魂的历程》②)的长诗,不由得一边思考,对一个诗人来说,在谈情说爱的季节结束后,还剩下多少可写的。在五月和六月过去之后,大多数诗人不再写或唱那不合调的他们的青春之歌。但是,多恩凭借他那敏锐、火热的智力安然度过中年这一危机。在"由于轻蔑一切驱使我写作的讽刺之火"③已

---

① 《献给贝德福德伯爵夫人》第33行。
② 伊丽莎白·德鲁里于1610年去世,时年十四岁。
③ 《致R. W. 先生》第7至8行。

熄灭,在"我的诗神(我曾经有一个),因为我冷,离我而去"①之后,仍然有转而探索事物的本质,并予以解剖的余力。即使在热情的青年时期,多恩就是一个爱好思索的诗人。他曾经对他自己的爱情进行解剖、分析。由此转向对世界进行解剖,由个人到非个人,是一个复杂天性的自然发展。由于中年及跟世人交往的影响,现在他专注的新角度,把过去憎恨某个朝臣或某个女人而受到控制的力量,全部释放出来。这时,他的想象,像摆脱了障碍似的,恣意的夸张阵阵奔放,像火箭般直冲云霄。是的,火箭爆炸了;它撒出一大片分散的小碎片——好奇的沉思,精微的比较,过时的学问;不过,头脑和心灵,理智和想象的双重压力给它插上翅膀,远远地冲进更美好的天空,他为他自己对那个死去的姑娘过分的赞美所激励,疾驰而去:

> 我们驾着星星,驱赶着它们一路飞奔,
> 对此,它们乐意或不乐意,倒都从命
> 不过地球是否仍保持她那浑圆的均衡?
> 特纳里夫那样的岛,或更高的丘陵
> 会不会太高,像礁石一样,让人想到
> 那漂浮的月亮会触礁下沉?
> 大海那么深,今天,也许明天
> 中了鱼叉的鲸鱼,不会在中途死去,
> 海底才是它们想去的归宿地。
> 为探测海深,人们放下那么多绳索,
> 有理由认为,绳索的尽头处,

---

① 《致 B. B. 先生》第 19 至 20 行。

地球另一面,会有一片与此相对的地区。①

再说,伊丽莎白·德鲁里死后,她的灵魂已逃离:

> 她没有在空中停留
> 去看看那儿的气象是什么状况;
> 她无欲望,不想知道,也无知觉,
> 半空一带风云变化激烈与否;
> 至于火的元素,她不知道,
> 她是否要经过这种地方;
> 她没有在月亮上歇足,也不想去体验
> 那个新世界里是否有人生存,死亡。
> 金星没有拦住她,问她怎么会
> 既是黄昏星,又是太白星②(既然是一个星);
> 可爱的墨丘利,曾对阿戈斯的眼睛施过法,③
> 对她却不灵,如今她可睁大眼睛……④

于是,我们深入到遥远的区域,接触到一些沉思冥想,既罕见,又疏远,与她的死引起爆炸的那个单纯姑娘相去十万八千里。不过,因为诗的优越性在于它们组织紧密的肌肉和气长的劲头,摘取诗的一些片段,即是将其缩小⑤。诗需要流畅地读下去,以把握整体的活力和感动力,而不是欣赏多恩突然将其打出火光,照

---

① 《解剖世界》第283至294行。
② 黄昏星、太白星都是金星的别称。
③ 阿戈斯,希腊神话中的百眼巨兽,睡觉时还睁着五十只眼睛。墨丘利,希腊神话中的赫耳墨斯,众神使者,亡灵的接引神,他去解救阿戈斯看守的伊娥时,施法让他闭上全部眼睛。
④ 《灵魂的历程》第189至200页。
⑤ 参看第21页。"他缩小;他精确地描写细节"一段。

亮我们长时间攀登的一个个阶段那些个别诗句。

这样,我们终于读到本书的最后一部分,神圣十四行诗和圣诗。由于时过境迁,诗又发生了变化。由于有人需要保护,那位保护人也随之而去。一位更贤明更遥远的君主取代了贝德福德夫人的地位。现在,这位显赫闻达的圣保罗大教堂的教长,转向这位君主。不过,这位显要人物的圣诗和赫伯特们、沃恩们的圣诗多么不相同!他写作时想起了他的罪过。他为"情欲、嫉妒"①狂热过;他追求过亵渎神明的爱情;他曾轻蔑、多变、热情、卑躬屈节、野心勃勃。他达到了目的;不过,他比牛马都更弱更坏。现在他也孤独。"自从我所爱的她"死去"我的善良即已死去"②。现在,他终于"全心全意致力于神圣的事物"。然而,多恩——那个"由种种元素巧妙地构成的小世界"③——怎么能全心全意致力于任何一件事?

   啊,真可气,两对立面合为一体:
   多变竟反常地产生
   不变的习性;既然我决不会这样,
   我要在誓言及忠诚上改变。④

对于这位诗人来说,这是不可能的,因为,他曾经那么好奇地注意到人生及其对比的流逝和变迁,他对知识那么爱追根问底,同时又那么怀疑——

   怀疑要明智,不妨用古怪的方式,

---

① 《神圣的沉思,十四行诗之五》第11行。
② 《神圣的沉思,十四行诗之十七》头4行。
③ 《神圣的沉思,十四行诗之五》头2行。
④ 《神圣的沉思,十四行诗之十九》头4行。

> 既然说,站着才正确,不致误入歧途,
> 　那么,睡觉,或奔跑即为错误。①

——他承认,他曾效忠于许许多多君主,英国的主体,国王,国教,为了达到生活更纯洁的诗人才能维持的那种完整而确实的状态。他的忠诚本身是狂热的,阵发性的。"我的虔诚,像奇异的疟疾,忽而来忽而去。"②那些忠诚充满了矛盾和痛苦。正如他的最色情的爱情诗,会突然显示想达到"超越于他和她"的超验的结合的欲望,而且他写给高贵的夫人们的最虔诚的信,会突然变成一个热情的男人献给血肉之躯的女人的爱情诗,因此,最后这些圣诗,是攀登和跌落、不谐调的吵吵闹闹和庄严仪式并存的诗,仿佛处于闹市的教堂。也许这就是这类诗还能引起兴趣和厌恶,轻视和钦佩的原因。因为这位教长还保留了他年轻时那份改不了的好奇心。即使在他已得到这个世界不得不给予他的一切时候,他也置之不顾,说真话的诱惑仍然在他心里起作用。关注他自己的感觉的本性这一顽固的兴趣,仍然使他感到烦恼,老来也不得安宁,如同他年轻时使他烦恼,并使他成为精力最充沛的讽刺作家,最热情的情人。对于由这样不同的一缕缕线编成的天性来说,即使在他的声望达到顶点而且快进坟墓时,也没有安宁,没有尽头,没有解答。在他感到死亡来临那种感觉与疲倦的心满意足的人安然入睡有天渊之别时,他所作的有名的准备,是为他的坟墓雕刻一座他穿着尸衣躺着的像。他仍然必须树形象,仍然昂然挺立——也许是一个警告,肯定是一个预兆,不过,总是有意识的、显著的是他自己。最后,我们为

---

① 《讽刺诗之三》第77至79行。
② 《神圣的沉思,十四行诗之十九》第12至13行。

什么仍然要找出多恩,为什么在三百多年以后我们仍然那么清晰地听到他那跨越几个时代的声音,这也是原因之一。当我们出于好奇,竟将他切碎,"检查每一部分"时,我们就像医生,"不知道原因"①——我们弄不明白,那么多不同的品质怎会集于一身,这也许是合理的。不过,我们只得读他的诗,听从那热情的具有穿透力的嗓音的摆布,于是,他的形象越过漫长的年代再次出现,比他那个时代的任何人都挺拔、傲慢、不可思议。连自然力也尊敬这一形象。当伦敦那场大火几乎把圣保罗大教堂里所有其他墓碑烧毁时,多恩的雕像却完好无损,仿佛连火焰也发觉那个疙瘩太硬毁不了,那个谜语太难无法解读,那个雕像本身太完整不能化为普通泥土。

石永礼 译

---

① 《沮丧者》第 1 至 3 行。

《彭布罗克伯爵夫人的阿卡迪亚》

如果,有些书的确为了逃避现时,及其卑鄙、肮脏而写作,那么,读者肯定熟悉同一种心情。拉上窗帘,关上门,以降低街上的喧嚣,挡住强光和摇曳的光影——这是我们的愿望。虽然那些像《彭布罗克伯爵夫人的阿卡迪亚》之类的皇皇巨著,仿佛由于自身的重量而沉到书架的底层,这时,就连它们的外观也有魅力。我们喜欢感到现时并没有结束;在我们之前,别人的手一直摸着那皮封面,直到四个角变圆变钝;一直在翻那些书页,直到书页发黄折角。我们喜欢把那些正是在这个抄本上读过他们的《阿卡迪亚》的老读者的幽灵召唤到我们跟前——理查德·波特,他是看着伊丽莎白时代的人取得辉煌成就时阅读的;露西·巴克斯特,她是在王政复辟时期那些放荡的日子里阅读的;托·黑克,虽然那时已是十八世纪初,他那手端正漂亮的签字已显出一种区别,他仍在阅读。由于每个人都以他自己那个时代的洞察力和盲区阅读,不免见仁见智。我们阅读也同样有偏向。我们在一九三〇年会错过大量在一六五五年看来很明显的东西。我们也会看见一些十八世纪忽视的东西。不过,我们还是把读者的代代相承延续下去;现在轮到我们了,还是带着我们自己这一代的洞察力和盲区去读《彭布罗克伯爵夫人的阿卡迪亚》,然后照样把它传给我们之后的读者。

如果我们因为想逃避而选择《阿卡迪亚》,的确,这本书给我们的第一个印象是,锡德尼写作这本书的意图几乎完全相同:"……这仅仅为你,仅仅献给你而作",他告诉"亲爱的夫人和妹妹,彭布罗克伯爵夫人"。① 在威尔顿,他没有观看他面前的事物;他没有想自己的烦恼,也没有想伦敦高贵的女王的骚乱心情。他脱离了现时及其纷争。他仅仅为了他妹妹消遣,不是为"更严格的眼光"写作。"都写在散页纸上,其中大部分在你处,其余,一俟写好即送上,一次送数张,对于这种方式,你本人是最好的见证。"② 在威尔顿,他和彭布罗克夫人坐在一片丘陵下,他久久地遥望着他称之为阿卡迪亚的美丽地方。那是一片幽美的山谷和肥沃的牧场,那儿的房子,"是由黄石块盖的形状像星星的小屋";那儿的居民,或是高贵的王子,或是卑微的牧羊人;那儿要办的事就是谈情说爱和冒险;熊和狮子会突然袭击在被玫瑰花染红的田野里沐浴的美貌姑娘;公主们都禁闭在牧羊人的茅屋里;永远需要乔装;牧羊人其实是王子,女人其实是男人;简言之,那儿什么东西都可能有,什么事都可能发生,除了一五八〇年在英国实际上有的东西和发生的事。当锡德尼把这些梦幻的篇章交给他妹妹时,很容易看出,他为什么笑着请求她宽容。"那么,在你闲暇时读一读吧,凭你良好的判断力,会发现其中一些愚蠢行为,别指责,置之一笑吧。"③ 即使就锡德尼家和彭布罗克家的生活来说,也不大像那样。然而,当我们靠在椅子上半闭着眼睛倾诉我们不负责任的梦想时,我们虚构的生活,我们讲的故事,也许有一种粗野的美,跃跃欲试的活力;我们往往

---

①②③ 题献书信《致亲爱的夫人和妹妹,彭布罗克伯爵夫人》第57页。

在这些梦想中揭示出我们清醒地暗中想望的东西的扭曲而且装饰过的形象。因此,由于有意轻视跟生活真实的任何接触,《阿卡迪亚》获得了另一种现实。当锡德尼暗示,他的朋友们会为了作者而喜欢这本书时,也许他指的是,他们会在其中发现他用别的方式不能说的话,如同在河边唱歌的那些牧羊人"有时抒发快乐,有时宣泄悲伤,有时这种心情向那种心情提出质疑,有时说一些用别的方式他们不敢涉及的事情"。也许是在《阿卡迪亚》的乔装下,一个真实的男人试图私下倾诉他的贴心话。不过,在头几页最初的新鲜情境中,那乔装本身就足以迷住我们。我们发觉我们自己也在春天,在"西塞拉岛前面"的沙滩上跟牧羊人在一起。于是,看见海上漂浮着什么东西。是一个男人的身体,他紧紧搂着一个小方匣子;他年轻、漂亮——"虽然他赤身裸体,但对于他那赤裸就是服装";他的名字叫缪西多勒斯;他失去他的朋友。于是,那些牧羊人一边唱着悠扬悦耳的歌,一边救活这个年轻人,然后,他们坐上小船,从这个避风港划出去,寻找皮洛克利斯;海上出现一个冒着火花和烟雾的斑点。因为,缪西多勒斯和皮洛克利斯这两位王子乘的船着了火,在海上燃烧,周围有大量贵重东西,还有许多淹死的尸体。"简言之,打了一场胜仗,战胜者在那儿占有田地和战利品;没有遭遇风暴或不利情况而船遇难;于是大海中央一片大火。"

不一会,我们就领略了编织成这幅巨大挂毯的一些元素。我们领略了场景的幽美;画一般宁静;以及那不是猛烈地,而是伴着牧羊人悠扬美妙的歌声缓缓地轻轻地向我们漂来的什么东西。有时,这一情景凝结为一个短语,萦绕于耳畔——"大海中央一片大火";"他们的脸上有几分等待的愁容"。这时,那喃喃的耳语扩大、展开,化为一段更精妙的描写:"每个牧场都牧放着羊群,在安详地吃草,可爱的羊羔动人地咩咩叫着,求母羊安抚;这儿一个牧羊人的男孩在吹笛子,仿佛他们决不会老;那儿一个牧羊姑娘在编织,一边唱着,看来好像她的歌声安慰着她那双在编织的手,而那双手又伴着那悦耳的声音活动"——这一段使我们想到多萝西·奥斯本的《书信集》中那段著名的描写。①

场景的幽美,情节的高贵,声音的美妙——这些似乎是回报那完全为了自己而寻求享乐的心灵的恩惠。锡德尼拉着我们在这片不可能有的风景中的弯弯曲曲的小路上走着,因为他带路完全是出于对漫游的爱好,看不见任何尽头。甚至读出那一个个词的音节,也使他感到最大的愉快。即使当我们掠过那些起伏的句子的光滑的脊背时感到的韵律,也使他陶醉。瞧,当他抓起一把把闪闪发光的词时,他似乎叫了起来,难道这周围真有那么多美妙的词可以随要随取?何不挥霍一下大量使用这些词?于是他这样尽情享受一番。羊羔不是吮奶——而是"动人地咩咩叫着,求母羊安抚";姑娘们不是脱衣服——而是"去掉她们的服装的遮蔽";树在河上没有倒影——而是"她似乎凝视着,在那条奔流的河边梳理她那绿色的鬈发"。很荒谬;然而,对于自己描绘的形象感到很大兴趣和惊奇这样的著作,和语言上已没有露珠的后代的著作,有很大的差异——例如,一点颤抖引起激动而写出一个句子,这在语法更规范的时代本来会冷静地写得很匀称:

> 那个男孩,虽然很美但凶狠;虽然快死了但很美,双脚摇摇欲坠,站不住,跌倒在地,由于愤怒,他咬着泥土,抱怨他的命运,他抗拒着死亡,能挺多久,就挺多久,而死亡也不

---

① 《多萝西·奥斯本致威廉·邓波尔书信集》第24封。

愿意；他脱离他那年轻的挣扎的灵魂，拖得太久。

正是这不匀称和弹性给锡德尼的巨著增添了新鲜。在我们半笑半抗议着匆匆读完这部著作之后，往往产生这种愿望，很想完全闭上理智的耳朵，躺着倾听这不成句的模糊不清的声音；倾听这由陶醉的声音构成的合唱，像鸟儿们在还没有人起床以前在房子四周那样疯狂地歌唱。

不过，很容易过分强调使我们感到愉快的这些品质，因为它们已消失。毫无疑问，锡德尼写作《阿卡迪亚》，部分是为了消遣，部分是为了练笔，用英语的这一新工具进行实验。但即使如此，他仍然年轻，仍然是个男人；即使在阿卡迪亚，道路也有车辙，马车翻车，女士们肩膀脱臼；甚至连缪西多勒斯和皮洛克利斯王子也有热情；帕美拉和菲洛克丽亚，尽管她们穿着海蓝色的缎子衣服，有串着珍珠的网，但都是女人，而且能爱。因此，一支流动的笔不能把我们偶然遇到的一幕幕情景连续不断地一气写出来；像任何小说家一样，锡德尼有时停下笔想一想，在这特定情境中，一个真实男人或女人会说些什么话，这时他自己的情感突然显露出来，用不协调的强光照亮那片模糊的田园风景。我们暂时获得一个令人惊奇的组合；天然的日光压倒了银白色的烛光；牧羊人和王子们突然停止歌唱，用他们急切的人类的声音，急促地说了几句话。

……我倾向那边的棕榈树，我曾多次羡慕它的幸福，因为它能怀着爱情而不感到痛苦；当我的主人的牲口到这片新鲜草地来反刍时，我会多次看见那头年轻公牛证明它的爱情；如何证明？用骄傲的神情和快乐的状态。啊，可怜的人类（这时我自言自语），在人类，智慧（本应该是他的福利的统治者)竟成为他的幸福的叛逆;这些牲口,像大自然的孩子一样,平静地继承了她的福分;我们却像私生子一样被遗弃海外,甚至像受痛苦和悲伤养育大的弃儿。它们的头脑对它们身体的舒适并不抱怨,也不阻碍它们的感官享受它们想要的东西;而我们有荣誉的阻碍,有良心的折磨。

这些话从讲究吃喝,有纨绔习气的缪西多勒斯的嘴里说出来,听起来很奇怪。这些话里,有锡德尼自己的愤怒和痛苦。接着,小说家锡德尼突然睁开眼睛。他注视着帕美拉,这时她拿着那形态像螃蟹的宝石,"因为它瞧着这边,却爬向那边",用以表示,虽然他假装爱莫普莎,他的心却属于帕美拉。她拿着它,他写道:

> 那样漠不关心,对什么都听之任之(正像我们对待那种人的讲话一样,他们在实质上,容貌上,无论哪一方面,都不属于我们这类人),那种冷漠的气质,夹杂着她那天生的高贵仪态发出的闪电,最让我受不了,虽然还有其他情况……

要是她轻视他,要是她恨他,倒好一些。

> 但这残酷的平静,既不离去以示厌恶,也不动情以示眷顾;虽然亲切,但仍然是那种态度的亲切;她待人接物的礼貌都铭刻着这种平静,因为,她的所作所为是为了美德,不是为了赴聚会……(我说)她这种超凡脱俗的仪态……要达到,太不可能了,我几乎开始听任绝望的折磨,因为不知道任何说服的办法……

——这的确是一个感受过他所描写的痛苦的男人所作的敏锐而

精微的观察。有一会,那些苍白的传奇故事中的人物,吉尼西亚、菲洛克丽亚和泽尔曼都活跃起来;她们那没有特征的脸由于激情而活动;吉尼西亚,在知道她爱着她女儿的情人之后,由愤怒转为庄严,"激烈地叫喊泽尔曼救我,啊,泽尔曼可怜可怜我吧";这个美丽的陌生的亚马逊人①,唤起了老国王的衰老的色情,老国王显得又老又蠢,"非常好奇地瞧着自己,有时,还小跳一下,仿佛他说过我还有劲呢。"

不过,一时的照明渐渐熄灭,王子们再次恢复原来的姿势,牧羊人又弹起琵琶之后,那照明给整部书投下好奇的光。我们更清楚地了解了锡德尼写作的界限。有一会,他能像任何现代小说家那样敏锐而准确地注意,观察,记录。接着,在向我们这边这样看一眼之后,便转向一边,仿佛他听到别的声音在呼唤他,必须服从吩咐。他提醒自己,散文里不能用日常说的普通语言。在爱情故事里不能让人感到王子和公主像寻常的男女。幽默是农民的属性。他们的行为可以显得可笑;他们的言谈可以很自然;他们像达梅塔斯那样可以一边走过来一边"吹着口哨,扳着指头数,十七头肥牛一年要吃多少驮干草";但是高贵人物所用的语言必须长,抽象,充满隐喻。而且,他们必须是具有毫无瑕疵的美德的英雄,或者毫无人性的坏人。他们不能露出一星半点人的种种怪癖和小气。散文还必须小心避开当前的真情实况。有时,在对大自然观察一会之后,不妨如实描写所见的景物;记下苍鹭从沼泽地飞起时"摇摆着",或者写下打野鸭用的猎狗,在搜索野鸭时那"气咻咻的优美姿态"。不过,这种现实主义只能用于描写大自然、动物和农民。看来,散文似乎有助于

---

① 希腊神话中骁勇、善战的女战士,也指孔武有力的女人。

抒发缓慢的、高尚的、一般化的感情；有助于描述荒野的景色；有助于传达冗长的四平八稳的谈话，可以一气谈上好几页没有别人打断。另一方面，诗的职能颇不相同。当锡德尼想把一个单独的明确的印象加以概括，巩固，记录下来时，观察他如何转而作诗，这是出于好奇。在《阿卡迪亚》，诗在一定程度上履行现代小说中对话的职能。它打破单调，投入一道强光。由于散布于皮洛克利斯和缪西多勒斯的无休止的冒险中那些诗歌片段，我们的兴趣再次燃起来。在散文部分引起昏昏欲睡的倦怠之后，那些诗的现实主义描写和活力往往带来震动：

　　这等无窗的住所何必如此兴高采烈？
　　　或者说，除了可怜的人类这光荣的名称，
　　　他们那肉体凡胎，在这儿会获得什么？
　　球儿们变为星星，奴隶们成为命运的主宰，
　　　因为他们受了自身牢笼的传染，
　　　那儿担心死亡，活着也痛苦。
　　　就像演员被安排好去充塞肮脏的舞台……

——不知道那些懒惰的王子、公主怎么理解这番激昂的话？或这些话：

　　一家贩卖耻辱的商店，一本满是污点的书，
　　　这身体是……
　　这个人，这个会说话的畜生，这个能行走的树。

——于是这位诗人转而叙述他的无精打采的同伴，仿佛他厌恶他们的自我陶醉的纨绔习气；然而还得纵容他们。虽然诗人锡德尼显然有精明的眼光——他谈到"聪明的勤劳的蜜蜂的蜂窝"，也像乡下养育大的任何绅士一样，知道"牧羊人如何打发日子。玩用管子吹木杆,玩蒙上眼睛猜人,或者玩船"——他仍然不顾他的读者,必须单调地嗡嗡讲下去,讲普兰古斯和埃罗娜、安德罗马娜女王、安菲亚勒斯和他的母亲塞克罗皮亚的种种阴谋。虽然他们搞阴谋,下毒,一辈子心狠手辣,但对伊丽莎白时代的听众来说,故事再美好、再模糊、再冗长,都不为过,这很不协调。仅仅因为那天早上泽尔曼被狮子抓了一下,才把那个故事缩短,并向巴西利建议,还是把克莱的诉苦留到另一天讲为好。

她发觉那首歌已消磨了不少时间,而拉蒙刚开始讲一个新故事,不知道什么时候才能讲完,虽然她很喜欢听,也乐于同意这建议。于是,他们从四面八方走去,把自己托付给死亡大哥。

当这个故事弯弯曲曲进行下去的时候,更确切地说,当故事一个接一个,像柔软的雪花似的一个落在一个上面,后者消灭前者的时候,我们也受到诱惑很想仿效他们。沉沉的睡意闭上我们的眼睛。我们半做梦,半张着嘴打哈欠,也准备去找死亡大哥。那么,最初那种令人陶醉的解脱感怎么样啦?我们本想逃避,却被抓住,陷入罗网。讲一个故事让妹妹开心,最初看来,似乎多么容易——逃避此时此地,到一个处处有琵琶和玫瑰花的世界里东游西荡,多么令人振奋!不过,唉,柔软让我们迈不开脚步;荆棘挂住了我们的衣服。我们终于渴望看到一点平铺直叙的描写,这种文体的装饰,最初那么令人心醉神迷,已经变得索然无味,黯然失色。要找出原因并不难。锡德尼兴兴头头,运笔如飞,但他下笔太漫不经心。他动身的时候,不知道到哪儿去。他认为,讲故事就够了——一个接一个没完没了地讲下去。

不过，在看不到尽头的地方，就没有拽着我们往前走的方向感。既然保持他的人物绝对好和绝对坏，没有区别，是他的计划的一部分，那么，他也不能从人物的复杂性获得多样性。为了提供变化和发展，他不得不求助于神秘。利用更换服装，王子乔装为农民，男人乔装为女人，代替心理的微妙活动，可以缓解聚在一起的人们无话可谈的沉闷。这些孩子气的玩意儿的魅力，一旦让人感到索然无趣，他就无计可施了。我们再也不能确定是谁在说话，跟谁说，说什么。锡德尼对这些漫游的幽灵的控制的确太松，以致话才说到一半，他竟忘了他和人物是什么关系——说话的"我"是作者呢，还是人物？读者和作者之间的关系，一旦被如此不负责任地解除，成为假定的，无论是这种优美，还是这种魅力，都不能使任何读者受其束缚。于是，这本书渐渐飘进空气稀薄的地狱边缘地区。它成为那种几乎被遗忘的废墟之一，那儿，野草漫过倒塌的雕像，下着小雨，大理石台阶长满青苔，绿茵茵的，花圃里杂草丛生。然而，它仍然是值得偶尔一游的美丽花园；人们会被可爱的破损的面部绊倒，到处开着花，夜莺在紫丁香树上唱着。

于是，我们终于读到最后一页，这是锡德尼在放弃想完成《阿卡迪亚》的无望的尝试之前写的，这时，我们停了一会，才把它放回书架底层原处。在《阿卡迪亚》，如同在一个发光的世界，潜藏着英国小说的全部种子。我们可以探索无穷的可能性；它可以有许多不同的趋向当中任何一种趋向。它会不会专注于希腊，王子，公主，可能还有雅兴去寻求雕像的美，非个人性？它会不会遵循用词朴实无华，善写众多英雄和辽阔的景观的史诗笔法？也会密切观察当前的现实吧？它会不会把达梅斯塔和莫普莎，把出身卑微，说话粗鲁而自然的普通人，作为它的主人公，而且描写人们日常生活的正常过程？它会不会掠过重重障碍，深入内心，触及一个因为爱着不能爱的人而陷于不幸的女人的痛苦和复杂性；触及一个受不适宜的恋情折磨的老头的老年荒唐？它会不会存在于研究他们的心理学和灵魂的冒险？所有这些可能性都存在于《阿卡迪亚》——传奇和现实主义，诗和心理学。不过，锡德尼仿佛知道，对于他那样年轻来说，他提出的任务太大，无法完成，给后世留下了一份遗产之后他便在中途放下笔，本想给他妹妹讲故事，在威尔顿消磨漫长的日子这一尝试，虽然很美，很荒唐，但未能完成。

石永礼 译

《鲁滨孙飘流记》

探讨这部古典著作,有很多方法;但我们选择哪一种呢?我们用这句话开头如何:自从锡德尼未完成《阿卡迪亚》,在朱特芬去世以来,英国人的生活发生了很大的变化,小说已经选择了,或者说被迫选择了它的方向?中产阶级已经产生,他们能读而且急切想读的书,不仅仅是王子和公主的爱情故事,还有写他们自己和他们的平凡生活的细节的作品。散文依靠大批作家得到扩展,适应了这一需求;它使自己适于描述生活的真情实况,而诗则不情愿。这的确是探讨《鲁滨孙飘流记》的一种方法——通过小说的发展;但立即出现另一种方法——通过作者生平。我们在传记这一片片天堂般的牧场上消磨的时间,可能比通读原著的时间多得多。首先,笛福的出生日期就可疑——是一六六〇年,还是一六六一年?再说,他拼写他的名字是用一个词,还是两个词?① 他的祖先又是谁呢?据说,他做过袜商;但在十七世纪袜商究竟是干什么的呢?后来他成为小册子作者,获得威廉三世的信任;由于他写的一本小册子,受过上颈手

---

① 笛福,原姓福(Foe),不知什么原因加上法语词头笛(De)。

枷示众的刑罚,又被关进新门监狱;①他受雇于哈利,后来又受雇于戈多尔芬;他是第一个受雇用的新闻记者;他写了无数小册子和评论文章;还写了《摩尔·弗兰德斯》和《鲁滨孙飘流记》;他有妻子和六个孩子;身材瘦削,鹰钩鼻子,尖下巴,灰眼睛,嘴边有一颗大黑痣。即使对英国文学了解很少的人,也无须告诉他们,探索小说的发展,查看小说家们的下巴,可能花多少小时,又有多少人为此耗费了一生的精力。但是,当我们从理论转向传记,又从传记转向理论的时候,有时不由产生怀疑——即使我们知道笛福出生的确切时刻,他爱谁,为什么,即使我们记住英国小说从它在(姑且说)埃及孕育到它(也许)在巴拉圭的荒野里死亡这部兴盛衰亡史,我们能从《鲁滨孙飘流记》多得到一点快乐,或者阅读时多一分明智吗?

至于这部书本身,依然如故。我们在探讨作品的过程中,无论怎样扭动身子绕来绕去,悠悠闲闲随意赏玩,末了总有一场孤独的战斗在等待我们。作者和读者之间有一件事须先磋商,才有可能进一步讨论;在这次面谈的中途还要提醒一下,笛福卖过袜子,一头褐发,上过颈手枷示众这些事,会让人分心,让人烦恼。我们的头一项任务,而且往往很艰巨,是掌握这位小说家的透视法。在我们知道他是如何整顿他的世界之前,批评家硬要让我们接受的那个世界的装饰品,传记作家要我们注意的这位作家的冒险经历,都是我们不能利用的多余的东西。我们必须独自爬到这位小说家的肩上,通过他的眼睛观察,直到我们也了解他是按什么秩序安排那些庞大的普通的观察对象,这是小说

---

① 1703年,笛福为之受颈手枷示众,并被关进监狱的小册子,是他那本著名的讽刺习作《对付非国教徒的最简便的办法》。

家注定要观察的:个人,人们,他们后面的大自然;他们之上的那种力量,为了简便,我们不妨称之为上帝。于是,马上引起混乱,判断错误和困难。我们虽然觉得这些对象很简单,但是,由于小说家处理他们相互之间的关系所用的方式,可以把他们写得很怪异,当然认不出来了。即使朝夕相处,呼吸同样空气的人们,在比例感上都有很大的差异;对于这个人来说,人类是巨大的,树很渺小;对那个人来说,在背景的衬托下,树是巨大的,人类微不足道,看来的确如此。因此,作家们可以生活在同一时代,看见的东西却不一样大,且不管教科书如何说。这里以司各特为例,他的山在朦胧中显得很高大,因此他的人物都是按比例描绘的;简·奥斯丁挑出她茶杯上的玫瑰花与她的对话的机智相比;而皮科克却用一面奇异的扭曲的镜子看天下,在镜子里,茶杯也许是维苏威火山,或者维苏威火山也许是茶杯。然而司各特,简·奥斯丁和皮科克都生活在同一时代;①他们看见同样的世界;在教科书里,把他们列于文学史的同一时期论述。他们之所以不同,在于他们的透视法。那么,如果答应我们,只要各自牢牢抓住这一点,这场战斗就会以胜利结束;由于确信我们私下的谈话,我们就可以享受批评家和传记作者慷慨提供给我们的各种各样的乐趣了。

然而,还会出现不少困难。因为,我们对世界有自己的看法;那是由我们自己的经验和偏见形成的,因此,与我们自己的虚荣和爱好紧密相连。如果有人耍花招,搅乱了我们私人的和谐,而不感到受了伤害、侮辱,是不可能的。因此,当《无名的裘

---

① 瓦尔特·司各特爵士(1771—1832);简·奥斯丁(1775—1817);托马斯·洛夫·皮科克(1785—1866)。

德》，或普鲁斯特的新书问世时，报上的抗议如潮水般涌来。如果生活真像哈代所描写的那样，明天切尔特南的吉布斯少校就会往他脑袋上开一枪；汉普斯特德的威格斯小姐一定要提出抗议，虽然普鲁斯特的艺术手法高妙，她感谢上帝，真实世界与那个反常的法国人扭曲的描写毫无共同之处。这位先生和这位女士都试图控制小说家的透视法，为了跟他们自己的透视法相似，从而得到声援。但是，伟大的作家——这位哈代，或这位普鲁斯特——不顾私人财产权，仍我行我素；他靠辛苦工作，使混乱状态秩序井然；他在那儿栽一棵树，在这儿安排一个人物；他按自己的意愿把他神造成古代的或现代的形象。在杰作里——即幻象清楚，已建立秩序的书——他把自己的透视法那么猛烈地强加于我们，我们往往感受到极大的痛苦——我们的虚荣受到伤害，因为我们自己的秩序被推翻；我们感到害怕，因为把支持我们的旧支柱强行拔掉；于是，我们感到厌烦——从一个崭新的思想能捞到什么愉快或娱乐呢？然而，有时一种罕有的持久的愉快即诞生于愤怒、恐惧和厌烦。

也许《鲁滨孙飘流记》是一个恰切的例证。它是一部杰作，它之所以是杰作，主要是因为他从始至终坚持他自己的透视感。为此，他处处使我们受挫，受嘲弄。让我们大体上看看本书的主题，把它和我们的先入之见加以比较。我们知道，这是写一个人在经历了多次危险和冒险之后，孤身一人被弃于一个荒岛的故事。仅仅这一暗示——危险，孤独，荒岛——就足以引起我们的想望，期待着在世界边缘一个遥远的地方；日出和日落；一个同人类隔绝的人，孤独地思考着社会的本质和人们的奇风异俗。在翻开本书之前，也许我们就已经把期望它给我们的那种愉快模糊地勾画出来。我们读下去；读每一页我们都受到粗暴的顶撞。没有日落日出；没有寂寞，没有人。相反，只有一个大瓦罐摆在我们面前。即是说，我们得知那是一六五一年九月一日；主人公的名字叫鲁滨孙·克罗索；他的父亲害痛风。显而易见，我们必须改变我们的态度。现实，事实，实质将支配以下整个故事。我们必须赶快彻底改变我们的比例；大自然必须收起她那灿烂的紫色；她只是干旱和水的赏赐者；人必须贬为奋斗的自我保护的动物；上帝萎缩为行政长官，他那实在的，还有点硬的宝座，在仅仅稍高于天边的地方。我们每次出动搜寻关于这些透视的基本方位——上帝，人，大自然——的信息，都遭到无情的常识的断然拒绝。鲁滨孙想到上帝："有时，我告诫自己，苍天为什么这样完全毁了它的生灵……但总有什么东西很快回到我身上，阻止这些想法。"上帝不存在。他想到自然，田野"装饰着野花和青草，到处都是繁茂的树林"，但是树林的重要之处，在于它庇护大量可以驯养，可以教它说话的鹦鹉。大自然不存在。他考虑他打死的人。应当马上把他们埋了，这是极为重要的，"因为他们在太阳下曝晒，不久就会发臭"。死亡不存在。除了一个大瓦罐，什么都不存在。即是说，最后我们不得不扔掉我们自己的先入之见，接受笛福自己愿意给我们的东西。

那么，让我们回到开头处，再重复一遍，"我于一六三二年出生于约克城一个体面人家"。没有比这一句更平易，更实际的开头。我们清醒地受其引导，去思考井井有条的勤奋的中产阶级生活的种种福分。他让我们相信，出生于英国中产阶级最幸运。显贵们可怜，穷人也一样；这两种人都不免心神不宁，忧虑不安；处于卑微与显贵之间的中间地位最好；它的优点——有节制，中庸，平和，以及健康——再好不过。可是，一个中产阶级青年倒了霉竟然傻里傻气迷上了冒险，这是一件令人遗憾的事。

他这样平淡地写着,一点一点地画他自己的画像,为了让我们绝不会忘记——他也决不会忘记把他的精明,他的谨慎,他对秩序、舒适、可敬的品格的爱好,给我们留下了难以磨灭的印象;直到我们终于到了海上,遇上风暴,接着一瞧,我们看见的一切,就像鲁滨孙看见的那样,一点不差。波涛,水手,天空,船——这一切,都是通过那双精明的中产阶级的没有想象力的眼睛看到的。什么都逃不过他的眼睛。凭他那天生谨慎,忧虑不安,传统,始终讲求实际的智慧看来,一切事物就是那样。他也能表达热情。他天生不大喜欢大自然的宏伟,壮美。他甚至对夸大的上天保佑表示怀疑。他太忙,又专注于主要机会,以致他对周围的情况仅注意到十分之一。他相信,只要他有时间观察,一切事物都可能有合理的解释。"一群巨大的野兽"在夜里游过来,围着他的小船,使我们大吃一惊,比他受的惊吓大得多。他马上拿起枪,向它们射击,于是它们游开了——他真不知道它们是不是狮子。在我们还不知道的时候,嘴张得越来越大。我们在吞咽着怪物,这如果是一个有想象力的好炫耀的旅行家给我们的,我们就不愿吞了。不过,这个坚强的中产阶级男子汉观察到的任何事物,都可以当做事实。他永远在数大桶,合理地储备淡水。即使在琐事上,我们也没有发现他有失误。我们感到奇怪,难道他忘了船上有一大块蜂蜡?没有。不过,尽管他已经把蜂蜡制成了蜡烛,但在三十八页上的蜡块则远不如二十三页上的蜡块大。说来奇怪,当他留下什么矛盾的情节不管时——如果那些野猫总是那样非常驯服,为什么那些山羊总是那样非常胆小?——我们并不认真地感到心烦,因为总有理由,而且是很充分的理由,只要他有时间跟我们说明。当一个人在孤岛上独自谋生的时候,生活的压力的确不是开玩笑的事,也不是大哭一场的事。他必须关心一切;当闪电可能引爆他的火药时,这决不是为大自然而欣喜若狂的时候——必须找一个更安全的地方存放火药。于是,凭借不偏离地讲述在他看来的真实——作为一个伟大的艺术家,为了使他的主要品质产生效果,即真实感,就要有所放弃,有所冒险,敢于尝试——他终于使普通劳作变得高贵,普通工具变得很美。挖掘,烘烤,种植,建造——这些简单工作有多么严肃;小斧头,剪刀,木头,大斧头——这些简单工具变得多美。由于没有受到评论的妨碍,这个故事以庄严的彻底的质朴大步前进。然而,评论怎么能使它给人留下更深刻的印象?的确他走的路子与心理学家的路子正相反——他描写情感对于身体而不是头脑的作用。但是,当他在一时的痛苦中谈到他如何捏紧拳头,任何软东西都会被捏得粉碎;如何"我的上下牙也咬得死紧,半天都松不开"时,要作好几页的分析才能达到这样深刻的效果。就此而论,他自己的本能是正确的。"还是让生物学家,"他说道,"去解释这些事,及其产生的原因和方式;我对他们只能说,写事实……"如果你是笛福,的确,描写事实就够了;因为事实是恰当的事实。凭借这种求实的天才,笛福取得的效果,除了伟大的小说大师,谁也达不到。他只消用一两个词"灰蒙蒙的早上",就生动地描绘出一个有风的黎明。用世界上最平淡的说法,就传达出一种荒凉和许多人死亡的感觉,"以后,我再也没有见过他们,连影子也没有见过,除了三顶帽子,一顶便帽,两只不是一对的鞋"。当他终于叫道,"瞧我多像一位国王,一个人用餐,有仆人侍候"——他的鹦鹉,他的狗,他的两只猫,这时,我们不能不感到,全人类都在一个荒岛上——尽管笛福马上告诉我们,这些猫不是原来船上的猫,他往往让我们扫兴。原来那两只猫都死了;这些猫是新来的,其实,这些猫因为多产,不久就变得非常讨厌了,而那些狗,很奇怪,竟一直没生育。

于是,笛福重申前景只有一个普通的瓦罐,借以劝说我们去看遥远的海岛,那人类灵魂的寂寞去处。由于坚定不移地相信那个瓦罐的硬度及其土质,他让所有其他元素服从于他的设计;他将整个宇宙捆绑起来,使其协调一致。我们一边阖上书,一边问道,人站在起伏的山峦,汹涌的大海,闪着星星的天空的背景前面,显得极为崇高,那么,我们一旦掌握了一个普通的瓦罐需要的透视法,它为什么不能同样圆满地满足我们的要求,有任何理由吗?

石永礼 译

多萝西·奥斯本的《书信集》

即使偶尔接触英国文学的读者,有时也一定会感到英国文学有一个光秃的季节,有时像乡间的早春。树木支棱着;山丘卸去绿色的覆盖;大片土地和树枝,毫无遮掩。但是,我们没有听见六月的震颤和呢喃,那时连最小的树林似乎也充满活力,灌木丛里,灵活、好奇的动物都忙着干自己的事,你不免站住,听一听它们的低声细语和急促的走动声。就英国文学来说也是如此,我们必须等到过了十六世纪,十七世纪也过了多半,那片光秃的景色才会充满骚动、震颤,我们可以用人们的谈话声来填充那些伟大著作之间的空白。

毫无疑问,在心理上需要大大改变,在物质的舒适上也需要大大改变——扶手椅,地毯,良好的道路——人类才有可能好奇地互相观察,或易于交流思想。也许是我们早期的文学所取得的辉煌成就多少归功于这一事实,写作是一项非凡的艺术,受天才驱使的人们,与其说为了钱不如说是为了名而写作。或者是我们的天才们分散于从事传记、新闻、书信和回忆录的写作,削弱了从事任何一方面写作的力量。不管怎么样,大约有一个世纪光秃秃的,既没有书信作者,也没有传记作者。生活和人物仅显露出干巴巴的轮廓。埃德蒙·戈斯爵士说道,多恩,简直不可思议;①这主要是因为,虽然我们知道多恩对贝德福德夫人的看法,但贝德福德夫人对多恩的看法,我们却一无所知。她没有可以给他描写这位奇怪来访者的印象的朋友;即使她有心腹朋友,她也不可能解释她为什么觉得多恩奇怪的原因。

而且造成波斯威尔或霍勒斯·沃波尔不可能出生于十六世纪的那些条件,显然对女性施加的压力可能要大得多。除了物质上的困难——多恩在米切姆的墙壁很薄的小房子,哭闹的孩子,典型地反映了伊丽莎白时代的人生活的困境——由于妇女相信写作不适于女性,也妨碍了她们。这儿那儿有个别贵妇人,由于她的地位使她得到宽容,也许是由于她周围那批奴颜婢膝的人们阿谀奉承,可能写作并出版她的著作。可是,这一行为使一位地位较低的女人感到不快。"这个可怜的女人真是有点疯了,要不然,她决不会可笑到敢去写书,还用诗写,"当纽卡斯尔公爵夫人的几本书当中的一本出版时,多萝西·奥斯本叫道。就她自己来说,她补充道,"我就是两个星期都睡不着,也不至于这样"。这是具有很高文学天赋的女人作的评论,因而更能说明问题。如果多萝西·奥斯本出生于一八二七年,她准会写小说;如果她出生于一五二七年,她决不会写。不过,她出生于一六二七年,那一时期,女人写书虽然可笑,但写作书信没有什么不体面。于是,渐渐打破了沉默;我们便听到了灌木丛里走动的沙沙声;我们在英国文学里第一次听到男人女人围炉聊天。

但是,书信写作初期的写作法,不是以后用于许许多多令人愉快的书里的那种写作法。男人和女人都用合乎礼节的称呼,先生,女士;语言仍然不丰富,僵硬,不能很快而随意地迂回曲折

---

① 埃德蒙·戈斯《约翰·多恩的生活和书信》第 1 卷第 3 页。

写上半张信纸。书信写作法,往往是乔装的散文写作法。虽然如此,一个女人用这种写作法不会失去自己的女性特色。这种写法,可以随时抽空写,在父亲的病榻边写,被多次打断之后写,不会引起可以说是匿名的评论,而且往往以适于某种有用的目的为借口。这些现在大部分遗失的无数的书信,其中所含的观察力和智力,后来以颇不相同的形式出现于《伊芙莉娜》和《傲慢与偏见》。① 这些书信不过是书信,但有些自豪也有助于书信形成一种文学形式。多萝西在写作上颇下功夫,尽管她没有承认,而且,对写作的性质有见解:"……大学者们不是最好的作者(我指的是写信,写书,他们也许是)……我认为,一切书信都应该像谈话那样无拘无束。"她跟她的一个老叔看法一致,老叔的秘书因为说"下笔于纸上"而不是简单地说"写",他就拿起墨水缸朝秘书头上扔过去。然而,她考虑到无拘无束也有限度:"……好多有趣的事混在一起"说出来比写信更合适。于是,我们获得一种不同于任何其他形式的文学形式,如果多萝西·奥斯本允许我们这样称呼它,但是,很遗憾,看来它似乎永远离开我们。

就多萝西·奥斯本来说,当她在父亲的床前,或壁炉边,写满一张张大纸时,她为一个读者,而且是一个挑剔的读者,严肃而戏谑地,郑重而亲密地记下生活情况,这是小说家办不到的,历史学家也办不到。既然她有责任经常把她家里发生的事告诉她的爱人,她必须把那位庄严的贾斯蒂尼安·艾沙姆爵士——她称他为所罗门·贾斯蒂尼安爵士——写几笔;这位自负的鳏

---

① 《伊芙莉娜》(1778),范妮·伯尼著;《傲慢与偏见》(1813),简·奥斯丁著。

夫,有四个女儿,在北安普顿郡有一栋阴暗的大宅,想娶她。"天哪,既然我已托人把他那封拉丁文信给你了,我还说什么",她叫道,因为他在信里跟一个牛津的朋友谈了她的情况,还特别称赞她,说她"能陪他聊聊";她还得把过分担心自己健康的表兄莫尔写几笔,一天早上,他醒来,担心得水肿,急忙到剑桥去看医生;她还得把自己描绘一下,晚上,她在花园漫步,闻着"茉莉花"香,"但我并不愉快",因为邓波尔没有跟她在一起。为了让她的爱人开心,她把偶然听到的任何闲话,都写信告诉他。例如,森德兰夫人竟屈尊下嫁把她当公主看待的没有头衔的史密斯先生,贾斯蒂尼安爵士认为这为妻子们开了一个坏的先例。可是,森德兰夫人跟谁都说,她嫁给他,是出于同情,多萝西评论道,这"是我听过的最令人同情的话"。不久,我们对她所有的朋友都有相当的了解,便极想知道以后的任何情况,以补充正在我们想象中形成的形象。

　　我们对十七世纪贝德福德郡的社交界,时断时续地看一眼,的确更吸引人的兴趣。他们——贾斯蒂尼安爵士和黛安娜夫人,史密斯先生和他的伯爵夫人——来来去去,我们不知道什么时候,或能不能再听到他们的消息。尽管这些事有很大偶然性,但这本《书信集》,像一切天生的书信作家的书信一样,提供了自己的连续性。那些信让我们感到我们坐在多萝西内心的深处,在盛装游行队伍的中心,那队伍随着我们一页一页阅读而展开。不容置辩,她在书信写作方面的天赋,比机智,或才华出众,或应酬权贵,更为重要。凭借无须着力或强调即显出本色的笔调,她把这些零星的信息淹没在她自己的个性的奔流中。这是一种既吸引人,又有点朦胧的性格。随着一句句看下去,我们跟这一性格的联系越来越密切。她很少显示与她的年龄相称的妇女的美德。她根本不谈缝纫或烤面包。她的气质有点懒散。她漫不经心地浏览了大量法国爱情故事。她到外间草地去逛一逛,有时停一下,听听挤奶姑娘唱歌;她也到在一条小河边的公园里去散散步,"我在那里坐下,要是你在我身边就好了"。她跟别人在一起时,往往陷入沉默,在炉边做梦,直到也许有人谈到飞行,才惊醒,便问他们对飞行谈了些什么,引得她哥哥大笑起来,因为她曾经有过这个念头,要是她能飞行,她就能和邓波尔在一起了。她有严肃、忧郁的血统。她母亲常说,她那样子,就仿佛她所有的朋友都死了似的。他感到命运,命运的专横,世事皆空,徒劳无益,因而心情郁闷。她的母亲和姐姐也是严肃的女人,姐姐以她的书信闻名,喜欢有人做伴,但更喜欢书,母亲"别人认为她跟英格兰大多数女人一样聪明",但好嘲讽。"在我有生之年看到,几乎不可能认为人们比他们实际上更坏,你们也会看到"①——多萝西还记得她母亲说过这句话。为了消愁解闷,她自己不得不到埃普索姆那儿的矿泉去旅游,喝矿泉水。

由于这样的气质,她的幽默自然表现为嘲讽,而不是妙语警句。她爱嘲弄她的爱人,也爱对夸耀风气和繁文缛节冷嘲热讽一番。她嘲笑以出身自傲。那些摆架子的老头,是她讽刺的极好的话题。沉闷的布道让她发笑。她看透了酒会和宴会;她看透了繁文缛节;她看透了世态和炫耀。尽管有这样敏锐的洞察力,也有她没有看透的。她害怕世人嘲笑,怕得直退缩,心理上不大正常。姑姑、婶婶们的干预,兄弟们的专横,使她感到愤怒。"为了躲开他们,我宁愿住在一棵空心树里。"她说道。一个丈

---

① 多萝西·奥斯本的母亲,在内战时期经受多次审讯、苦难,以及家境中落,这无疑对她缓和对人性的评价有很大影响。

夫当众吻他的妻子,在她看来,"虽不雅观,别人倒是想看"。不论别人称赞她美或机智,正如不论"他们认为我的名字叫伊丽莎,或多儿"一样,她都不在乎,但是,只要听到一点关于她的行为的闲话,就会使她发抖。于是,等到终于要当着世人的面证明她爱一个穷人而且准备嫁给他的时候,她却办不到。"我承认,我的性情不容忍我任人轻蔑。"她写道。她就是"住在一个小天地,只要适合我这种身份的人,哪怕再小,也会心满意足",但她不能忍受嘲笑。她避开可能引起世人对她指责的任何过度行为。这是邓波尔有时责备她的弱点。

随着一封接一封书信,邓波尔的性格显得越来越清楚——这证明多萝西作为通信人的天才。一个出色的书信作者能绘声绘色地写出读信人的特点,我们读这个人的信,就能想象出另一个人。当她争论,摆道理时,我们听到了邓波尔的声音,几乎跟我们听到多萝西自己的声音一样清楚。他在很多方面与她相反。他反驳她的忧郁,使她说出她的忧郁;他反对她不喜欢结婚,让她为她不喜欢结婚辩护。他们俩,邓波尔要强壮,实际得多。不过,也许有点什么——有点严厉,有点自负——证明她哥哥不喜欢他有道理。他认为邓波尔是"最傲慢专横无礼恶劣的人"。但是,在多萝西眼里,她的其他追求者没有一个有邓波尔那些品质。他不仅不是乡绅,也不是装腔作势的治安法官,也不是见女人就追的好色之徒,也不是有旅行经验的法国人;如果他是这种人当中的任何一种,多萝西由于对可笑的事物特敏感,决不会要他。对她来说,他有些魅力,有些同情心,其他追求者则没有;她不论想到什么事,都可能写信告诉他;她对他态度最好;她爱他,尊敬他。然而,她突然宣布,她不会跟他结婚。她的确强烈反对结婚,还列举一个个失败的例证。她认为人们在结婚前彼此了解,会导致婚姻破裂。热情是我们的一切情感中最残酷最专横的。热情使安妮·布朗特夫人成为"街谈巷议的谈资"。热情毁了可爱的伊莎贝拉夫人——嫁给"那个禽兽,尽管他有财产",她的美丽有什么用?由于她哥哥一怒之下要拆散他们,邓波尔的嫉妒,而她自己也害怕别人嘲笑,她只愿让她"早点进坟墓"。邓波尔克服了她的顾虑,藐视她哥哥的反对,这在很大程度上归功于他的性格。然而,我们不能不为此感到非常遗憾。她跟邓波尔结婚之后,就不再给他写信了。书信几乎立刻终止。多萝西营造的整个世界消失了。这时,我们才认识到那个世界多么完满,热闹,活跃。她在邓波尔的深情的温暖下,她下笔行文不再僵硬。她在父亲的床边半睡半醒地写,抄起一张旧信在背面写,虽然保持着跟她年龄相称的尊严,但终于能自如地写黛安娜夫人全家,艾沙姆全家,写她的姑姑、婶婶、伯伯、叔叔——他们如何来,如何去,说些什么,不管她觉得他们沉闷、可笑、迷人,或跟平常差不多。不仅如此,还把心里的话告诉邓波尔,暗示了更深的关系,更隐秘的心情,这给她的生活带来冲突,也带来安慰——她哥哥的专横;她自己的易怒和忧郁;晚上在花园散步,坐在河边想得出神,盼信就得到信这些温馨的感受。这一切都发生在我们身上;我们深深陷入了这个世界,领会了它的种种暗示,就在这时,这一幕被遮住了。她结了婚,她的丈夫是一个很有前途的外交家。她不得不追随他的幸运,到布鲁塞尔,到海牙,到幸运召唤他去的任何地方。生了七个孩子,七个孩子"几乎都死在摇篮里"。曾经嘲笑过夸耀,繁文缛节,喜欢独处,希望住在与世隔绝的地方,"在我们的小屋里白头偕老"的那位姑娘,竟注定了要尽无数义务、责任。她丈夫在海牙有一栋有华丽的餐具橱的大宅,现在她是这里的女主人。在他困难重重的外交生涯中,她是为他分忧的密友。如有可能,她就留在伦敦催讨拖欠他的薪水。当她的游艇升火航行时,那位国王说道,她表现得比船长还勇敢。一个大使的妻子应该干什么,她就干什么;一个退休的男人的妻子应该干什么,她也干什么。后来,他们遭遇不幸——一个女儿死了;一个儿子,也许因为继承了他母亲的忧郁,往他的靴子里塞满石块,跳进泰晤士河。一年年这样过去了;过得很充实,很活跃,很苦恼。但是,多萝西仍保持沉默。

一个陌生的年轻人终于来到穆尔庄园,是她丈夫的秘书。他很难相处,不礼貌,易怒。不过,正是通过斯威夫特①的眼睛,我们才再次看到多萝西晚年的生活。斯威夫特称她为,"温和的多萝西娅,安详,明智,而且了不起"②;但这道光却照见一个幽灵。我们不认得那位沉默的夫人了。过了这么多年之后,我们无法把她和那个向她的爱人倾吐衷肠的少女联系起来。"安详,明智,而且了不起"——我们最后一次遇见她时,她根本不是这种人,再说,我们虽然对这位把丈夫的事业当做自己的事业的可钦佩的大使夫人非常尊敬,但有时我们倒宁愿以"三国同盟"③所获得的全部利益和"尼米根条约"所得到的全部光荣,换取多萝西后来没有写的书信。

石永礼 译

---

① 这个年轻人,斯威夫特,即《格列佛游记》的作者。
② 斯威夫特《颂歌,威廉·邓波尔爵士最近康复有感而作》第 41 行。
③ "三国同盟",1668 年,英国、瑞典和荷兰三国结盟,反对法王路易十四。

斯威夫特《寄斯特娜的日记》

在高度文明的社交界，装模作样有那么大的作用，彬彬有礼是那么必不可少，以致抛开繁文缛节和常规惯例，说说让一两个人懂的"孩子气的语言"，就像很热的房间里需要一点风那么必要。含蓄的人，有权势的人，受人钦佩的人，最需要这样的慰藉。斯威夫特也是如此。这位最傲慢的人，跟赞美他的显贵们打过交道，跟奉承他的可爱的女人应酬过，离开搞阴谋诡计、政治斗争的场合，回到家，把这些全抛开，舒舒服服躺在床上，嘬起他那严厉的嘴唇，说起娃娃的语言，向爱尔兰海峡彼岸他的"两个猴子"，他的"爷们"，他的"小淘气们"，胡乱说一气。

得，现在再说一次再见。我的蜡烛快点完了，不过反正我要开始。那么，别那么讨厌，普雷斯托先生；你能对 MD 的信说什么？快点把你那些序言写完——嗨，我说，你经常到外地，我很高兴。

只要斯威夫特用这种口气漫不经心和难以辨认地写，是因为"我认为，我直白地写的时候，不知道为什么，不过，我们不是单独在一起，全世界的人都能看见我们。写得很潦草才隐蔽……"斯特娜没有必要嫉妒。她的确在爱尔兰消磨了青春年华,跟她做伴的丽贝卡·丁莉,戴一副有铰链的眼镜,抽了大量巴西烟叶,走路时,她的裙子老绊脚。再说,当斯威夫特在家时,这两位女士始终跟他做伴,他不在家时,她们就占有他的房子,她们这种生活情况引起了流言蜚语。尽管斯特娜只是在丁莉小姐在场时才跟他相见,但她毕竟是那种主要跟男性交往、身份不明的女人。不过,这的确很值得。包裹不断从英格兰寄来,斯威夫特那潦草难认的孩子气的笔迹(她模仿得惟妙惟肖)把每张信纸都写得满满的,尽是胡说八道,大写字母,以及只有斯特娜能理解的暗示,斯特娜能保守的秘密,托斯特娜办的小事。寄的烟叶给丁莉,巧克力和绸围裙给斯特娜。不管别人怎么说,这的确很值得。

世人对这位普雷斯托一无所知,因为他和那个可怕的人物"另一个我"大不相同。世人只知道斯威夫特又去了英格兰,代表爱尔兰教会恳求新托利党政府恢复他们获得"第一次收获"①的惯例,他曾经为此求过辉格党政府,但无结果。不久,即完成了这一任务。哈利②和圣·约翰欢迎他之热诚和亲切无以复加;现在世人看到,即使在当年,那些社交界的小圈子又怎么样,而个人超群出众必然会成为令人大吃一惊的奇观——这位"疯狂的牧师",曾经闷着头,迈着庄重的步子来往于咖啡馆,几年前还默默无闻,竟然准许他参加国务核心会议;当年这个穷小子,在威廉·邓波尔爵士跟内阁最高的大臣们进餐时,还不准他入席,竟然让公爵们听他的吩咐,而且那么多人找上门来,想在他那里谋一份好差事,以致他的仆人的主要职责,就是熟悉把人

---

① 按古代希伯来人的习俗,农田的第一次收获,要献给耶和华。
② 罗伯特·哈利(1661—1724),英国首相(1710—1714 在位)。

们拒之门外的办法。艾迪生①本人伪称他是来付账的绅士,才闯进门去。一时间,斯威夫特成了全能者。谁也不能收买他为自己效力;人人都怕他的笔。他上朝廷,"我感到那么自豪,因为我让所有的王公大臣都接近我"。女王想听他布道;哈利和圣·约翰便附带加上他们的请求;但他拒绝了。有一天晚上,大臣先生竟敢发脾气时,斯威夫特请求他,警告他:

> 别对我摆出一副冷冰冰的样子,我不愿别人拿我当小学生对待……他倒不在意,还说我有理由……本来要我跟他在马萨姆太太的哥哥家吃饭,调解纠纷;但我不愿意。我不知道,但我不愿意。

他把这一切潦草地写给斯特娜,既不扬扬得意,也不自负。他却发号施令,证明他与大人物不相上下,而且让权贵在他面前自贬身份,这不需要他或她作评论。多年前她在穆尔庄园跟他相识,见过他跟威廉·邓波尔爵士发脾气,推测他很了不起,听他亲口谈过他有什么打算和希望,难道不是吗?他身上善和恶多么奇怪地混在一起,以及他的脾气的种种缺点和怪癖,她不是比任何人都更了解吗?他的尖锐的讽刺,使跟他同席共餐的王公大臣们大为愤慨,他从炉火里扒出几块煤,坐马车省下半便士;然而,她知道,他借助这种最节俭的措施,去做最体贴,最秘密的善事——他给可怜的帕蒂·罗尔特②"一个皮斯托尔金币,提前一点帮她,以免她到乡下寄食";他给住在阁楼上的生病的诗人,年轻的哈里森③,送去二十几尼金币。只有她知道,他讲话可能

---

① 约瑟夫·艾迪生(1672—1719),英国作家,与斯梯尔合办过《旁观者》报。
② 斯威夫特的表妹。
③ 威廉·哈里森(1685—1713),诗人。

粗鲁，但他的为人处世很体贴，表面上，他可能愤世嫉俗，却怀着深厚的感情，她还没有遇到过其他任何人有这种感情。他们彼此有深透的了解，无论好的坏的方面，深刻的肤浅的方面；因此，他能利用深夜那些宝贵的时刻，或早上醒来立即既不勉强也无保留地向她倾诉他一天的经历，谈到做善事和卑鄙行为，谈到情意、壮志和绝望，就好像他在自言自语。

世界上别的人谁都不知道的这位普雷斯托拿她当知己，斯特娜有了他这样深情的证据，没有理由嫉妒。出现了也许与此相反的情况。当她读着那写得满满的一张张信纸，她能看见他，听到他的声音，那么准确地想象出他必然会对所有那些高雅人士造成的印象，她倒比过去更深地爱他了；不仅因为权贵讨好、奉承他；人人遇上麻烦的时候，似乎都去求他。有个"年轻的哈里森"，他发现他生病，又身无分文，很担心；把他送到骑士桥；又给他送去一百镑，却发现他在一小时前死了。"想想看，这让我多伤心！……我不能跟财政大臣一起进餐，无论哪儿都不能；但傍晚吃了一点肉。"她能想象出那奇怪的场面，那年十一月一天早上，汉密尔顿公爵在海德公园遇害，斯威夫特立即赶到公爵夫人那儿，陪她坐了两个小时，听她狂怒大骂；还把她的事务承担起来，仿佛这本来就是他的职责，他在这哀悼的大宅里的地位，不容置辩。"她真感动了我的灵魂。"他说道。在年轻小姐阿什伯纳姆死去时，他叫了起来，"当我想到人生不免遭遇灾祸时，我就恨人生；看到千千万万可怜人承受着人世间的苦难，而她那样年轻竟夭折，使我认为上帝从未打算让人活得幸福。"而且，由于撕裂他自己的感情的那种冲动，使他在同情时愤怒起来，他会骂那些哀悼者，甚至死者的母亲和姐姐，然后离开他们，任他们在一起哭哭嚷嚷,抱怨"有些人装得很伤心,其实并不是那样,那是学他们真伤心的样子"。

这一切都是随意向斯特娜倾诉的;无论忧郁和愤怒,亲切和粗鲁,以及对人之常情的温馨的爱。他像父亲、兄长那样对待她;他笑她的拼写;为她的健康责备她;指导她办理她的事务。跟她闲聊。他们有大量共同的回忆。他们在一起度过许多愉快时光。"你不记得我常常进你的房间,把斯特娜从椅子上撵走,还在寒冷的早上扒扒炉火,一边叫着嘀,嘀,嘀!"他老惦记她;他不知道,他到外面散步时她是不是也在散步;普赖尔滥用他的一个双关语时,他想起斯特娜的双关语,多坏;他把他在伦敦的生活和她在爱尔兰的生活作比较;不知道他们何时再相聚。如果这是斯特娜对于在城里处于众才子之中的斯威夫特的影响,那么,斯威夫特对于被弃于爱尔兰乡村单独跟丁莉在一起的斯特娜的影响,就大得多。多年前在穆尔庄园,她还是个小孩而他已是个青年的时候,他就把她获得的那点知识全教给她了。他的影响无处不在——影响到她的心灵,她的爱,她所读的书和她的书法,她所交的朋友和她所拒绝的追求者。的确,对她这一生他要负一半的责任。

他所选择的这个女人绝非无风趣的奴隶。她有自己的性格。她能独立思考。她超脱;她虽文雅,有同情心,但是一个严厉的批评者;由于喜欢直话直说,脾气暴躁,心里想什么就说什么,无所畏惧,也许有点可怕。尽管她多才多艺,却没有什么名气。由于她的财产微薄,身体弱,以及身份不明的社会地位,她过日子很简朴。到她这儿来聚一聚的社交界朋友,只是为了获得跟这样一个女人谈谈话的乐趣,她能倾听,善解人意,虽然自己谈得很少,声音却最动听,一般来说,"在同伴中她谈的话最有意思"。① 其他的话,她没有听到。她的健康状况妨碍她认真学习,虽然她涉猎过大量各种各样的学科,而且对文学有敏锐的严格的鉴赏力,但她读过的东西记不牢。她还是姑娘的时候,奢侈过,到处乱花钱,直到懂事明理,才受到控制,现在她过日子极为节俭。"五个陶土盘子盛上五份不值得一提的东西"②就是她的晚餐。她有一双好看的黑眼睛,一头乌黑的头发,即使不算美,也有吸引力,她穿着很朴素,她就是这样想方设法攒钱,攒够了就周济穷人,赠送她的朋友(这是她无法抗拒的奢侈)"最称心的礼物"③。"就算大多数人一生都那样体贴,会做这种事"④,斯威夫特还不知道在这种技巧上有谁能比得上她。此外,她有那种斯威夫特称之为"荣誉"的真诚,她虽然体弱,却像英雄那样勇敢⑤。有一次,一个强盗走到她的窗前,她开枪打穿了他的身子。而且,当斯威夫特写作时,这种品德就是对他产生作用的影响;当他在圣詹姆斯宫林苑看见树枝抽芽,在议会听政治家们争辩时,这种品德交集着对拉腊科他的果树、柳树和钓鳟鱼的溪流的思念涌上心头。他有一个退隐的去处,那些政治家们都不知道;如果大臣们再欺骗他,在帮他的朋友升官发财之后,他便再次两手空空离开,毕竟他能退隐到爱尔兰,到斯特娜身边,想到这些"决不会吓得发抖"。

但是,斯特娜是最不可能把她的要求强加于人的女人。她比谁都了解:斯威夫特喜欢权力,爱跟男人交往;虽然他有时温

---

① 《悼念约翰逊(斯特娜)小姐》,《乔纳森·斯威夫特著作集》第9卷第283至284页。
② 斯威夫特的诗《斯特娜在伍德帕克》。
③④ 《悼念约翰逊小姐》,《著作集》第9卷第289页。
⑤ 同上,第284页。

柔,也一阵阵厌恶社交,但他多半喜欢尘土飞扬熙熙攘攘的伦敦远甚于全世界所有的钓鳟鱼的溪流和樱桃树。他尤其恨别人干涉。如果有人碰一碰他的自由,或对他的独立暗示哪怕一点点威胁,无论他们是男人或女人,是女王或厨娘,他就跟他们翻脸,凶狠得马上成了野蛮人。有一次哈利竟敢给他一张钞票;韦林小姐竟敢暗示,现在,他们的婚姻的障碍已经排除。这两位都受到责骂,女的受到粗暴的责骂。斯特娜很明白,不至于招来这种对待。斯特娜学会忍耐,斯特娜学会谨慎。即使像这种事,留在伦敦,或是回爱尔兰,她都让他有充分自由。她从不为自己提任何要求;因此,得到了多于她所要求的。斯威夫特有点生气:

> ……你那么宽宏大量让我发疯;我知道,你心里埋怨普雷斯托不在家;说好过三个月就回来,他食言了,而且这是他常用的花招;现在斯特娜说,她可能不明白,我怎么能匆忙离开,而且MD很满意,等等。想这样来制服我,你不是小淘气吗?

不过,正是这样,她才留住他。他一再迸发出激情的语言:

> 再见,亲爱的爷们,最亲爱的宝贝们:和MD在一起,才有平静与安宁,别处都没有……再一次再见,最亲的小淘气们:除了写作,或想到MD时,我绝不快乐。……你们,就像我的亲人一样,可以随意取用世上我所有的每一文钱:让我伤心的只是,为了MD我不更富裕。

只有一件事破坏了这样的话给予她的愉快。那就是,对她的称呼总是用复数;总是"最亲爱的爷们,最亲爱的宝贝们";MD是斯特娜和丁莉小姐合成的缩写。斯威夫特和斯特娜从不单独在一起。假定这仅仅是为了礼节,假定丁莉小姐在场也是一种礼节,因为她忙于摆弄她的钥匙和她的小狗,对她说的话她一句也不听。但这种礼节有什么必要?为什么一定要用那种毁了她的健康、扫了她的兴的语调,保持那种只有彼此分开才会快乐的"纯粹朋友"?究竟为什么?有原因;斯特娜知道的一个秘密,斯特娜没有说出的一个秘密。他们必须分开。既然他们不受婚姻的束缚,既然她害怕向她的朋友提出哪怕最小的要求,她必然会更加嫉妒地琢磨他的话,分析他的行为,以确定他的心情的好坏,马上了解那心情的细微的变化。只要他坦率地把他"最喜爱的人"告诉她,还是像直率的暴君那样,要求每一个女人向他献殷勤,教训那些贵妇人,而且让她们拿他取笑,那就没事。这倒没有什么可以引起她的猜疑。伯克利夫人可能偷了他的帽子;汉密尔顿公爵夫人可能向他倾诉了她的痛苦;对女性很好的斯特娜,便陪这位夫人笑笑,陪另一位夫人悲伤。

但是,在《日记》里有没有另一种影响的迹象——因为更相配,更亲密,危险就大得多的什么情况?如果有一个跟斯威夫特的地位相当的女人,一个姑娘,就像当初斯威夫特刚认识她那时的斯特娜那样的姑娘,不满于普通的生活方式,按斯特娜的说法,急于想分辨是非,有天赋,机灵,没受过教育——如果她存在,她的确可能成为令人担心的情敌。但是,有这样一个情敌吗?即使有,很明白,在《日记》里不会提到她。倒是总有些犹豫、辩解,偶尔不自在,为难,但斯威夫特随意而尽情地写到中途时,由于一些他不能说的情况,使他停下笔。的确,他到英格兰不过一两个月,这样的沉默就引起斯特娜猜疑。她问道,在他附近包饭那个人,有时跟他一起进餐那个人,是谁?"我不知道有这样的人,"斯威夫特答道,"我不跟包饭的人一起进餐。嗨!离开你以后,我每天跟谁一起进餐,你比我更清楚。你指谁,爷们?"但他知道她指谁;她指范霍姆里太太,住在他附近的一个寡妇;她指她的女儿埃丝特。此后,《日记》里一再出现"范家"。斯威夫特太骄傲,不屑于隐瞒他见过她们,但十次有九次他都找词为此辩解。他在萨福克街时,范霍姆里一家在圣詹姆斯宫街,他可以少走一段路。他在切尔西时,她们在伦敦,他把最好的长袍和假发存放在那里取用方便。有时,留在那里因为天热,有时因为下雨;有时,他们打牌,而且阿什伯纳姆小姐总让他想到斯特娜,他便多待一会教教她。有时,由于倦怠,还因为他很忙,而她们又是不拘礼节的普通人家。同时,斯特娜只得暗示,他要反驳,"嗨,她们可是跟好人家的女性来往,像我跟男性来往一样……今天下午我在那儿见到贝蒂家的两位女士"。范霍姆里这家人无足轻重。总之,要像原来那样无拘无束地把实情和盘托出,想到什么就写什么,不再容易了。

这种处境的确困难重重。没有人比斯威夫特更厌恶虚假,更全心全意爱真实。然而,这时他不得不支吾,躲闪,搪塞。而且,对于他,有一间"邋遢"的或私人的房间,可以休息,放松,可以做普雷斯托而不是"另一个我",已经成为必需。斯特娜满足了这一需要,这是别的任何人办不到的。不过,斯特娜在爱尔兰;瓦尼莎就在当地。她更年轻,更有朝气;她也有她的魅力。她也可以像斯特娜过去那样,经过调教、提高、责骂而成熟。显然,斯威夫特对她的影响收到很好的效果。于是,跟在爱尔兰的斯特娜和在伦敦的瓦尼莎的情况就是这样,享受每人给他的慰藉,给予双方好处而对哪一方都没有大的伤害,为什么不可能呢?看来是可能的;反正他容许自己做这样的试验。多年来,斯特娜毕竟想方设法对付着维持着她这份关系;斯特娜从未抱怨过她的命运。

但是,瓦尼莎不是斯特娜。她更年轻,更热情,不那么能克制,不那么聪明。她没有丁莉小姐约束她,她没有对往事的回忆以自娱,她没有一天天寄来的日记安慰她。她爱斯威夫特,她不知道有什么理由她不能直说。难道他没有亲自教过她"只要行为端正,不在乎别人说什么"?① 于是,当什么障碍妨碍她时,当他们之间出现什么不解的秘密时,她竟愚蠢到去怀疑他。"请问,来看一个不幸的年轻女人,帮她出出主意,有什么不对?我想不出。"②"你教过我辨别是非,"她突然发作,"我这么痛苦,你竟扔下我不管。"③ 由于痛苦,昏乱,她终于鲁莽到强迫自己向斯特娜发作。她写了封信,要求告诉她真相——斯特娜和斯威夫特是什么关系?开导她的人正是斯威夫特。随后,当那双明亮的蓝眼睛的全部力量向她闪着怒火时,当他把她的信扔到桌上,一边瞪着她,什么话也没有说,就骑上马走了之后,她的生命结束了。当她说"他那要命的,要命的话"对她比酷刑还残酷,当她叫道"你脸上有种神色那么可怕,把我吓呆了"④,这些话绝非比喻的说法。这次见面之后不过几个星期,她就死去;她消失了,成为那些冤魂之一,它们常常出没于斯特娜的生活中那不宁静的背景,使那孤独的生活充满恐惧。

留下斯特娜单独享受她的亲密友情。她靠使用那些借以把她的朋友留在她身边的技巧活着,直到那种语调和隐瞒、丁莉小姐和她的小狗、无尽的恐惧和挫折使她精疲力竭,她也死去。当人们埋葬她时,斯威夫特坐在教堂墓地一间背光的后屋里,写下

---

① ② ③ 埃丝特·范霍姆里致斯威夫特,《乔纳森·斯威夫特著作集》第19卷第337页。
④ 同上,第338页。

关于"我,或许任何人,曾经有过的最真实,最贤良,最宝贵的朋友"①的品德的述评。又过了几年,他精神错乱,他一阵阵猛烈地爆发狂暴的愤怒。后来他渐渐陷入沉默。有一次人们听到他嘀嘀咕咕。人们听到他说,"我就是现在这样"②。

石永礼 译

---

① 《悼念约翰逊小姐》开头一段。
② 这句话经常被传记作家引用。

《多情客游记》

《项狄传》虽是斯特恩的第一部小说,却写于许多人已写了第二十部小说那一时期,即写于他四十五岁的时候。不过,这部小说已处处显得成熟。没有一个年轻作家敢于如此冒失地违犯文法、句法、意义、分寸,以及小说写作法那年深日久的成规。敢于用反传统的文体冒犯文人雅士,敢于以离经叛道触怒德高望重者,冒这样的风险需要中年人那份很强的信念和对指责满不在乎的态度。但风险冒了,却获得令人惊奇的成功。大师们,吹毛求疵的读者,全都着了迷。斯特恩成了市民的偶像。不过,在欢迎这部小说的咯咯笑声和喝彩声中,还听到一般头脑简单的读者的抗议声:这是一个牧师的丑闻,约克大主教起码应该给予谴责。大主教似乎没有采取任何行动。不过,斯特恩却把这批评记在心里,虽然几乎不流露于言表。自《项狄传》出版以后,他内心也很痛苦。他热恋的人伊莱扎·德雷伯①已乘船到孟买回到她丈夫身边。斯特恩决定在他的下一部书,实现他已经发生的变化,并证明他不但才智卓越,而且多么善感。用他自己的

---

① 伊莱扎·德雷伯太太,东印度公司的丹尼尔·德雷伯的妻子,因《寄伊莱扎日记》著名。

话来说,"我写这本书的意图是,教我们更加爱这个世界和世人"①。正是在这样一些动机的激励下,他开始写他称之为《多情客游记》的短暂的旅法之行。

如果说要斯特恩改正他的处世态度是可能的,那么要他改正他的文风却办不到。这跟他的大鼻子和那双明亮的眼睛一样,是他身体的一个组成部分。一读到开篇第一句话——这种事,我说道,在法国就安排得比较好——我们就迈进了《项狄传》的世界。在这个世界里什么事都可能发生。这支敏捷得令人吃惊的笔在英国散文那密实的篱笆上切开一道口子,我们简直不知道什么样的打趣、嘲弄与诗意不会突然透过这道口子闪现。斯特恩本人要负责任吗?尽管这次他决心以他最端正的态度来写,难道他知道下文要说什么?那跳跃的,不连贯的句子,来得跟口才极好的人说出的话一样快,也似乎一样不受节制。即使断句,用的也是说话的,而不是写作的标点法,因而带上说话人的声腔和关联。那些想法的次序,突如其来,不相关联,多忠实于生活,而不是文学。这样的交谈有一种谈私房话的性质,容许随口说的话不受谴责,如果当众说这种话,雅不雅就难说了。在这种特殊的文体影响下,这部书变得半透明。使读者和作者隔开一定距离的一般礼节上的成规旧套,消失了。我们跟生活再接近不过。

认为斯特恩仅仅靠了运用极端的手法和巨大的努力才造成这种错觉,那显然是没有查阅他的手稿得到证实。因为,虽然作家们常有这样的信念,相信准能设法把写作上的成规旧套抛开,像说话那样直接跟读者谈话,但任何作过这种试验的人,不是被

---

① 斯特恩致詹姆斯先生和太太,《劳伦斯·斯特恩书信集》第174页。

困难吓呆，就是中途受阻而陷入无法形容的杂乱和冗赘。斯特恩竟做到这一惊人的结合。似乎没有一部作品能那样准确地恰好流进个人的大脑的皱褶，既表达它不断变化的情绪，又回应它最轻微的一时的奇思异想和冲动，竟表达得丝毫不差，又从容不迫。最高的流动性总是跟最高的持久性并存。这就好像潮水冲过海滩把每个涟漪和漩涡刻在大理石似的沙上一样。

的确，也没有人比斯特恩更需要表达自己的自由。既然有的作家的才能是非人格的，就会有个，比方说，托尔斯泰，能创作一个人物，让我们单独跟它在一起，而斯特恩一定要亲自到场，帮助我们进行交流。如果从《多情客游记》把我们称之为斯特恩自己的东西全抽掉，那么《多情客游记》就所剩无几，或空无一物了。他没有珍奇的见闻可谈，也没有言之成理的哲学可讲。他告诉我们，"我冒冒失失离开伦敦，从未想到我们在跟法国打仗"。无论绘画、教堂或乡村的苦难和幸福，他都无话可说。他的确是在法国旅行，但那道路常常经过他自己的头脑，他主要的历险，不是碰上盗匪，攀登悬崖，而是他内心的感情的历险。

改变观察的角度，这本身就是大胆的革新。迄今，旅行者已注意到比例和透视的某些规律。在任何一本游记中，大教堂总是宏伟的建筑，在它旁边的人，总是适当缩小的渺小形象。但斯特恩能完全不提大教堂。一个拿着绿缎子钱包的姑娘可能比巴黎圣母院重要得多。他似乎暗示，这是因为没有普遍的价值标准。一个姑娘也许比一座大教堂更有意思；一头死驴比一个活的哲学家更有教育意义。这全是个人的看法问题。斯特恩的眼睛作了这样的调整，在他看来，小东西常常显得比大东西还大。他从一个理发师提到他的假发的发鬈那番谈话，而不是从法国政治家的夸夸其谈中，了解了法国人的性格。

> 我认为,我能在这类鸡毛蒜皮的小事而不是在重大的国事上看出民族性的明确而显著的特点;因为各国的大人物谈来谈去都是那一套,千篇一律,我才不愿意花九便士在他们当中挑选呢。

因此,如果你希望像一个多情游客那样抓住事物的本质,那么你不应当白天到大街上去,而应当到黑胡同里无人注意的背静处去寻找那本质,你应当练出那种能把几种脸色和举动译成普通话的速记法。这是斯特恩长期练出的本事。

> 就我来说,由于长期养成的习惯,我总是不自觉地这样做,至于一到伦敦街上,我就边走边翻译;我不止一次站在人圈后面,还没有听上三个词,我就带着二十句不同的对话走了,我能如实地将这些话记下来,保证无误。

斯特恩就是这样把我们的兴趣由事物的外部引向内部。查导游手册没有用,必须请教我们的头脑,只有它才能告诉我们一座大教堂、一头驴、一个带绿缎子钱包的姑娘比较重要的意义是什么。斯特恩宁愿走大脑那弯弯曲曲的小路,而不愿请教导游手册,走它指引的平坦大道,就这方面来说,唯独斯特恩属于我们这一代。就斯特恩关心无声胜于语言而论,他是现代派的先驱。由于这些原因,他跟我们当代人的关系,比他的伟大的同时代人理查逊和菲尔丁[1]跟我们的关系要亲密得多。

然而,有所不同。斯特恩尽管对心理学感兴趣,但他比以后变得灵巧而深刻的、多少是干伏案工作的这一学派的大师们要灵巧得多,但不那么深刻。无论他用的方式方法多么任性、忽东

---

[1] 塞缪尔·理查逊(1689—1761);亨利·菲尔丁(1707—1754)。

忽西，他毕竟在讲故事，在旅行。我们尽管走了不少岔路，我们还是在不多几页的篇幅内走完从加来到马丹这段路。他虽然对他观察事物的方式感兴趣，但事物本身也引起他强烈的兴趣。他的选材是任性的、个人的，但没有一个现实主义作家对一时的感受能比他处理得更妙。《多情客游记》是一系列画像——修士，夫人，卖点心的骑士，在书店里的姑娘，穿上新紧身裤的拉弗勒——是一系列场景。虽然这漂浮不定的心思飞起来，像蜻蜓一样，忽东忽西，但不能否认，这只蜻蜓有它的飞法，它随意挑选花朵，也总是因为花朵那精美的谐和，或辉煌的不谐和。我们一会儿笑，一会儿哭，一会儿鄙视，一会儿同情。眨眼间，我们就从一种心情转变为相反的心情。这种不看重公认的现实，这种忽视有条理的叙述，几乎容许斯特恩像诗人那样放纵不羁。斯特恩所用的语言，一般小说家即使能掌握，但在他的书上看起来就显得怪里怪气，难以容忍，斯特恩却能用以表达一般小说家必然会忽视的思想。

我穿着灰尘仆仆的黑外衣，严肃地走到窗前，从玻璃窗向外望，只见所有的人都穿着黄色、蓝色、绿色的服装，奔去"抢铁环"——老头们手持断矛，戴着丢了面罩的头盔——年轻人则穿着金光闪闪的盔甲，个个装饰着东方的花哨的羽毛——所有的人——都挥着枪抢那个环，就像古时候那些入了迷的武士为了名誉和爱情上了比武场一样。

在斯特恩的作品中，有不少这种纯粹是诗的片段。你可以把它们从正文中剪下来单独欣赏，然而——因为斯特恩是善于运用对比的大师——它们在书上肩挨肩很和谐地排在一起。他的清新，他的轻松愉快，他那出人意外，使人大吃一惊的无穷的力量，正是这些对比的结果。他把我们领到心灵的悬崖绝壁的边缘，我们往那深渊才瞟上一眼，又突然让我们转过身，看另一边绿草如茵的牧场。

如果斯特恩使我们难受，那另有原因。这里，至少有一部分责任在读者——受到震惊的读者，那些在《项狄传》出版之后，大叫作者玩世不恭，应该扒下他的牧师袍的读者。很遗憾，斯特恩认为有必要回答。

> 因为我写了《项狄传》，(他向谢尔本爵士说道)大家就认为本人比项狄更项狄……如果有人认为这(《多情客游记》)是不洁的书，可怜那些读过它的人，因为他们一定有活跃的想象力，没错！①

因此，我们决不容许忽略《多情客游记》的这一点，斯特恩首先是敏感，同情，仁慈；首先是他对举止得体与人心的纯朴高度评价。不过，一个作家直接去证实自己有这样那样的品质，就会引起我们的怀疑，因为，对他希望我们在他身上看到的这种品质，强调得过分了一点，反而使其粗俗，油彩过重，这样，我们得到的不是幽默，而是滑稽；不是感情，而是感伤情调。这里，我们不是相信斯特恩的心有多么温柔——这在《项狄传》中是不容怀疑的——而是开始对此怀疑。因为我们感到斯特恩考虑的不是这件事本身，而是这件事对我们对他的看法的影响。一群乞丐围着他，他给那个羞怯的穷人的钱比他原来打算给的多。他不只是关注乞丐，也关注我们，看着我们是否赏识他的善心。他把这一结论，"我认为，他比他们都更感谢我"，置于这一章的末

---

① 斯特恩致谢尔本爵士，《劳伦斯·斯特恩书信集》第176至177页。

尾,更强调了这一用意,使我们感到甜得腻人,像杯底剩下的糖脚一样。的确,《多情客游记》的主要缺点,是因为斯特恩关心得到我们对他的心地的好评而造成的。这部书,尽管很出色,总有点单调,好像作者生怕他那天生的多种多样与生动活泼的趣味开罪于人而克制住似的。把心情压制为一味仁慈、温柔、同情,显得不自然。人们怀念《项狄传》的多彩多姿,活力及脏话。他关心他的敏感性,反倒挫伤了他天生的锐气,叫我们去看那些一动不动站在那里让人看的谦虚、纯朴和美德,看得太久了一点。

不过,使我们反感的是斯特恩的感伤情调,不是他的不道德,这说明我们的趣味发生了变化。在十九世纪的人看来,斯特恩作为丈夫和情人的行为玷污了他的一切作品。萨克雷义愤填膺地抨击他,大叫大嚷,"斯特恩写的东西,每一页都少不了以删去为妥的东西,那是潜伏的堕落——如一种不道德行为的暗示"①。我们现在看来,维多利亚时代的小说家们的狂妄自大,似乎至少也跟这个十八世纪的牧师的不忠实一样该受到谴责。维多利亚时代的人为他的虚情与轻浮,深为惋惜,现在看来,正是在这里,那种把人生的艰辛化为哈哈一笑的勇气,那种绝妙的表现手法,要明显得多。

《多情客游记》尽管多变而风趣,但的确在根本上是以一种哲理为基础的。在维多利亚时代,这的确是一种相当不合时尚的哲学——享乐的哲学;这种哲学认为,在小事上如同在大事上一样,必须行为良好,认为即便是让别人享乐,似乎比让他们受

---

① 萨克雷《十八世纪英国幽默作家》"第6讲:'斯特恩和戈尔德斯密思'"第291页。

罪更好。这个无耻之徒竟然有那么大的胆子敢于供认"我这一辈子几乎总在恋爱,不是爱这位女王,就是爱另一位女王",又补充道,"而且希望能一直爱到死,因为我坚信,要是我竟干出卑鄙的事,那准是在一次热恋和另一次热恋之间的空当"。这个坏蛋竟然有那么厚的脸敢于借他的一个人物的口大叫:"快乐万岁……爱情万岁!肉体爱万岁!"尽管他是个牧师,在他看法国农民跳舞时,竟然毫无虔敬之心,敢于动这样的念头,认为他能看出一种昂扬的精神状态,不同于单纯寻欢作乐的因或果那种精神状态。——"简言之,我认为我看到宗教掺和在舞蹈里了。"

对一个牧师来说,看出了宗教和娱乐的关系,是够大胆的。就他的情况而论,奉行享乐的宗教有许多要克服的困难,这也许可以为他辩解。如果你已经不年轻,如果你负债累累,如果你的妻子难以相处,如果你坐着驿车在法国寻欢作乐,你随时会死于肺病,那么,寻求快乐毕竟不那么容易。但仍然必须寻求。必须像跳芭蕾舞似的在世界上到处转动,到处瞧瞧,这儿调调情,那儿施舍几个铜板,在能找到有阳光的地方,哪怕很小一块,坐一坐。必须开开玩笑,即使那玩笑有伤大雅。即使在日常生活中,也必须记住要叫一声:"万福,你这生活上讨人喜欢的小殷勤,因为你为生活铺平了道路!"必须——说得够了;这不是斯特恩喜欢用的词。只有在你放下书来想一想,在生活中各个不同的方面,它显得那么匀称、有趣与尽情的欢乐,把这些传达给我们的手法,又是那么潇洒自如,那么美,只有在这时,你才相信这位作者有信念作支持他的脊梁骨。萨克雷不是懦夫吗?——他那么不道德地玩弄那么多女人,在他本该躺在病床上或写布道文的时候,却在金边纸上写情书——难道他不是他那种方式的斯多葛派,不是道德家,教师吗?毕竟大多数伟大的作家都是。而且我们不能怀疑斯特恩是个很伟大的作家。

石永礼 译

切斯特菲尔德爵士家书

马洪爵士在编辑切斯特菲尔德爵士的书信时,认为有必要告诫未来的读者,这些书信"决不适于早年,或不加鉴别地阅读"。只有"对世事的认识已有定见,行为准则已经成熟的人",才能阅读,而无害,爵爷这样说道。不过,那是一八四五年。而现在离一八四五年似乎还不远。现在我们看来,那是一个豪宅大院没有浴室的时代。男人在厨子去睡觉之后在厨房里抽烟。客厅的桌上摆着照相册。窗帘很厚,妇女很纯洁。不过,十八世纪也经历了变化。我们在一九三〇年看来,还没有维多利亚时代初期那样陌生,那样遥远。十八世纪的文明,似乎比马洪和他的同时代人的文明更有理性,更全面。无论如何,那时有一小群有高度教养的人在实行他们的理想。如果说这个世界小一点,但更紧密;它有主见,它有自己的标准。它的诗受到同样自信的影响。当我们阅读《鬈发遇劫记》[①]时,我们似乎进入一个如此确定,如此圈定,有可能出杰作的时代。我们自言自语道,那么,一个诗人为了让一位女士的化妆台上那些小盒子在我们想象的

---

① 英国诗人亚历山大·蒲伯(1688—1744)的长篇讽刺诗。诗中描写了一个纨绔子弟剪了美女白林达的一绺头发引起的风波;嘲笑十八世纪时髦的上流社会。其中有不少生活细节,甚至闺房中的陈设的详细描写。

物品当中固定下来,竟可以全力以赴,专注于这一任务。玩牌,或者在泰晤士河上乘船游乐聚会,都能表明,我们从那些针对我们最深的感情的诗里得到的那种美,那种对事物的敏感,消失了。正如这位诗人能全力以赴去描写一把剪刀和一绺头发一样,这位贵族,由于对他的世界及其价值标准有自信,也能为教育他的儿子制订一丝不苟的规则。在那个世界,也有我们现在没有的确定性,自信。由于这样那样的原因,时代变了。我们现在阅读切斯特菲尔德的书信,不会脸红,或者说,即使脸红,我们在二十世纪读到那些不会引起马洪爵士任何不安的片段,才脸红。

开始写信的时候,切斯特菲尔德爵士跟一个荷兰女家庭教师生的私生子,菲利普·斯坦厄普,才七岁的小男孩。如果我们要对父亲的道德教育表示任何不满,是因为,对于这样幼小的年龄,标准太高。"咱们再谈谈修辞,或者说讲演术;对此,我们决不应当完全不考虑。"他对那个才七岁的男孩写道。"一个男人,在议会,或当牧师,或从事法律工作,不擅演说就不能崭露头角。"他继续说道,仿佛这个小孩已经在考虑他的前途了。看来,这的确是父亲的错误,如果这也算错误,也是那些杰出人物当中常见的错误,因为他们自己没有获得应当获得的成功,便决心把他们所没有的机会,给予他们的孩子——菲利普不过是幼小的独生子。信一封封继续写着,人们会以为,切斯特菲尔德爵士写信既是为了把他的丰富的经验、书本知识、阅历传授给她的儿子,也同样为了借以自娱。这些信流露出一种急切,一种兴奋,这表明给菲利普写信不是一项任务,而是一大乐趣。也许是由于公务繁忙而感到厌倦,官场上失意而醒悟,他提起笔来,终于在随意交谈中得到解脱,竟忘了他的通信人不过是个学童,他父亲对他的教导,多半都看不懂。不过,尽管如此,切斯特菲尔德爵士初步描绘的那个未知世界,倒没有一点使我们感到厌恶的地方。他完全属于中庸、宽容和推理那一派。他忠告道,切勿辱骂整个群众团体;常去一切教堂,勿嘲笑人;一切情况都要了解。上午用于学习,晚间参加良好的社交活动。要像最好的人那样穿着打扮,要效法他们的行为举止,切勿显得古怪,或自高自大,或神不守舍。遵守比例的规律,每时每刻都要过得充分。

于是,他一步一步建立起一个完美的人物形象——菲利普会成为这种人,他相信,他只要——这里,切斯特菲尔德说出几个词,意在透透彻彻渲染他的教导——培养文雅的风度。最初,他慎重地把女士放在幕后。先让这个男孩多听听对妇女和诗人的美好的看法,是适宜的。切斯特菲尔德爵士要他务必尊敬妇女和诗人。"就我自己来说,当我和艾迪生先生和蒲伯先生在一起时,我常常认为自己是在跟地位高于我的人交往,就像跟欧洲所有的王子交往一样。"他写道。但是,日久天长,人们越来越意识不到美德的真正价值。还是让美德照顾好自己吧。但是,文雅显得极大。在这个世界上,文雅支配着男人的生活。讲究文雅不能有片刻疏忽。而且,的确要求很苛刻。考虑一下它的即这种讨好术的含义。首先,必须知道如何进屋,然后如何离开。因为人的胳膊和腿是出了名的别扭,单是这件事,就需要相当灵巧。其次,必须穿着讲究,服装既要绝对时髦,又不能显得新,或惹眼;牙齿必须完美;假发无可指责;指甲要剪成半月形;必须会切肉,能跳舞,而坐姿优美,几乎是同样了不起的本事。这些教导不过是讨好术的入门课。现在谈谈讲话。要至少会讲三国语言,达到精通程度,这是必要的。但是,在开口前必须采取进一步的预防措施——必须警惕,决勿大笑。切斯特菲尔德爵士本人从不大笑。他总是微笑。后来，终于宣布这个年轻人能讲话时，他必须避免用一切谚语和粗俗的词句；发音必须清楚，文法正确；不得争辩，不得讲故事；不得讲自己。然后，这个年轻人终于可以运用讨好术中最微妙的招数——阿谀奉承法。因为每个男人，每个女人都有常见的虚荣心。观察，等待，窥探，找出他们的弱点，"那时你就知道要钓上他们钩上该挂什么饵"。因为这是世上获得成功的秘诀。

这就是时代的特征，正是在这一点上，我们开始感到不自在。切斯特菲尔德爵士对于成功的观点远比他对于爱情的观点可疑。这样没完没了的操心劳神和自我克制的奖赏是什么？我们学会了如何进屋又如何离开；窥探人家的秘密；保持缄默，学会奉承，不跟道德败坏的出身低下的人交往，不跟偏执的聪明人交往，学会这一套之后又得到了什么？给我们什么奖赏？那不过是，我们会有出头之日。要追问更明确的定义，那也许是：会受到最好的人欢迎。如果我们要盘根问底，谁是最好的人，我们就陷入出不来的迷宫。它本身根本不存在。什么是良好的社交？那是最好的人相信是良好的社交。什么是机智？那是最好的人认为机智的言行。一切价值都靠别人的看法。因为，事物都不独立存在，而仅仅存在于别人的看法，是这种哲学的本质。这是一个镜子世界，为了登上它，我们那么缓慢地往上爬着。它的奖品全是映象。这可以说明，当我们想在这些文雅的书信中寻找可以抓住的硬性东西徒劳地挪来挪去时，我们受挫的感受。我们最不可能发现的东西就是硬性。姑且承认有这种不足之处，但是，被更严格的道德家所忽视的东西在这儿有多少被利用？再说，谁会否认，至少是在使切斯特菲尔德爵士着魔的东西迷住他的时候，这些轻微得无法衡量的品质自有其价值，这些闪耀的文雅风度自有其光辉？不妨考虑一下文雅风度对它的忠仆，这位伯爵，有什么助益。

这是一位醒悟的政治家，未老先衰，丢了差事，缺了牙齿，最倒霉的是，耳朵越来越背。他从不哼一声，从不呆头呆脑，从不让人讨厌，从不显得邋遢。他的头脑跟他的身体一样整洁。从不"在安乐椅里翻滚"一会。这些书信虽然是私人的，而且显然是自己想写的，但围绕吸引书信关注的这单一的话题，那样轻松自如地谈来谈去，决不会让人厌烦，尤其值得注意的是，决不会显得可笑。也许是因为讨好术与写作法有些关系。要有礼貌，体贴，有控制，克制自高自大，隐藏而不是突出自己的个性，这些甚至对作家也有益处，如同对时髦男人有益处一样。

无论我们怎么为它下定义，支持这种培养的言论的确不少，它有助于切斯特菲尔德爵士描写他的人物。这些小小的文章具有某些老派小步舞的准确性和礼节。然而，对于艺术家，匀称是那么自然，他可以在他高兴的地方打破它；它决不会夹脚，成为形式，像在模仿者的笔下那样。他可能狡黠，他可能诙谐，他可能言简意赅，但他从未哪怕一会失去时间感，当曲子结束时，他即停止。他谈到乔治一世的情妇们"有的人达到目的，其他人则爆裂"①：国王喜欢她们肥胖。还有，"他固定在贵族院，这无可救药的病人的医院"。② 他微笑，没有大笑。这里，十八世纪当然来助他一臂之力。切斯特菲尔德爵士，虽然他对一切，甚至

---

① 《乔治一世的情妇们》，《家书》第 2 卷《切斯特菲尔德爵士的人物》第 458 页："陛下的爱好的这些标准，使所有渴望讨他欢心，以及接近法定肥瘦的夫人们，像寓言中的青蛙那样竭力使自己膨胀，要与公牛那块头和气派比高低。有的人达到目的……"

② 《普尔特尼先生》，《家书》第 2 卷《切斯特菲尔德爵士的人物》第 472 页。

对星象和伯克利主教的哲学都客客气气,但他配得上是他的时代的儿子,坚定地拒绝玩弄无限,或认为事物并不完全像它们看来那样坚实。这个世界够好的,本来也够大。这种平淡的脾气,使他受到毋庸置疑的常识的制约,也限制了他的眼界。他的句子没有一句像拉布吕耶尔那么多句子那样,发出回响,有穿透力。不过,他本来会第一个反对把他和这位大作家作任何对比;此外,要像拉布吕耶尔那样写作,也许必须有信仰,那么,保持文雅风度有多难! 人们也许会大笑,也许会大哭。两者同样可悲。

不过,我们在欣赏这位有才华的贵族和他的人生观消遣的同时,也意识到在书信的那一边那个一声不响然而实实在在的人物,而这些书信的魅力也多亏这一意识。菲利普·斯坦厄普始终在那儿。他的确什么也没有说,我们却感到他在德累斯顿,在柏林,在巴黎,打开这些信,用心阅读,忧郁地瞧着那厚厚的一捆捆信件,那是从他七岁以来一年年积累的。他已经长成相当严肃、相当健壮、相当矮的年轻人。他爱好外交政策。略微严肃的读物,相当合他的口味。从每一个驿站接到的这些信——文雅,洗练,才华横溢,既恳求又命令他学跳舞,学切肉,考虑对腿的控制,引诱时髦的女士。他都尽力而为。他在文雅风度的培训中下了苦功,但讲究文雅要求太苛刻。他在通向那全是镜子亮闪闪的大厅的很陡的楼梯上,爬到中途就坐下来。他上不去。他未能进入下议院;他下沉到雷根斯堡一个小职位;他死得过早。这些年,他已经结婚,娶了一个出身卑微的女士,为他生了孩子[①];他没有胆量或勇气告诉他父亲的这一消息,让他的寡妇

[①] 菲利普·斯坦厄普,死于1768年,比他父亲早死五年,留下一个寡妇和两个男孩。

转告了。

　　这位伯爵像个绅士那样接受了这个打击。他给他的媳妇的信,是文雅的典范。他开始教育他的孙子。但是,此后他对什么遭遇都有点不关心了。他对于生死也不大在意。但他仍然关心文雅风度直到最后一刻。他最后一句话是对尊敬文雅女神的赞美。他临终时,有人进屋来;他强打精神:"给戴罗尔斯看座。"①他说道,便再也不说了。

石永礼 译

---

① 最后这句很著名的话,是对爵爷的密友,他的教子所罗门·戴罗尔斯说的。

两个牧师

一 詹姆斯·伍德福德

人们真希望心理分析家去分析记日记的问题。因为,人的一生即使在其他方面光明磊落,堂堂正正,但日记往往是其中唯一秘密的事实。伍德福德牧师即是一个恰当的例证——他的日记是关于他的唯一的秘密。他几乎天天坐下来记下他星期一干了什么,星期二晚餐吃了什么,记了四十三年;但他为谁记,为什么记,没法说。他没有在日记里吐露他心里的痛苦;也不仅仅记下约会和开支。至于想在文学上出名,没有一点迹象说明他动过这个念头;最后一点,虽然这个人最重要的是温和,但有些欠慎重的言行和批评,要是他的朋友们读到这些日记,他就会遇上麻烦,而且伤他们的感情。那么,这六十八本小本子要达到什么目的?也许是很想跟人亲近。当詹姆斯·伍德福德打开他那些整洁的手稿本子中的一本时,他就开始跟第二个詹姆斯·伍德福德交谈,这位跟那位访贫问苦,在教堂布道的牧师先生不大一样。这对朋友讲了许多全世界都会听到的话,但他们有一点只有他们俩分享的秘密。例如,那个圣诞节,南希、贝特西和沃克先生好像勾结起来反对他,他在日记中叫道,"这个圣诞节,我以礼待人所受到的对待,让我感到厌恶",便得到很大的安慰。第二个詹姆斯·伍德福德表示同情,同意。再如,一个陌生人对他的款待辱骂一通,他就告诉住在那个小本子里的另一个自我,他把他打发到阁楼上去睡了,"有些人,要是善待他,就太大方了,我就把他当这种人待他",这才顺了口气。在乡村教区的平静生活中,这对单身汉朋友终究分不开的原因,不难理解。如果不让他记日记,他的必不可少的部分就会死亡。在他的确认为自己掌握在死亡手中之后,他仍然继续写着。我们阅读时——如果应当用阅读这个词——我们似乎听着一个人在睡觉前那段安静的时间对自己嘀嘀咕咕讲那一天的事。那不是写作,说实话,那也不是阅读。那是溜过五六页,便走到窗前,往外望。那是我们一边瞧着下面街上的人,一边继续想着伍德福德一家的情况。那是一边散步,一边拼凑詹姆斯·伍德福德的生活和性格特征。如同那不是写作一样,也不是阅读——这叫什么,我们几乎不知道。

詹姆斯·伍德福德是那种脸光光的、眼光稳定、神情庄重的人,他要不是正当壮年,我们就无法想象。性情平静,仅仅有些一般在那种人身上可以看到的刻薄、易怒,他们在年轻时谈过恋爱,因此,他们认为,一直未结婚。这位牧师的恋爱,无论如何,不是什么惊人的大事。他还是年轻人住在萨默塞特的时候,他喜欢步行到谢普顿,去拜访住在那儿的"温柔的"贝特西·怀特。他很想"作一次大胆的努力",求她嫁给他。"有机会的时候",他的确求了婚,贝特西也表示愿意。但他拖延;过了一段时间;的确过了四年,贝特西去了德文郡,遇上一位年收入五百镑的韦伯斯特先生,便嫁给他。当詹姆斯·伍德福德在那条收费路上遇上他们时,"由于羞怯",只能应付几句,但他对日记评论道——这无疑是从此以后他个人对这段恋情的说法——"她向我表明她不过是一个抛弃情人的女人"。

不过,那时他还年轻,后来,我们不得不怀疑,他倒乐于考虑把婚姻问题就此永远搁置起来,他才能跟侄女南希在韦斯顿·朗格维尔定居,才能每天、整天、完全单独地干一番生活的大事。再说,这又叫什么,我们不知道。

就詹姆斯·伍德福德来说,他没有什么特殊的地方。生活对他为所欲为。他没有特殊才能,没有怪癖或病痛。要说他是热诚的牧师,又无根据。在他看来,天堂里的上帝跟在位的乔治国王差不多——即是说,过一个仁慈的君主的节日,星期天布一次道,跟皇家过生日放一通枪,午餐时为他干一杯,多半一样。要是发生了什么不幸的事,如死了一个小男孩,他被一匹马拖死,他会马上,但相当敷衍地叫道,"我真诚祝愿这可怜的孩子幸福,"又补充道,"我们都唱着歌回家。"正如克里德法官的孔雀开屏的时候,"高贵之至"——他会叫道:"啊,上帝,你造物多么神奇。"詹姆斯·伍德福德没有宗教狂,没有热情,没有诗意的冲动。这些日记每一页都整齐地分成几栏,像记一天天的事那样,每一栏也平静地写得满满的,那笔迹稳得像一匹脾气温和的老马的慢步;在全部日记中,我们只记得一句关于金星经过的有诗意的话。他说道:"它好像美貌夫人脸上的黑美人斑。"这句话本身相当平淡无味,但它悬在起起伏伏一大片那位牧师的散文之上,像金星那样闪着光辉。在乡间的沼泽地也是那样,在四周是平地的环境中,一个谷仓或一棵树就显得比它本来的体积大两倍。但是,是什么原因使他在那个夏天的晚上写出这种显然过分的句子,我们不知道。他喝醉了,决不可能。他曾经对他弟弟杰克自觉有罪的这种毛病,过于坦率地大声叱责过。在气质上,他是好吃肉那一类,不属于贪杯的酒徒。我们一想到伍德福德一家,叔叔,侄女,就往往想到他们迫不及待地等着进餐。当大块肉摆上桌时,他们严肃地瞧着它;他们很快拿上餐刀在多汁的腿肉和腰肉上切割起来。他们吃着,除了对肉汁和填料交换几句看法,没有多加评论。他们日复一日,年复一年这样大吃大嚼,直到他们之间一定吞下成群的牛羊,成群的家禽,一打左右的大小天鹅,成蒲式耳的苹果和梅子,同时,必然有一座座山,一座座金字塔,一座座宝塔似的馅饼和果冻被他们的餐匙捣碎压烂。没有一部书像这部书那样塞满食物。那份尊敬地按时开列的菜单,一看就觉得饱了。鳟鱼和鸡,豌豆羊肉,苹果汁猪肉——午餐,大块肉一盘接着一盘,随后是晚餐,大块肉就更多,毫无疑问,这些全是自家养的种的,最鲜美最可口;全是用最普通的英国烹调法做的,女主人常常亲自下厨,除了上韦斯顿公馆吃饭,那时卡斯坦斯太太用一种伦敦的美食让他们惊喜——一座金字塔状的果冻,即是说,"用果冻展现一种景观的样子"。午餐后,詹姆斯·伍德福德对她怀有骑士般忠诚的卡斯坦斯太太,有时会弹"木琴田园曲",弹的"当然是很柔和的音乐";或者拿出她的针线盒,让他们看看它的设计多雅致,除非她又在楼上生孩子。这位牧师会为这些婴儿行洗礼,又常常埋葬他们。他们死亡几乎和他们出生一样,是常事。这位牧师对卡斯坦斯一家怀有深深的敬意。他们都是乡绅那样的人——也许有点喜欢养情妇的习惯,但是,由于他们对穷人慷慨,对南希仁慈,家里请了贵客时还请这位牧师吃饭那样屈尊俯就,他们那点轻罪可以原谅。然而,显贵们并不太合他的心意。虽然他深深尊敬贵族,"必须承认,"他说道,"和地位跟我们相当的人相处,要愉快得多。"

伍德福德牧师不仅知道什么令人愉快;由于大自然的恩赐,给这种罕见的才能增补了另一种同样罕见的才能——他想要什么就能得到什么。那是个好年头。星期一、星期二、星期三——一天接一天,每一小栏的记事似乎充满了满足。那些日子,事不多,但多种多样,令人羡慕。虽然他是新学院的研究生,他做事不仅用头脑,而且亲自动手。家里的每一间屋他都住——在书房写布道文,在餐厅大吃一顿;在厨房做饭,在客厅打牌。然后,带上外衣和手杖,到田野去遛他那些灰狗。他年复一年,承担供给全家吃喝、冬天防寒、夏天防旱的工作。他像将军一样,对一年四季作了通盘考察,采取措施储备御敌的煤、木柴、牛肉和啤酒,确保他自己的小营房安全。因此,他一天必然有种种不谐调的行当的一大堆杂活要干。要侍奉宗教,要宰猪;要看望病人并吃午餐,要埋葬死者,要酿啤酒;要参加教会会议,还要喂奶牛药丸。把生与死,人不免一死与永生,都塞进日记里,弄成一个大杂烩:"……发觉那位老绅士即将断气。完全失去知觉,喉咙咯咯作响。今天的午餐是炖牛肉和烤兔肉。"一切如常;生活就像那样。

当然,当然,那么,这里就是一处在处理世俗事务之余喘口气的地方——十八世纪末在诺福克的牧师住宅。因为人一旦满足于他的命运;就达到和谐;他的房子适合他住;树就是树;椅子就是椅子;各个知道自己的职责,各尽其责。通过伍德福德牧师的眼光看来,人们不同的生活似乎有秩序而且已经确定。远处响起大炮声;一个国王倒下;但那轰鸣还不足以惊吓诺福克这些角落。事物的大小都不相同。欧洲大陆太远,看起来不过是一块模糊的斑点。美洲几乎不存在;还不知道有澳洲。他把一面放大镜放到诺福克的田野上。那儿每一片草叶都历历可见。我们看到每一条小路,每一片田地;路上的车辙和农民的脸。每一幢房屋都孤零零地坐落在自己那片草地上。村子与村子没有电话线相连。没有说话声穿过空中。身体也更近切,更真实。身体所受的痛苦更剧烈。没有麻醉缓解肉体的痛苦。外科医生的刀在肢体上晃动,真实而锐利。寒冷未减轻对这座房屋的袭击。平底锅里的牛奶冻住;盆里的水结了厚厚的冰。冬天,在牧师住宅里,几乎无法从这间屋走到另一间屋。贫穷的男人女人在路上冻死。常常没有信,也没有来访者,没有报纸。牧师的住宅孤独地在冰冻的田野中间。赞美上天,生活终于又开始循环;一个男人带着一只马达加斯加猴子来到门前;又来一位带着一个盒子,里面装着一个有两个显然完好的脑袋的孩子;谣传诺里奇即将放飞气球。每一小事件都显得那么明显。甚至乘车去诺里奇都有点冒险。一路上都得坐一匹马拉的马车。瞧,篱笆里的树木多清晰;当马车驰过时,那些牲口缓慢地动一动头;诺里奇那些塔尖渐渐在小山上升起。接着,出现我们已经是朋友的几位的脸——卡斯坦斯一家,杜·凯纳先生——多清晰,多熟悉。友谊有时间巩固,会成为经久的、珍贵的财富。

真的,属于年青一代的南希不时有些奇奇怪怪的想法,认为她缺少什么,她想要什么。有一天她向她叔叔抱怨,生活太枯燥无味:她抱怨"家里太沉闷,什么也见不着,很少,或根本不出去走走,也没有客来,等等",使他很不舒服。我们可以就南希想要什么"等等"这种蠢事,教训她一下,会说,瞧瞧你的"等等"引起了什么变化;欧洲有一半国家破产;每个山坡上都有红红的一排别墅;你们诺里奇的道路漆黑;"出去走走,有客来"没有止境。但南希有话回答我们,大意是,我们的过去是她的现在。她说道,你们认为生于十八世纪是莫大的殊荣,因为人们把樱草花称为报春花,坐双马两轮马车而不坐汽车。但你们大错特错,你们这些回忆录的狂热爱好者,她继续说道。我可以向你们保证,我的生活常常沉闷得难以忍受。使你们发笑的事,我听了并不笑。我叔叔梦见一顶帽子或一把锯子在啤酒里冒泡,我听了也不觉得有趣,还说这是家里要死人的兆头;我也这样认为。贝特西·戴维虽然穿有小树枝花样的凸纹花绸衣,但并不影响她真心诚意哀悼年轻的沃克。关于十八世纪的谈论,有大量骗人的话。你们喜欢古代和古代的日记,有些不纯洁。你们虚构的东西,根本不存在。我们实际的现实对你们仅仅是一个梦——南希这样悲叹着,抱怨着,一小时一小时,一天天度过十八世纪。

即使它是一个梦,我们仍然要再纵容它一会吧,我们相信有些事物经久不衰,有些地方,有些人未受变化的影响吧。五月份一个晴朗的早上,在深草丛中,大黑鸟飞起,野兔跳跳蹦蹦,千鸟啼鸣,对激励这种幻想起了很大作用。是我们变了,死亡了。伍德福德牧师还活着。是国王和皇后关在监狱里。是大城市受到混乱的无政府状态蹂躏。但温萨姆河仍在奔流;卡斯坦斯太太又临产了。那年的第一只燕子出现。春天来了,接着是带来饲草和草莓的夏天,然后是秋天,虽然梨收得少,胡桃却特别好;于是我们进入冬天,当然很狂暴,感谢上帝,这座房屋顶住了风暴;然后又出现第一只燕子,伍德福德牧师便带着他的灰狗出去遛一趟。

二 约翰·斯金纳教区长

生于一七四〇年,卒于一八〇三年的伍德福德,和生于一七七二年,卒于一八三九年的斯金纳,相隔整整一个世纪。

因为隔开两位牧师的那几年,是隔开十八世纪和十九世纪的重大的年代。位于萨默塞特郡的卡默顿,的确是历史最悠久的村子;然而,我们翻开那本日记还没有翻到五页,就读到采煤场,以及采煤场如何大叫大嚷,因为发现了一处新煤层矿脉,业主发钱给工人以庆祝这一预示村子即将这样繁荣起来的事件。正在这时,卡默顿的领主庄园及其一切权利和义务,落入在牙买加做买卖致富的贾勒特家族手中,虽然乡绅们仍像过去一样安居于他们的邸宅。这种新奇事物,当年伍德福德一无所知的这种元素的入侵,对于斯金纳本人的性格无疑产生令人不安的影响。即使在那个时代出现以前,他易怒,紧张,忧心忡忡,似乎已体现了我们那些疯狂的时期的一切争斗和动乱。他穿着十九世纪初期的朴实但不相配的宽领带和马裤,站在岔路口。他身后是崇高的过去时代的秩序、纪律和一切美德,但他一离开书房,就面对酗酒、不道德、无纪律和无宗教;面对美以美教派,罗马天主教派;面对选举法修正案,天主教解放法案;面对群众要求自由的呼声,面对推翻一切正派的、已确立的和正确的东西。他站在岔路口痛苦不堪,爱抱怨,同时又正直、能干,不愿退让一寸,不能妥协一分,严厉、武断、忧心忡忡,没有希望。

个人的悲痛本来已经加剧了他那刻薄的本性。他的妻子早逝,给他留下四个小孩,其中他最爱的一个,劳拉,跟他有共同的爱好,本来会让他过得愉快,因为她早已记日记,而且已经准备好一个极为整洁的镶有贝壳的柜子,她也夭折。但是,这些损失,虽然在名义上使他更爱上帝,实际上却使他更恨人。一八二二年,日记开始的时候,他的这些看法已固定,认为大多数人不公正,恶毒,认为卡默顿的人甚至比大多数人更堕落。但是,他的职业也在那一日期固定下来。由于命运的安排，让他离开了律师事务所，他在那里分配公正，填表，严格按照法律条文办事，本来会如鱼得水；后来把他安顿在卡默顿，与教会执事和农民，古利克一家、帕德菲尔德一家、患水肿的老婆婆、傻男孩和侏儒在一起。他的工作无论多么肮脏，他的教区居民无论多么令人厌恶，他对他们有应尽的责任。无论他受到什么侮辱，他都坚持他的原则，维护正义，保护穷人，惩罚干坏事的人。在这部日记开始的时候，正在大力开展这种既艰苦又不愉快的职业活动。

一八二二年的卡默顿村，有了煤矿，以及由此引起的骚动，也许并不是英国乡村生活的典型。当我们跟随这位教区长每天照例外出办事，我们的确很难沉浸于梦想中那种奇特、舒适的古老的英国乡间生活。例如，有人请他去看古尔德太太——一个疯女人，别人把她一个人锁在她的小棚屋里，后来掉进火里，痛苦已极。"唉，你为什么不救我？为什么不救我？"她叫道。当这位教区长听到她的尖叫声时，知道她落到这般地步，并不是她自己的过错。她为一家勉强度日操劳，导致她喝上酒，因而失去理性，还由于执行"济贫法"的官员和这一家之间为了该谁抚养她的问题发生争执，还由于她丈夫挥霍、酗酒，都扔下她不管，她便掉进火里，因而死去。该怪谁呢？该怪那位吝啬的官员珀内尔先生，因为他尽想削减付给穷人的津贴，或者那位教区职工希克斯，因为他出了名的苛刻，或者酒店，或者美以美会教徒，还是别的什么人？无论如何，教区长已尽了他的职责。不管他因此多么招人恨，他总是维护受压迫者的权利；他总是指责人们的过错，使他们确信自己邪恶。又有一位萨默太太，她开了一家妓院，还培养她的女儿们也干这一行。还有一个农民利皮特，半夜从"红驿站"出来，烂醉，迷了路，掉进一个采石场，跌断一根胸

97

骨,死了。无论我们翻到哪儿,哪儿都有苦难,无论我们往哪儿看,我们都会发现那苦难后面的残酷。例如,教区职工希克斯先生和太太,让一个年老体弱的穷人在济贫院躺了十天,得不到照顾,"因此,他的肌肉里长了蛆,在他的身上吃出一个个大窟窿"。他的唯一的护理人,是个老婆婆,她太衰弱,不能把他扶起来。幸而这个穷人死了。幸而那个矿工加勒特也死了。因为,除了喝酒、贫穷和霍乱等邪恶,还不断有来自煤矿本身的危险。出事司空见惯,治疗他们的方法很简单。煤掉下来砸断了加勒特的背,虽然受到乡村外科医生那种粗劣的治疗,他还是从一月拖到十一月,死亡终于让他得到解脱。为他们说句公道话,这位严厉的教区长和那位轻率的领主庄园的夫人,都随时准备施舍他们的半克朗银币,他们的汤和他们的药,还一定会去看望病人。不过,即使考虑到斯金纳先生的脾气天生苛刻,要把一个世纪前卡默顿村的生活,描写为一幅明媚宜人的画面,需要非常乐观的文笔和非常仁慈的眼光。施舍半克朗和汤,对救苦救难不起什么作用,布道和指责也许使情况更糟。

　　教区长既不像有些邻居那样去消遣,也不像其他人那样去运动,以逃避卡默顿。他偶尔驾车去跟一位牧师教友一起吃饭,但他尖刻地评论道,那款待"在格罗夫纳广场更合适,而不是在牧师的家里——法国菜,大量法国葡萄酒",还用惊叫的口气记下那是在他驾车回家前,十一点钟。当他的孩子还小的时候,有时他跟他们一起到田野去散步,或者,给他们做一只小船以自娱,或者,在谁的爱犬墓或驯鸽墓的墓志铭上温习拉丁文。有时,当芬威克太太,在她丈夫吹笛子伴奏下唱穆尔的歌时,他平静地靠着倾听。但是,即使是这样无害的娱乐也被猜疑所败坏。一个农民经过时,无礼地瞪着眼瞧;有人从窗户扔来一块石头;

贾勒特太太表面上热诚,显然暗中怀着某种恶意。不,逃避卡默顿的唯一去处,在卡马洛杜努姆。他认为他遇上奇特的好运,有幸住在卡拉克塔库斯的父亲住过的同一个地方,奥斯托里乌斯在这里建立过殖民地,亚瑟在这里跟叛徒莫德雷德作过战,阿尔弗烈德倒霉时几乎来到这里。对此,他越思考越肯定。卡默顿无疑是塔西陀①的卡马洛杜努姆。他关在书房里,单独跟他的文件在一起,不知疲倦地抄写、比较、求证,他才安全,得到休息,甚至感到快乐。他相信,他还在进行一项重要的辞源的发现,可以借以证明,"构成凯尔特人的名称的每一个字母"都有秘密的意义。没有哪个主教对他的宫殿像文物研究者斯金纳对他的斗室那样满意。他从事这些研究,也要归功于他去理查德·霍尔爵士的庄园所在地斯托赫德的几次稀罕然而愉快的访问,这时他终于和才能相当的人交往,会见了几位检查威尔特郡文物的绅士。路上不管冻得多么硬,不管雪堆得多么高,斯金纳仍驾车去斯托赫德;他坐在图书馆里,极冷,但心满意足地摘录塞内加②的著作,摘录狄奥多朗·西库卢斯的著作,摘录托勒密③的《地理学》,或者,轻蔑地清除某个轻率、浅薄的文物研究者同行的言论,因为他那么鲁莽,竟断言卡马洛杜努姆的确位于科尔切斯特。他继续摘录、立论、求证,不顾他的教区居民送的怀有恶意的礼物,包在纸里的一颗锈钉子;也不顾接待他的主人带笑的警告:"啊,斯金纳,最终你会使一切事物为卡马洛杜努姆做证;满足于你已经发现的论据吧;如果你幻想过多,你就会削弱真实论据的权威。"斯金纳的第六封复信长达三十四页;理查德爵士

---

① 塔西陀(约55—约120),古罗马历史学家。
② 塞内加(公元前4—65),古罗马哲学家,戏剧家。
③ 托勒密(约90—168),古希腊天文学家,数学家,地理学家。

不了解对一个很苦恼的人卡马洛杜努姆多么必要,因为他不得不天天对付卡默顿的教区职工希克斯,地方官珀内尔、妓院、酒馆、美以美会教徒、得水肿的、腿有毛病的病人。如果人们真能想起在布立吞人时代卡马洛杜努姆一定像这样,就连水灾也会减轻。

于是,他把九十八卷原稿装满三个铁箱。但是,这些原稿渐渐不再完全关注卡马洛杜努姆;开始主要关注约翰·斯金纳。的确,证实卡马洛杜努姆的真实性是重要的,但证实约翰·斯金纳的真实性也重要。他死后过了五十年,他的日记出版之后,人们不仅知道约翰·斯金纳是个伟大的文物研究者,而且知道他受了多少委屈,多少痛苦。他的日记成为他的密友,也将成为他的维护者。例如,他向日记问道,难道他不是最亲切的父亲吗?他在他的儿子们身上花的时间、操的心,没完没了;他送他们上温切斯特,上剑桥,然而,那时农民向他交付什一税很无礼,给他的那一份,交了一只断了背的羊羔,或者,交几只公鸡糊弄他,不够他应得的数,约瑟夫却拒绝帮助他。他的儿子说:卡默顿的人都嘲笑他,他像待仆人那样待他的儿女;有些事本无恶意,他却怀疑有。然后,他偶然打开一封信,发现一张付一辆破二轮马车的账单;还有,他的儿子本来可以帮他把图画装上框,他们却抽着雪茄逛来逛去。简言之,他们在家里他就受不了。他在一怒之下,把他们打发到巴思。他们走了之后,他又不得不承认,也许是他错了。又该怪他那爱抱怨的脾气——然而,让他抱怨的事太多了。贾勒特太太的孔雀在他的窗下叫了一整夜。人们把教堂的钟乱敲一气,故意气他。然而,他会试一试,他会让他们回来。于是约瑟夫和欧文回来了。接着,他那易怒的老毛病又发作。他"忍不住说了几句"游手好闲,或苹果酒喝得太多之类的话,为此引起大吵大闹,约瑟夫弄坏了一把客厅的椅子。欧文支持约瑟夫。安娜也支持。他的孩子没有一个关心他。欧文更过分。欧文说"我是个疯子,应该派一个疯狂行为调查委员会来调查我的行为"。而且,欧文还对他的诗、他的日记、他的考古学理论说了一通轻蔑的话,很伤他的心。他说:"谁也不会读我写的那些胡说八道。当我提到已在三一学院获奖……他却回答说,除了最愚蠢的人,谁也不会想到为得那个学院的奖而写作。"又大吵大闹一场;又把他们打发到巴思,接着挨了他们父亲一通咒骂。后来,约瑟夫得了这家人得过的肺病。他的父亲马上关怀备至,悔恨不已。他请了医生,他提出带他航海到爱尔兰旅游,他的确带他到威斯顿,带他航海。这一家又一次团聚。这位爱抱怨的严厉的父亲,尽管关怀备至,忍不住又一次使孩子们生气,然而,他是真心实意爱他们,不过用他那种暴躁的方式罢了。突然冒出宗教问题。欧文说他父亲不过是一个自然神论者,或者索西奴斯教①信徒。卧病楼上的约瑟夫说,他太累,没劲辩论;他不要他父亲带画给他看;他也不要他父亲给他念祈祷文,"他宁愿找别人交谈,也不愿找我"。他们在生活中遇到危机时也是这样,父亲跟他们应该是最亲密的,然而,就连他的孩子们都背弃他。这就没有剩下一点值得为之活下去的想头了。他究竟干了什么使人人都恨他?为什么农民骂他疯了?为什么约瑟夫说没有人会看他写的东西?为什么村民把洋铁罐系在他的狗的尾巴上?为什么孔雀尖叫、响起钟声?为什么对他没有一点怜悯,没有一点尊敬,没有一点爱?日记痛苦地反复问这些

---

① 十六世纪意大利宗教家索西奴斯所创立的教派,其教义否认基督的神性及人类的原罪,以理性解释犯罪和救赎。

问题,但没有回答。一八三九年十二月一天早上,这位教区长终于带着枪,走进他家附近的山毛榉树林,开枪自杀。

石永礼 译

伯尼博士家的晚宴[*]

一

晚宴大约是在一七七七年或者一七七八年举办的。具体是哪一年的哪一个月就不清楚了,只知道那天晚上非常冷。我们就从范妮·伯尼[①]说起吧,她那时大约二十五或者二十六岁的样子,我们的许多信息都是源于她细致翔实的记录。不过为了让大家全方位领略晚宴的风貌,我看还是有必要让时光倒流几年,先去熟悉一下参加晚宴的客人们吧。

范妮从很早开始就喜欢写作。范妮的继母在金斯林有座花园,花园的尽头有个小木屋,范妮常常在下午时分坐在那里写作,直到河上来回航行的水手的咒骂声扰乱了她的清静。只有在下午,只有在遥远的地方,她那微受压抑、略显焦躁的写作激

---

[*] 查尔斯·伯尼(1726—1814),范妮·伯尼的父亲,英国音乐史专家。
[①] 范妮·伯尼(1752—1840),也称达尔布莱夫人,英国女小说家。1786—1791年在王宫做御用礼服负责人。1793年在其四十二岁时与法国移民亚历山大·达尔布莱结婚。其书简和日记对她的所见所闻作了真实生动的描述。

情才能得到抒发。那时人们还觉得女孩写作是件荒唐事，如果是已婚妇女就更不应该了。而且，多莉·杨恩小姐还警告过她：如果女孩喜欢写日记的话，人们就会怀疑她会在里面偷偷写下些浪荡轻浮的言语。多莉·杨恩小姐虽然资质平平，可在金斯林却被人尊为品格最为高尚的女士。范妮的继母也不主张她写作。然而写作的乐趣如此强烈——"我把我的思想即时诉诸笔端，把我对人的看法也一一记录下来，这种快乐简直无法用语言形容"——所以我必须写下来。曾经有几页纸不小心从她的口袋中掉出来，被她父亲捡起来读到——这让她无比羞愧，也无比痛苦。还有一次，她迫不得已在后花园中把所有的文章都烧毁了。最终，她与大家似乎达成了某种妥协。上午的时光要奉献给更庄重更严肃的任务，比如做做针线活什么的；只有下午她才允许自己在那个抬眼就能眺望河水的地方匆匆写点什么——信件啦，日记啦，还有故事什么的，直到水手的咒骂声扰了她的清静。

这也许让人觉得奇怪，不过十八世纪就是个诅咒骂人的时代。范妮早期的日记中就夹杂着许多这样的语言。她爱慕的父亲、她敬重的克里斯普老爹[1]的嘴里也会时不时地冒出一些咒骂的语言和恶毒的诅咒，像"上帝救救我""把我劈开吧"和"堵住我的要害"之类的。或许范妮对于语言的态度有些反常，文字的力量轻易就能引发她情感的巨大波动，但是她却不像简·奥斯丁[2]那样神经紧张、极度敏感。她最喜欢行云流水般的文字，也喜欢人们读着印刷书页时温暖而丰富的声音。她很早就阅读了《拉

---

[1] 塞缪尔·克里斯普(1707—1783)，英国失意文人，范妮·伯尼称其为"老爹"，其第一篇通讯报道就是写给他的。
[2] 简·奥斯丁(1775—1817)，英国女小说家。

塞拉斯》①,儿时的笔尖下流出的句子就有了约翰逊博士②的风格,这种风格随着她不断积累扩充的词句愈益显著。她在很小的时候,在写作中就竭力避免"汤姆金斯"这样庸常的名字。她在花园尽头的小木屋中听到的所有声音,对她产生的影响肯定比其他女孩要大得多。显而易见,她的耳朵对声音非常敏感,她的灵魂对意义也非常敏感。她的天性还是略带拘谨。正如她努力避免"汤姆金斯"这种庸常的名字一样,她也竭力避开日常生活中的粗糙、野蛮和平庸。在她早期的日记中,有一个显著的问题对她极致的活力与灵气造成了影响,那便是她为了让尖锐的语句变得柔和婉转而堆砌华丽的辞藻,为了使凌厉的思想变得舒缓宁静而矫饰甜蜜的柔情。所以,当她听到水手们的诅咒叫骂声,便立刻转身回到房间。而她同父异母的妹妹若是听到的话,不但不会离开,反而会向水面递送飞吻——大家都这么认为,而且她妹妹未来的生活状态也的确允许我们这样自由地联想。

范妮回到房间,但却不会陷入孤独的冥想。无论在金斯林还是在伦敦,房子始终是人头攒动、人声鼎沸的地方——那一年的大部分时间是在波兰街③度过的。房子里有竖琴的声音;有唱歌的声音;还有伯尼博士在书房重重乐谱的包围中激狂地写作的声音——这声音虽然不大,但他心无旁骛的专注使整个房子似乎都回荡着这种声音;还有伯尼家的孩子们从各自不同的职场回到家中谈笑风生的声音。范妮比其他人都更享受这种家

---

① 《拉塞拉斯》是约翰逊博士的唯一一部小说作品。
② 塞缪尔·约翰逊(1709—1784),英国文学史上重要的诗人、散文家、传记家,编纂的《词典》对英语发展作出了重大贡献。
③ 伦敦的一条街道。

庭生活。在家里，她羞怯怯的样子只会让大家想到她的外号"老夫人"；在家里，她的幽默总有忠实的拥趸；在家里，她不必为衣着打扮花费心思；在家里，大家亲密无间，相互开开玩笑，讲讲奇闻，说着只有他们才懂的私密语言（他们会说"假发湿了"，然后心有灵犀地互相使个眼色）——这也许与他们的母亲去世得过早有关，母亲去世时他们都还只是孩子；在家里，兄弟姐妹之间无话不谈、无事不议，彼此互为知己、互为依靠。毋庸置疑的是，伯尼家的孩子们——苏珊、詹姆斯、查尔斯、范妮、海蒂和夏洛特——所有人都才华横溢。查尔斯是个学者，詹姆斯是幽默大师，范妮是作家，苏珊是音乐家——每一个都天赋独特、各有优长，都能为他们这个群体增添异彩。除却天赋异禀之外，他们都同为一个事实而倍感幸福，那就是他们的父亲是深受欢迎的学者。那个男人不仅才情卓越，更兼善于社交，出身高贵，因此受到广泛的爱戴与敬仰。所以，对于伯尼家的孩子来说，想要结识王公贵族，或者认识书籍发行商，都是轻而易举的事情。事实上，他们的人生际遇可谓随心而选般自由。

至于伯尼博士本人呢，长期以来，人们对他的一些情况持将信将疑的态度。如果人们现在遇到他，也会很难确定对他的感觉到底如何。不过有一件事是确定无疑的，那就是在哪里都能碰到他。女士们总是争先恐后地与他邂逅；无数的乐谱等待他翻阅；电话铃声时常要打扰他。他是人人都要结交的人物，也是最繁忙的人。他总是急匆匆地来，又急匆匆地走。有时候他只能在马车里吃盒三明治，把晚餐打发掉。有时他早晨七点出发，到晚上十一点才结束巡回讲授的音乐课程回到家中。他"举止一贯温雅柔和"，同时极具社交魅力，深受每个人的衷心喜爱。但是他的东西却随手乱放，处处凌乱不堪——所有东西，乐谱、手稿被胡乱塞进抽屉。他的积蓄还曾经遭遇过抢劫，不过他的朋友们都愿意倾囊相助。他有过奇特的冒险经历——他艰难地跨越了多佛海峡之后倒头就睡，然后又返回了法国，然后还要重新跨越海峡——这些经历让他觉得人们应该心地善良，又富于同情心。他漫不经心、随性糊涂的态度也使他在生活琐事上一团混乱。他那些写不完的书籍和文章似乎永远在写了重写，还要求女儿们帮他一起写——或许除了他之外，那些文字永远没人核对、没人归档，甚至没人阅读。他还让女儿们写下不计其数的乐谱、信件和晚宴邀请函——他一件也不销毁，也许这意味着有朝一日他会加上注释并收集归类吧——看样子直到他最后融化在风卷云涌的文字中才会罢休。他以八十八岁的高龄离世时，他最挚爱的女儿们只做了一件事情，那就是把堆积如山的文稿烧毁，甚至连范妮这样热爱语言的人都觉得窒息。如果说我们在表达对伯尼博士的感情时有些笨嘴拙舌、言不达意，那范妮绝对不会的。她对父亲十分敬爱，她从未意识到她有多少次中途放弃自己的写作，将其搁置一旁，只为了模仿父亲的文风。她的敬爱也得到了父亲的回报。尽管他一心希望她在宫廷出人头地的想法有些愚蠢，尽管这想法差点让她丢了性命，但是唯有在一位讨厌的追求者穷追不舍时她才会哭出来："哦，父亲，我一无所求，只希望跟您一起生活！"这位感情丰富的博士回答说："我的心肝啊！你愿意的话可以永远跟我生活在一起。你怎么想的？你以为我要赶你走吗？"他的眼里全是泪水，而且，他从此之后便绝口不提那位求婚者巴洛先生。的确，伯尼一家非常幸福，这是个不同的个性相互交织、不同的品位相互融合的神奇家庭。后来这个家庭又有外人加入，同父异母的弟弟妹妹相继出生并渐渐长大。

时光荏苒，年华飞逝。这个家庭不可能继续住在波兰街了。他们先是搬到了皇后广场，后来，在一七七四年，他们又搬到了位于莱斯特庄园的圣马丁街上牛顿曾经住过的房子里。伯尼的天文台至今依然矗立在那里，而且房间里色彩鲜艳的装饰板也依然可见。伯尼一家就在市中心这破旧简陋的街道里安顿了下来。在这里，范妮继续随性地写作，她会偷偷溜到天文台上去写，就像当初她在金斯林溜到小木屋时一样。她发出这样的感慨："能够随时随地把思想诉诸笔端真的非常快乐，我再也无法抵制这样的快乐了。"在这里，社会名流常常来与博士私约密谈；或者像加里克①一样把满头秀发梳理得光洁齐整，与博士对坐畅谈；或者加入气氛活跃的家庭晚餐；更正式一些的话，就是参加伯尼家的家庭音乐会。伯尼的孩子们都会演奏乐器，他们的父亲也会"飞快"地弹起古钢琴，有时一些享有盛誉的外国音乐家会来场独奏——人们以各种各样的理由向圣马丁街的这所房子涌来，真可谓宾客如云，而人群中能引人注目的却只有那些古怪的、不同寻常的人士。例如，人们都记得阿朱扎里，那位令人惊叹的女高音歌唱家，因为她"小的时候曾经被猪猡抓伤过，作为补偿她当时得到了最好的牛腿肉"。还有布鲁斯，就是那位旅行家，因为：

> 他身患奇症，他只要一说话，肚子就会鼓胀起来，好像里面有架风琴的样子。他从来就没想隐瞒这个病症，反而大肆宣扬，好像他是来自阿比西尼亚②的奇人似的。不过，有一天晚上，他来的时候异常暴躁，而且这种状态持续的时

---

① 大卫·加里克(1717—1779)，英国演员，剧作家。
② 今埃塞俄比亚。

间比平时要长出许多,着实把大家都吓了一跳。

人们也似乎记得范妮在人群中来往穿梭时那急切而轻盈的身影,她的眼睛像小虫一样,非常显眼,举手投足都显得羞怯和笨拙。然而,正是她小虫一样的眼睛,她笨拙羞怯的举止,才完美地掩饰了她最敏锐的观察力和最持久的记忆力。待人群散去,她便立刻偷偷溜到天文台,为她住在切斯顿的亲爱的老爹克里斯普写信。在长达十二页的信件中,她把宴会中的每一句话、每一个场景都细细记录下来。那位老隐士——因为对社会强烈不满而退隐到一处田园居所——总是宣称比起跟精雅有礼的人相处,他更喜欢在酒窖里与美酒相伴,在马厩中与骏马为伍,或者在深夜里以下棋为乐,不过他却对范妮的消息翘首期待。如果她未能及时把那些奇闻乐事写给他看,他就责怪他的小范妮。如果她不想尽办法把脑海中的一切场景都准确地描述出来,他也会把她数落一番。

克里斯普先生对"格莱维尔及其观点"的兴趣尤其浓厚。的确,格莱维尔先生就是好奇心的不竭源泉。时间终于用深红色的泥土将格莱维尔掩埋,如今人们只是记得他那些最引人注目的不同凡响之处:他的出身,他的人品,还有他的鼻子——这真是太令人惋惜了。富尔克·格莱维尔是菲利普·西德尼爵士[①]的朋友的后裔——人们猜测,从他多次重复这个事实的情形看,他当时一定是几次三番加以强调。诚然,这项冠冕"一直悬在他头顶"。他本人身材高大匀称,"他的脸庞、容貌和肤色都闪耀着令人惊异的男性之美","他的气质与举止都透露着由内而外的高贵"。他的风度"略显高傲,但极为优雅"。除了这

[①] 菲利普·西德尼爵士(1554—1586),英国作家,政治家及军人。

些天资与品质之外,人们还会补充说,他还有很多令人仰慕的地方:骑术精湛、剑术超群、舞姿迷人,甚至网球也技艺无双。然而一个显著的缺点给这些光芒蒙上了阴影,那就是他的极度傲慢,目中无人,非常自私,而且还反复无常,脾气非常暴躁。起初他让人把他介绍给伯尼博士的原因是,他怀疑音乐家是否能与绅士品位相宜相配。后来当他发现年轻的伯尼不仅古钢琴弹得完美到无可挑剔,而且弹奏时手指弯曲,手指同手掌形成一个半圆;当他发现他一直在用简短的"是的,先生"和"不是,先生"回答问题,一直把注意力放在音乐上,沉迷得几乎忽略了资助人的存在——事实上只有当格莱维尔自己根据记忆中的音符执拗地信手弹奏时,他才无法忍受地与他交谈起来。他发现年轻的伯尼不仅天赋奇才,而且极有教养,而他自己又是个聪明人,于是他才把高傲的架子放下来。伯尼成为与他平起平坐的朋友,实际上,也几乎成了他的牺牲品,因为令西德尼爵士的朋友的这位后人最深恶痛绝的一件事便是他所谓的"守旧派"。他这个词似乎指的是中产阶级的谨慎与得体,这个词与他所谓的"时尚派"相对,而他的"时尚派"指的是贵族阶层的美德。生活一定要锐气十足,要敢想敢为,要以炫耀的姿态站在生活的舞台上,就算炫耀的代价异常昂贵也在所不惜。对于那些绕着自己的庭院无精打采疲惫而行、看到些许改善便齐声称赞的人来说,这种炫耀是没有问题的。而对于他本人和他想要榨取赞美的那些不幸看客来说,这种炫耀却无聊透顶。而格莱维尔无论对自己还是朋友们身上的"守旧"表现都无法容忍,于是他把这位默默无闻的年轻音乐家扔到怀特俱乐部和纽马克特迅疾的生活大潮中,饶有兴趣地看他是浮是沉。可天资聪敏的伯尼却似乎是天生的游泳好手,他如鱼得水,尽情施展了才能。西德尼爵士的朋友的这位后人感到非常满意。伯尼从他的被保护人,一跃成为他的密友至交。诚然,这位举止气质都高不可攀的人其实一个朋友都不需要。难道真能有人把覆盖在格莱维尔身上的深红色尘土拂去,看透他的真面目吗?格莱维尔的灵魂饱受折磨,郁郁寡欢,被截然相悖的欲望撕扯得四分五裂。一方面,他强烈地渴望一直能站在时尚的前沿,不管代价多么昂贵多么惨重,他都希望能做点"绝无仅有的大事"。而另一方面,有人暗地里劝诫他,"他思想与理解力的真正倾向是形而上学的"。而伯尼或许就是连接"时尚世界"和"守旧世界"的一条纽带。他本身有着良好的教养,也有着用自己的鲜血做赌注的豪情与胆略。他是位音乐家,既能探讨学术问题,也能邀请智士学者到家里来做客。

格莱维尔视伯尼为平起平坐的朋友,也常到伯尼的家里做客,不过他的拜访总是被激烈的争吵所打断,因为他总是想和人吵,甚至对和善的伯尼博士也万般挑剔。事实上,过了一段时间以后,格莱维尔就已经和每个人都吵过了。他在赌桌上可谓损失惨重,社会声望也一落千丈。他这些怪癖也逼走了家人。就连他那秉性温柔、善解人意的妻子——她身材极为羸弱纤瘦,如果她端坐一处,极适合依照她的样子画出"目光如炬、心志坚定、讥讽时世的仙后"形象——也厌倦了他反复多次的不忠行为。丈夫的行径给了她灵感,于是她思如泉涌,即时创作了著名的《冷漠颂》,"英语即兴诗的每一本诗集都有收录"(此语出自达尔布莱夫人,即婚后的范妮·伯尼),"她的眉宇间凝结着一个芬芳四溢而持久的花环"。她的盛名对于她丈夫来说,也许又是一种刺痛,因为他也是个作家。他写过一整卷的《格言与品格》,然后他就"尊贵地等待盛名的到来,他毫无焦虑,因为期待会将疑虑驱散"。然而名誉却迟迟不来，他或许也开始有些焦躁了吧。不过他却很喜欢融入智者的社交圈子，因此他也期待着能够在那个异常寒冷的冬夜，参加在圣马丁街举办的那场著名晚宴。

二

那时的伦敦城还很小，与现在相比，那时的人很容易成名，而且不用怎么奋斗就能维持名声，当然要大家一致默认才行。所有人看到格莱维尔夫人都能记起她曾写过《冷漠颂》；所有人都知道布鲁斯先生曾去过阿比西尼亚；因此，所有人也都知道在斯特里特姆有一处房产，由一位名叫斯雷尔的女士打理。于是，不用劳心费神写什么颂诗，也不用冒着生命危险到野蛮人那里旅行，更不用高高在上的社会地位和堆积如山的财富，斯雷尔夫人就跻身社会名流。凭借行使一种难以言说的权力，斯雷尔夫人被誉为精明强干的女主人——至于那种权力到底是什么，若是要感受一下的话，就必须坐在桌前好好看看高超技能、娴熟技巧和胆大包天结合在一起的组合表演，这种表演在时间的长河中是不会留下任何痕迹的。她的声名远播，从未与她谋面的人也在谈论她。人们想知道她是个什么样的人；想知道她是否真的聪慧无双，读书万卷；想知道她是不是在装腔作势；是不是富于同情心；是不是真的爱她那位像傻狗一样笨的酿啤酒的丈夫；以及她为什么会嫁给他；约翰逊博士是不是爱她——总之吧，人们想知道她的真面目，知道她权力的秘密。而她拥有权力这件事，却是从未有人质疑的。

即使这样，还是很难说清那份权力究竟都包括什么。她具备一种不可名状的品质,她也拥有一种天赋,即永远都能引发话题。说不清到底为什么她就成了名人。比如吧,年轻的伯尼家的孩子们从未见过斯雷尔夫人,也从未到过斯特里特姆,但是她身边的任何风吹草动都会传到住在圣马丁街的他们的耳中。当他们的父亲到斯特里特姆给斯雷尔小姐上了第一节音乐课后回到家里时,他们便蜂拥而上,将父亲团团围住,听他讲讲她的母亲。她真的像人们传言的那样光芒四射吗?她善良吗?她残忍吗?他喜欢她吗?伯尼博士心情非常好——这本身就证明了那位女主人的力量——他的回答我们尚不能肯定,范妮所诠释的回答是,她是"第一团女性智慧星云中的一颗明星:她的非凡天资使她享有盛名,而她不但名副其实,甚至远远比传扬的更加卓越,她令人炫目的财富更加彰显了她的美名。她早已名扬海外,举世皆知了"。——写这段话的时候,范妮的写作风格还很陈旧拖沓,就像往地上飘落的大把大把的落叶似的。可以想象,博士回答问题总是简洁机敏,他自己对此乐在其中。那位女士也极为聪明,她上课时总是不停地插话,她也的确是个伶牙俐齿的人——这点是毫无疑问的。他愿意不惜一切代价来证明她是个心地善良的女人。然后他们就迫切地想知道她的相貌如何。她看上去比实际年龄年轻很多——她大概四十岁吧。她个子不高,身材丰满,蓝色的眼睛很是迷人,嘴唇不知是划破了还是有块疤痕。她涂了腮红,说实在的没这必要,因为她天生就面若桃花。她给人的整体印象是忙忙碌碌、兴高采烈,而且脾气很好。他说,她是个"精力旺盛"的女人,她身上找不到任何让博士无法忍受的地方,她还非常的博学。还有一些特点不是那么明显:她的观察力十分敏锐——关于她的奇闻逸事都证明了这一点;她充满激情——尽管在斯特里特姆时表现得并不特别张扬。奇怪的是,她对于作为智者和才女所应得的尊重和敬仰表现得满不在乎,脾气异常温和,但是对于自己威尔士贵族的血统(尽管斯雷尔家族并不显赫)却表现出有些可笑的骄傲感来。只要想到她的血管中流的是萨尔茨堡的亚当的血(已经纹章院确认),她就感到万分满足。

很多女人拥有的品质并不能让她们声名远播,而斯雷尔夫人却拥有一种让她流芳百世的品质:成为约翰逊博士朋友的实力。没有这个加分项,她的人生再成功也会成为泡影,再明亮的火焰也会熄灭,留不下任何痕迹。可是她的人生同约翰逊博士紧密连接在一起,便凝练出了某种坚固的东西,某种可以永恒的东西,就好像成为一件举世瞩目的艺术精品一般。这样的成就不仅需要她作为出色的女主人的品质,更需要其他罕见的能力共同打造才能成功。当斯雷尔夫人第一次见到约翰逊时,他的情绪极度低沉、极度阴郁,由于失意伤心而胡言乱语,斯雷尔夫人用手捂住他的嘴才让他安静下来。他身体确实有病,哮喘和浮肿折磨着他。同时他举止粗俗、态度粗暴、衣衫褴褛、假发焦黄、亚麻衣物肮脏不堪——总之那时他可以说是世上最粗鄙的人了。可是斯雷尔夫人却把这个怪物带到了布莱顿,接着又让他在她斯特里特姆的房子中安顿下来,开始改造他。在那里,他拥有自己的房间,每周中间的几天他都习惯在那里度过。毫无疑问,她这样做也许是出于猎奇者的热情,为了能在她的房子里让约翰逊博士恢复往日的风采,她决定忍受那一堆烦心的事情。毕竟,从前的约翰逊可是英国人人都渴望一见的人物啊。显而易见,她的鉴赏能力堪称一流。她明白——关于她的传闻已经证明了这一点——约翰逊博士是世所罕见的重要人物,是让人难以忘怀的重要人物,与他建立友谊也许会是一种负担,但绝对是一种荣耀。不过,在当时能有这样的远见可绝非易事。后来人们知道约翰逊博士要来共进晚餐,而当大家知道约翰逊博士来共进晚餐的时候,人们又不禁会问一起进餐的还有什么人?如果是剑桥的人,那肯定要吵闹不休,引发一场轩然大波;如果来的是辉格党人,肯定也有一场好戏上演;如果是个苏格兰人,那么发生什么都不奇怪。这都是因为他的心血来潮和先入为主。接下来就要琢磨琢磨晚餐的事情了,到底都订了哪些菜?食物永远都是评头论足的对象,即使是刚从园里摘下的新鲜豌豆,他也绝不会夸赞半句。这些新鲜豌豆不好吃吗?斯雷尔夫人再度发问。他拿起一大块猪肉狼吞虎咽地吃掉,再把蘸着糖块的牛肉馅饼吞入肚中,一边大快朵颐,一边转过头来说:"也许还算好吃吧——对猪来说。"接下来还能说些什么呢——这就是令人焦虑的另一个原因了。如果在谈论绘画或者音乐,他根本就不屑于参加讨论,因为他对这两种艺术一点儿兴趣也没有。如果哪个旅行者讲个故事——他也会嗤之以鼻,因为他对不能亲见之事从不相信。要是有人接下来想表达一下对他到场的欢迎之情,那么他大概就会对那个人责难一番,说人家太虚伪。

一天,我为在美国被杀的表兄哀悼,"求求你了,亲爱的,"他说,"你别惺惺作态了,我想问问,如果你所有的亲戚都眨眼间变成了会唱歌的百灵鸟,然后突然间变成了晚餐上的烤肉,你觉得世界会因此变得特别糟糕吗?"

一句话,这顿饭吃得危机四伏,随时都可能触礁,让整个晚餐毁于一旦。

如果斯雷尔夫人只是个见识短浅的猎奇者,那她就至多招待他几天,待热情一过也便置之不理了。可是即使在当时,斯雷尔夫人就已意识到,人们会屈服于约翰逊博士,被他斥责,被他威逼,被他惹恼,被他冒犯。是什么力量使那个粗鲁傲慢、目中无人的博斯韦尔①,只要听到约翰逊一发话,便像个挨了揍的孩子一样乖乖坐回到椅子上呢?是什么力量使她宁肯一直熬到凌晨四点也要为他添水倒茶呢?他身上有一种力量能让举世闻名的女强人心生敬畏,能让厚颜无耻、轻狂自负的年轻人俯首称臣。斯雷尔夫人知道他每年花在自己身上的钱只有七十英镑,其他所有收入都花在一群年迈枯朽、毫无感恩之心的房客身上。这样的他完全有权指责她毫无人道主义心肠。就算他在桌上狼吞虎咽、胡作非为,他却会准时回到伦敦去看看那些可怜兮兮的房客们周末的一日三餐是否能吃饱吃好。而且,他知识渊博,学富五车。如果哪位舞蹈家谈起舞蹈,约翰逊尊口一开肯定让他心服口服。他可以滔滔不绝地讲些下层社会的趣事,还有酒鬼无赖如何赖在他家里跟他要钱,连续讲上几个小时都停不下来。他看似心不在焉,而听者却难以忘怀。除却他的博学和美德之外,他身上更吸引人的品质是对快乐的追求与热爱。他厌恶毫无生气的书呆子,他对生活和社会充满激情。而像斯雷尔这样的女人呢,则对他的勇敢爱慕不已——他曾把在布莱克家的客厅里厮打成一团的两条恶狗分开;他曾把一个男人连人带椅扔进剧院的站票区。他虽然一只眼睛失明,而且经常抽搐,但他却在布莱特赫尔姆斯通的丘陵上追赶一群猎狗,跟着一起打猎,好像他自己也变成了一只快活的猎狗,忧郁的气息在这位高大的

---

① 此处应指詹姆斯·博斯韦尔(1740—1795),英国著名传记作家,约翰逊博士的友人,并为他立传。

老人身上荡然无存。除此之外，他们之间天然地相互吸引，彼此亲近。她让他敞开心扉，让他说出对别人从来不会说的肺腑之言。其实，他把年轻时经历的成长之痛都向她倾诉，而她则对这些事情守口如瓶。最重要的是，他们意气相投，两个人总是有说不完的话。

正因为如此，人们都把让约翰逊博士出面的希望寄托在斯雷尔夫人身上。而格莱维尔先生当然也热切地希望见到约翰逊博士。巧合的是，伯尼博士时隔数年之后如愿以偿地再次与约翰逊博士结交，当时他到斯特里特姆去上第一堂音乐课，约翰逊博士也在那里，"露出最温和不过的神情"。他还记得伯尼博士的好；他记得伯尼博士曾给他写信，对他编纂的字典大加赞赏；他还记得几年前伯尼博士曾经来拜访，发现他不在家，居然胆大到从壁炉刷子上割下一缕细毛去送给一个仰慕者。如今他与伯尼博士在斯特里特姆再度相遇，他立刻就喜欢上了他，而且他很快就在斯雷尔夫人的带领下开始阅读伯尼博士的著作。所以说，伯尼博士在一七七七年或者一七七八年早春的某个夜晚安排一场晚宴，让格莱维尔先生与他仰慕已久的约翰逊博士和斯雷尔夫人见面，达成他的心愿，的确是件轻而易举的小事。日子定下来了，一切准备就绪。

无论具体是哪一天，主人家的日历上一定标了记号，做了细致的安排，毕竟什么事情都可能发生。那么多身份尊贵、地位显赫的人聚在一起，极致辉煌的荣耀和倒霉透顶的灾难都可能出现。约翰逊博士令人心生敬畏；格莱维尔先生总是咄咄逼人；而斯雷尔夫人则是风格完全不同的名流。这是一个重要的场合，每个人都有这种感觉。智慧之弦蓄势待发，所有人都翘首期待。伯尼预见到了这些困难，已经提前做好了准备，不过人们还是隐约地觉得,伯尼总是在有些方面有点迟钝。这个热心、善良又忙碌的男人啊,满脑子里装的全是音乐,满书桌堆的都是乐谱,他的辨别能力却是乏善可陈。虽然他把人们的性格特征都精准地勾勒出来,可是飘浮不定的激情的红云却将它们覆盖。对他那单纯的头脑而言,音乐就是全宇宙都适用的万能良药,所有人都应该分享他对音乐的激情,没有哪些困难是音乐解决不了的。因此他邀请了意大利人皮奥兹来参加晚宴。

那个夜晚终于来临,熊熊的炉火已经点燃,椅子已经摆放完毕,客人先后到场。正如伯尼博士所预见的那样,事情变得非常棘手。从一开始事情就朝着错误的方向发展。约翰逊博士戴着精纺的假发,衣着整洁干净,显然他为了晚宴做了精心的准备。格莱维尔先生看了他一眼之后,似乎便认为这个老男人绝不好惹,还是不要跟他争辩才好,最好是表现得像个优雅的绅士,让哪个文学人士先来开口发言吧。于是格莱维尔低声嘟哝起了牙疼之事,他"端起那种拒人千里的傲慢神情,一副高高在上的模样,好像一尊一动不动的高贵雕像似的,把自己种在壁炉旁,在那里扎下根来"。他是不打算开口了。而格莱维尔夫人呢,虽然她很想表现一下,但是经过判断之后,觉得还是让约翰逊博士先开口为好,于是也缄口不语。斯雷尔夫人本来应该是第一个打破这份肃穆与沉默的人,可她却觉得,这又不是她组织的晚宴,于是就静等着主人过来参与,也决意什么都不说。格莱维尔夫妇的女儿克鲁夫人特别活泼可爱,可她认为自己是来领受款待和教导的,因此自然也不会开口。谁也不说话。晚宴被绝对的沉默所主宰。伯尼那智慧的头脑早已为这样特殊的时刻做好了准备。他点头示意皮奥兹,皮奥兹便走到乐器前唱起歌来。随着古钢琴的伴奏声,他唱了一曲咏叹调,歌声优美,发挥出了他的最高水平。然而,歌声不但没能打破尴尬的局面,撬开紧闭的嘴巴,反而使气氛更加紧张压抑。依然没人讲话。每个人都等着约翰逊博士先开口。说实在的,他们这次表现出了致命的无知,因为如果有哪件事是约翰逊博士打死也不会做的话,那就是挑起话题。总得由别人先挑起一个话题,他才会表态是同意继续还是推翻重来。他现在是在静静地等待挑战。可是他的等待毫无所获。没有人讲话。没有人敢讲话。皮奥兹的颤音继续在空中抖着,无人打断。约翰逊终于明白他所期待的用来愉快地交谈的夜晚已经被钢琴的叮咚声掩盖,于是便神思恍惚起来,他背对着钢琴,双眼盯着炉火痴痴地发呆。意式咏叹调还在继续,依然无人打断。最后这种紧张气氛简直到了无法忍受的程度。斯雷尔夫人终于忍无可忍了。显然是格莱维尔的态度激起了她的反感和愤怒。瞧他站在壁炉边的样子,"一声不发地沉默着,好奇又讥讽地打量着身边的所有客人"。就算他是菲利普·西德尼爵士的朋友的后裔又怎么样,他有什么权利看不起这些客人,躲在火炉边暖洋洋地打量?她对自身高贵血统的骄傲之情突然被激发了出来。她的血管里不是流着萨尔茨堡的亚当的血吗?这难道不比格莱维尔的血统更高贵吗?不比他的更璀璨耀眼吗?她在鲁莽的冲动支配下——她有时就是这样不顾一切——猛地站起身来,不声不响地走到钢琴旁。皮奥兹还在尽情地唱着,边唱边夸张地弹着钢琴为自己伴奏。她开始模仿他的姿势,那样子无比滑稽:她一会儿耸耸肩,一会儿抛个媚眼,一会儿又甩甩头,总之他做什么她就学什么。这非同寻常的表演把大家逗得哧哧直笑——事实上,这个场面后来"在伦敦家喻户晓、尽人皆知,大家的评论五花八门,极尽挖苦之能事"。那天晚上,看过斯雷尔夫人的模仿秀的人都永远不会忘记,这其实才是可耻事件的开始,是"最非凡奇特的戏剧"的第一幕。正是这一幕让斯雷尔夫人名声扫地:她失去了朋友们和孩子们的尊重,英国人觉得她简直是耻辱的化身,她后来都不敢在伦敦抛头露面了。她这种反常的激情受到人们的一致谴责,因为她嘲弄的不仅是位音乐家,还是个外国人。这一切都是天命吧。那时还没人知道这位天性活泼好动的女士能做出什么可耻的出格之举,她依然还是富有的酿酒商所尊重的妻子。约翰逊博士还在愉快地盯着炉火,完全不知道钢琴旁的这出闹剧。伯尼博士倒是当机立断,立刻制止了这片笑声。在背后愚弄一位客人,即使是一位音乐家和外国人,这让他无比震惊。他悄悄走到斯雷尔夫人身边,耐着性子对她轻声耳语,但语气却不容置疑地严肃:就算她不懂如何欣赏音乐,也要考虑一下能够欣赏的人的感受。斯雷尔夫人以令人钦佩的亲切友善接受了指责,点了点头表示已经受教,然后回到了自己的椅子上。她的表演正式结束,之后就不能再期待她做什么了。接下来让他们随心所欲吧——她是金盆洗手啦。她坐在那里的样子"像个美丽的娇小姐似的",继续忍受她一直"忍受着的她所参加过的最乏味最无聊的晚宴"——这是她后来说的,原话如此。

如果一开始就没人敢挑战约翰逊博士,那现在他们就更不敢了。他显然已经断定,不管再谈些什么话题,这个夜晚也注定是个失败的夜晚了。如果他来的时候穿的不是自己最好的衣服的话,他就能在口袋里放上本书,那么现在他就能拿出来看会儿书了。不过没关系,他的思想就是最丰富的资源,这资源可永远不会落在家里。它简直包罗万象——他背对着钢琴在思想的领域探索,看到了一种庄重、高贵和沉静的形象。

咏叹调总算停了下来。皮奥兹真的不知道能跟谁说话,于是孤独地睡着了。到这个时候，恐怕伯尼博士也明白过来，音乐并不是万能良药，可现在再说什么、再做什么也无济于事了。因为大家还是不肯说话，所以音乐必须继续。他把女儿们叫来唱二重唱。唱完了之后，接下来依然无事可做，只能再唱一首。皮奥兹睡着了，或者说他假装睡着了。约翰逊博士依然在探索他自己浩瀚的思想。格莱维尔先生依然目空一切地站在壁炉边。那个夜晚真冷啊。

那天晚上约翰逊博士显然陷入了沉思，所以他对发生的事情毫无知觉，可是要说他什么事情也没意识到，尤其是那个应该受到谴责的意外事件，那就大错特错了。他如果"开始睁眼看世界"，那效果也是非常惊人的，当然也总是令人痛苦的。现在就是这种状况：他突然从神游中清醒过来；他突然间站起来了；他突然开始说话了——这一群人为了这一刻，等了整整一个晚上。

"如果不是为了让女士们烤火的话，"他盯着格莱维尔先生说，"我自己早就站到壁炉旁边了！"此话一出，像火山爆发一样威力惊人。伯尼家的孩子们说后面发生的事情就像喜剧一样好笑。这位菲利普·西德尼爵士的朋友的后人，在约翰逊博士的注视下有些畏缩，但布鲁克家族的全部血液都集结起来，要促使他战胜这种屈辱。这位书商的儿子确实应该受些教训，看清自己的位置。格莱维尔尽力摆出笑容——微弱的、嘲讽的笑容。他尽力让自己站在他整个晚上都站着的位置上不动。他站在那儿微笑着，他站在那儿努力摆出笑容，他就这样努力坚持了大概有两三分钟吧。可当他环顾四周的时候，看到大家的目光全都向下，看到每一张脸都忍笑忍到扭曲，看到所有人都毫不掩饰对这位书商的儿子的同情，他便再也坚持不下去了。富尔克·格莱维尔只好灰溜溜地走开,耷拉着肩膀回到了椅子上。就在他走过去的时候,他"非常用力"地按了一下铃。他要叫马车过来。

"晚宴就这样结束了。参加晚宴的人再没有提起过晚宴的情形,也不希望有谁再次提起。"

刘春芳 译

杰克·米顿[*]

你是不是很好奇,躺在布莱顿码头的帆布长椅上的那个邻居是个什么样的人?看看她刚买的《时代周刊》吧,她把它卷得像个法国面包卷一样放在书包上面——你看看她先读的是什么内容。大概是政治题材吧,要么就是关于耶路撒冷神殿的文章?这些都不是——她读的是体育新闻。可是从她的穿衣打扮来看,你看看——靴子,长袜,还有整套的行头——她完全是公务员的装扮呀。她书包里一定装着国会法案,一两本政府蓝皮书,还有作为简便午餐的饼干和香蕉。她躺在布莱顿码头的躺椅上晒太阳,只是为了重振精神以便继续抨击邪恶而不公的社会体系。而与此同时,罗萨尔芭夫人却踮着脚尖站在海上高高的跳台上,为了寻找水底的硬币或者餐盘而纵身跃下。可是,她首先看的却是体育新闻。

或许这根本不值得大惊小怪。英国体育运动[①]的确出色,

---

[*] 指约翰·米顿(1796—1834),又称"疯子杰克",英国摄政时期有名的怪人。

[①] 此处指英国猎狐运动。猎狐是英国王室及上流社会的古老运动,2005年英国颁布法令禁止。据统计,在英国,每年以体育运动为名猎杀的狐狸超过 12000 只。

受到各色人等的一致追捧:从连毛驴都不敢骑的整天在椅子上坐着的文案人员,到见到老鼠都怕得要死的文静女士;他们追捧的程度跟有备而来的老手不相上下。他们在想象的世界中狩猎追杀。他们追随着在伯克利、卡蒂斯、库尔恩和贝尔瓦的山野林间驰骋的幻影般的猎手,嘴里还嘟嘟囔囔地发出奇怪的声音,原来是在念叨那些美丽的英国地名——汉伯尔比、都铎斯山、卡洛琳湿地,还有温尼亚斯树林。他们一边阅读一边在想象的世界中天马行空—— 一会儿读到"慢慢前进,迂回捕猎",过一会儿又读到"狂野地奔腾起来"(在地铁里拉着吊环读报纸,或者把报纸倚在郊外的茶壶上读)。起伏的草原在眼前浮现,轰鸣的雷声、马的嘶叫声和猎狗的狂吠声在耳边回响;莱斯特郡的大斜坡在面前延展开来。在想象中他们捕猎结束后骑着马回到家乡,当夜幕降临,他们看着农庄的窗子里透出的灯光,感到无比欣慰,心满意足。诚然,英国体育题材的作家们,像贝克福德、圣约翰、瑟蒂斯和尼姆罗德,都很值得一读。他们挥笔时大胆奔放,就好像骑马一般,那种方式既有粗线条的率直,又有细思量的温雅。他们对语言的影响是独特的。这里策马奔腾、跌爬滚打,那里又风吹雨打、满身泥泞——这些风格都细细地织入英国散文的纹理之中,使它有了跳跃与升腾的精神。在高高的篱笆和摇摆的树间飞身而过的形象的不断出现,使得英国散文没能真的超越法国,反而更加强调了它们一脉相承的特点。有多少英国诗歌与英国捕猎密不可分,在这里不做更多探讨。莎士比亚就是胆大无畏的骑手,虽然有些行踪不定,但他爱好骑马却是无须证明的事实。正因如此,英国的女士居然不看政治随笔,反而先阅读体育新闻,这就不值得我们大惊小怪了。所以当她卷起报纸,从书包里拿出红色的贵族名鉴来看,而不是政府的蓝皮书,我们也不必出言责怪。这时的罗萨尔芭夫人潜入水中,乐队奏起嘹亮的乐曲,英吉利海峡的碧色海水波光闪耀,海水在码头的缝隙中涌来涌去。而她读的正是杰克·米顿的人生。

杰克·米顿这个人丝毫不值得尊重。他是古老的施洛普郡家族的一员(米顿家族曾经叫马顿,正如勃朗特姐妹曾叫作普朗蒂)。他曾继承了一大笔可观的财产,同时还有不菲的收入。这个出生于一七九六年的小男孩也将其祖先延续了五个世纪的传统传承了下来——投身政治或者体育。不过所有家族都有盛衰,就像一年有四季一样。经过几个月的阴湿及雨水,又有几个月的成长与繁荣,接着就迎来了狂暴的飓风,风整日在树林间呼啸怒吼,果实尽毁,花朵俱凋。闪电击中了房屋,屋顶的草木燃起了大火。不能否认,这位一七九六年出生的米顿经受了自然与社会的交替攻击,就算是比他更优秀的灵魂都有可能在双重的压力下被摧毁——可他的身躯异常坚韧:那是劈开顽石才获得生命的身躯;他的财富坚不可摧:他是拥有不可撼动的巨大财富的幸运之子。可是自然与社会就是要挑战他,几乎是公然对抗他。他接受了挑战。他穿着最薄的丝绸长袜去狩猎;他让雨水浇在裸露的肌肤上;他到河里游泳,冲向闸门,在冰天雪地里赤身蹲伏着,却始终保持身体的坚挺与笔直。他的裤子上不缝口袋,将大把的钞票散落在树林里任人捡拾,即使这样他依然家财丰裕。他生儿育女,把孩子们抛到空中与他们玩耍,用橘子打着他们嬉闹。他娶了妻室,但却折磨她们、囚禁她们,直到一个不幸死去,另一个则抓住时机逃之夭夭。他就连剃须的时候,身边都放着大酒桶,每天都要喝上五六瓶。随着时光一天一天流逝,他的酒一瓶一瓶被喝干,泡酒的榛子一堆一堆运过来。这种穷奢极欲的情况起初只体现在某些方面,慢慢地就成为他无所不在的生活方式。他就像满身毛发的原始人,带着所有的欲望和所有的潜能,从古老的坟墓中浮出身影——那古老的坟头曾堆满石头盖在他的身上;他也曾在那里以公羊为祭,向初升的太阳致敬;也曾与乔治四世①时代的猎狐者狂欢痛饮。他自己的四肢确实长得更像原始人的模样,丝毫没有现代人的特点。他既无美好的相貌,也没有翩翩的风度,无论身体还是精神都充满暴力,模样更像是天生地长的野人——想象一下原始人踏上自己天然领地时的样子吧。尼姆罗德说,他讲话的时候——他很少讲话——刚一开口还没说几个字就会惹得众人发笑。他的天赋很不均衡,某些方面的感觉十分敏锐,另外一些则相当愚钝。他在社交方面的理解力就很差,表现得十分笨拙。

那么,生于乔治四世时代的英国的原始人能做什么呢?他可以打赌赢钱。那不是一个冬天的雨夜吗?他在月光中赶着小车穿越乡村。天气不是寒冷刺骨吗?他让马夫们穿着冰鞋去捉老鼠。某位比较谨慎的客人不是说他在马车里的时候从来没翻过车吗?米顿立刻就驾着马车往斜坡上冲,结果他们都被甩到路上。尽管在他的路上设置障碍吧,他要么跳跃过去,要么翻越过去,要么就干脆将障碍撞得粉碎,大不了就是断根骨头、毁了马车。向危险屈服、向痛苦认输是不可想象的。因此施罗普郡的农民常会看到这样的奇异景象(就如同我们在阿尔肯和罗林斯的画中所见):一位绅士影影绰绰地在大门口安装马车;在客厅里骑着熊转圈;赤手空拳跟一只斗牛犬打斗;在焦虑不安的马蹄之间躺着不动;断了几根肋骨还一声不吭地骑着马狂奔。他们都惊呆了,他们被震住了,他的古怪行为、他的毫无信仰、他的

---

① 乔治四世(1762—1830),英国国王。

慷慨大度,成了方圆几英里内每个酒馆和每个农庄谈论的话题。不过不知出于什么原因,四个郡的长官都没有逮捕他。他们将他视为脱离了日常职责与日常娱乐的人,眼神中带着轻蔑,带着同情,同时也有些许敬畏。他既是让人仰望的丰碑,也是令人害怕的威胁。

可是杰克·米顿自己——他自己的感受如何呢?他可有完全满足的兴奋,还有毫不犹豫、毫无顾及地攫取而来的狂喜?这个野蛮人肯定会得到满足吧。可是缺乏反思精神的尼姆罗德却疑惑不解。"后来米顿真喜欢这种挥霍无度的生活吗?"不会,尼姆罗德认为他不会喜欢。他拥有人类的心灵所渴望的一切,但是他却缺少"享受的艺术"。他会厌倦,他会难过,"他那个样子就像是一只躁动不安的猎狗"。他匆匆地做了这个,又急急地去做那个,他下定决心去品尝享受的滋味,却不知为何,刚一碰到就把快乐弄得伤痕累累、灰飞烟灭。他在农庄里大嚼着肥腻的熏肉、喝着高浓度的呛人的麦芽酒时,他自己家里精致的晚餐其实就在两个小时之后。可他回来就斥责厨师手艺太差。而且,他尽管已经没了胃口,可还是要吃上几口,喝上点酒,只是不再喝麦芽酒,而一定要来点白兰地,因为这才够劲,才能把强烈的感觉刺激出来。"某种破坏性的精神在怂恿他。"在每个细节上,都透露出他讲求奢华、挥霍、浪费的天性。"是那颗太不拘小节的心毁了米顿先生,"尼姆罗德这样说,"再加上目中无人的骄傲,使他不愿谨慎行事,对微末小事更是不屑一顾。"

他三十岁的时候,就已经成功地做了至少两件大多数人不可企及的事情:他几乎完全毁掉了健康,同时也几乎挥霍了所有钱财。他只好离开米顿家族的祖屋,只是这时他已没有了原始人的模样,没有了光芒四射的健康,也没有了生机勃勃的活力,只剩下"佝偻着腰的、跛着脚的、因为喝酒而浑身肿胀的未老先衰的废人"。他加入了流浪汉的行列,因为生存的需要,他们不得不在法国的加来游荡。即使在这样的群体中,他也感到了压在他肩上的责任,那就是他必须崭露锋芒,他必须与众不同。没有人可以直呼其名,否则必受严惩。即使只有三百码的路程,他也必须坐四匹马拉的车,除非他自愿步行。后来他有了打嗝的毛病,他拿起卧室里的蜡烛就把自己的衬衣点燃,然后浑身火苗乱窜,像个火球一样跌跌撞撞地跑出来,给他的朋友们看,杰克·米顿是如何治好了自己的打嗝毛病。人们还能要求他什么呢?或者说诸神还想让他的牺牲品癫狂到什么程度呢?他倒没真把自己烧死,不过他好像卸下了社会责任一般,似乎原始人终于可以休息了。他似乎能够允许另一个自己,那个与原始人极不协调地相伴共处的文明绅士浮出水面了。他曾经学过希腊语,他把自己烧伤后,浑身肿得像个水泡一样躺在床上时还念叨索福克勒斯的诗句:"美丽的诗篇……俄狄浦斯①把孩子们交给克瑞翁②照看。"希腊的文选他还记得挺清楚。他搬到海边居住后,开始去捡贝壳,他连晚餐都顾不上吃完,就急着要"用蘸了醋的小毛刷"清洗贝壳。"从前他觉得整个世界也不足以为他提供欢乐,而如今他却觉得心满意足。"不过可惜啊!贝壳和索福克勒斯,安宁与幸福,这些全都消散而去,被时光淹没——时光永不等人啊!后来他被羁押在皇家法庭的监狱中,在那里,他的身体日渐垮掉,钱财散尽,精神崩溃,最终在三十八岁时告别了人世。他的妻子痛哭不已,说她"不可救药地爱他,包括他的

---

① 俄狄浦斯,希腊神话中弑父娶母的悲剧人物。
② 克瑞翁,希腊神话中的人物,俄狄浦斯死后成为底比斯王。

全部缺点"。人们花了四个小时把他埋葬,三千名穷苦之人为他哭泣,因为他也算为大众的利益做出过贡献,因为他给人类,尤其是人类的享乐方式带来了启迪,也因为他自己遭受的难以用语言形容的悲惨人生——或许他身上那可怕的、令人憎恶的特性是上帝的杰作吧。

毋庸置疑,我们都喜欢这种展示人性的表演。我们乐于看到那些高不可攀、遥不可及的表演,像那些猎狐的人,像杰克·米顿,用把自己点着的方式来治疗打嗝。还有那个跳水的罗萨尔芭夫人,她用粗麻布把自己裹得像个粽子一样,爬得越来越高,那种表情既冷漠又满足,似乎她已尝尽苦痛、无可留恋,于是以弃绝快乐的极端方式投身于疯狂的反抗行为当中。她一头扎进英吉利海峡,用牙齿叼上来一个不值一文半子的汤盘。码头的这位女士感到心满意足了。她说,正因如此,我爱我的同类。

刘春芳 译

德·昆西自传

读者一定常常觉得惊讶,英语中很少有真正称得上散文批评的文字——我们伟大的批评家们把最卓越的才智都给了诗歌。为什么散文很少激发出批评家的更高天赋,而只是引得他去辩论某个观点或讨论作者的性格——从书中找一个主题,使批评像它的一支变奏曲?原因要从散文作家自己的写作态度中去找。即使他像艺术家那样写作,没有实用目的,可他仍然将散文当做一种卑贱的役畜,必须承载种种零碎东西;像一种不纯净物质,供灰尘、树枝和蝇虫停歇。更何况,散文作家往往考虑到实用目的,要主张某种理论,申辩某个理由,随之采取了道学家的观点,认为遥远的、艰深的、复杂的东西都应该放弃。他的义务是对于现在和在世者的。他以记者的称谓而自豪。为了以最明了的方式影响最大数量的人群,他必须用最简单的文字尽可能清晰地表达自己。因此,如果他的作品像牡蛎中的异物一般仅仅能刺激产生其他艺术,他也怪不得批评家们。也难怪他的文章一旦传达过信息之后,就像其他派完用场的东西一样被丢进垃圾堆。

但有时,即使在散文中,我们也能碰到似乎是出于其他目的而写下的文字,它不想争论劝服,甚至也不想讲述故事。我们从文字本身就可以得到全部愉悦，而不用去推敲弦外之音，或是去作者的心理世界探索旅行。德·昆西当然是这类稀有天才之一。想到他的作品，我们就会忆起一些沉静而完满的段落，例如：

"生命完结了！"这是我内心暗自的忧虑。当事关幸福遭到的重创时，幼儿的心灵与最成熟的心智一样忐忑不安。"生命完结了！完结了！"这就是我的叹息声中隐藏的含义，一半是下意识的。就像有时夏夜远处传来的钟声似乎带着一种清晰的语言，一种警告的消息，嗡嗡不绝；我感觉似乎也有某个无声的、潜在的音调在不停地吟诵一个秘密讯息，只有我自己的心灵能够听见——"现在生命的花朵永远凋零了"。

这样的段落自然地出现在他的自传文字中，因为它们是由想象与梦幻组成，而不是动作或戏剧化的场景。但我们阅读时却不会去想他，德·昆西。如果分析一下我们的感受，就会发现好像是受到音乐的影响——被触动的是感官而不是大脑。语句的韵律抑扬立即令心绪宁静下来，把我们带到远方，近处的和细节的东西都被抹去。我们的心灵因此而放大，知觉在平静中扩展，在这种开放状态下，舒缓从容地逐一吸取德·昆西希望我们接受的思想，金色生命的丰盛，上方天堂的壮丽，下方鲜花的娇艳，他站在"夏日里一扇敞开的窗户和一具死尸之间"。主旋律得到支持、放大和变化。匆忙和战栗，努力捕捉某种永远在飞逝的东西，这些感觉都加强了宁静和永恒的印象。夏日傍晚听到的钟声、摇曳的棕榈树、永远呜咽的悲风，以一层层情感的波澜把我们包在同一种氛围中。那种情绪始终没有言明，只是通过反复的意象缓缓带到我们面前,直到它在全部复杂性中达到完满。

其效果是在散文中很少尝试过的,而且正是由于这种完满性,对于散文也很少适宜。它并不通向任何地方。我们对于盛夏、死亡与永恒的感觉,并没有加上关于聆听者、观看者和感觉者的意识。德·昆西希望向我们关闭其他的一切,只呈现一个画面,"一个孤独的幼儿,与悲伤做着孤独的对抗——巨大的黑暗,无声的哀痛",让我们探测和体悟那**一种**感情的深度。那是某种一般的而非具体的状态。因此,德·昆西与散文作家的目标和道德观有矛盾。他的读者要获得一种大体属于感觉的复杂意义,不仅要意识到一个孩子站在床前,还必须充分体会到寂静、阳光、鲜花、时间的流逝、死亡的存在。这些都无法用逻辑性排列的简单语言传达出来,清晰简明只会贬损和歪曲这种意义。作为一位希望传达这些思想的作家,德·昆西当然充分意识到了他与同时代作家之间的鸿沟。他从那个时代规整准确的文字转向密尔顿、杰里米和托马斯·布朗爵士。从他们那里,他学到了长句的连绵之势,如藤蔓卷舒自如,如峰峦叠嶂巍峨。然后经由他那敏锐的听觉高度严格提炼,产生出一种秩序:节奏的抑扬,停顿的位置,重复与谐音的效果。——所有这些都是一位作家的义务,假如他希望充分全面地向读者呈现一种复杂的意义。

所以,当我们批评地审视一段给人印象如此深刻的文字时,便会发现它很像丁尼生那样的诗人创作出来的。声音的运用上同样讲究,韵律节拍同样丰富,句子的长度参差变化,重音时时转换。不过,所有这些技巧的强度被稀释,其效力分散到大得多的范围内。从最低到最高区域的过渡是通过一系列平缓的台阶,我们到达最高处时也无突兀之感。因此,就难以像在诗歌中那样强调某一句的特质,把某一段从上下文中抽离出来也徒劳无益,因为它的效果是由许多暗示交混而成的,有的是在好几页之前就已获得的暗示。而且,德·昆西与他的一些前辈不同,不是以突然夺目的华美文辞见长。他的才能在于暗示宏大而普遍的画面,像看不到具体细节的风景、没有五官的面孔、午夜或夏日的静谧、无数飞奔者的骚乱与恐惧,还有那痛苦永远起起落落、绝望地举起的双臂。

但德·昆西不仅仅是优美散文段落的大师,如果只是那样的话,他的成就会小得多。他还是一位叙事作家,一位自传作者,而且,考虑到他是在一八三三年写作的,我们还可以说他对自传艺术有十分独特的见解。首先,他相信坦率的巨大价值。

他自己行动或保守表现的秘密源头往往包裹在迷雾中,甚至连他本人也看不清。如果他真能穿透自己的这层迷雾,那么就没有一个在理智驱动下的生命,不可以通过绝对坦率的力量,被一种深刻、严肃,有时甚至是激动的好奇心所领悟。

他所理解的自传不仅是外在生活的历史,而且是更深处、更隐秘的情感的历史。他也认识到这种坦白多么困难:"……许多人,即便一切自我抑制的理性动机都已解除,仍然**无法**吐露心声——他们没有能力放下拘谨。"看不见的枷锁、无形的魔咒,约束和冻结了交流的自由精神。"就是因为人看不见也测不出这些令他瘫痪的神秘力量,所以他无法有效地对付它们。"奇怪的是,有这种洞察和意向,德·昆西居然没有跻身于英国文学中伟大自传作家的行列。他当然不是说不出话或受魔咒约束。也许,致使他的自我描绘最终失败的,不是缺乏表现力,而是啰唆。他文字冗长,不分巨细。散漫——十九世纪许多英国作家的通病,也把他给缠住了。可是,人们很容易理解罗斯金或卡莱尔的作品为什么会那么庞杂——各种各样的东西都必须设法安插进去,而德·昆西却没有他们那样的理由。他没有先知们的负担,更何况他还是最细致的艺术家,没有人对声音变化和句子节奏调节得比他更为讲究,更为精妙。但奇怪的是,那种敏感能够立刻提醒他某个声音不和谐或是某个节奏不对劲,对于整体结构的控制却完全不灵。以至于他居然能容忍比例失衡使他的书像患了水肿病般不成样子,而每个句子却都是均衡流畅的。他真是一位"挑小刺"的王子,这个生动的词是他哥哥创造出来的,描述德·昆西小时候常爱"咬文嚼字"。他不仅发现"每个人的语言中都有无心的空子,可以作双重解释",而且就连讲最简单的故事,他也不能不修饰、举例和加入额外信息,直到本来要阐明的意思早已经淹没在重重迷雾中。

除了这致命的啰唆和结构虚弱之外,德·昆西作为自传作家还有易陷入抽象冥想的习惯。"我有个毛病,"他说,"就是想得太多,观察得太少。"一种奇怪的拘谨使他的想象淡化到笼统模糊,减退为一种缺乏色彩的单调。他给一切都蒙上了他自己梦幻的和悦光泽,沉思的心不在焉。甚至在对待那两个恶心的红眼白痴时,他也像一位误入贫民窟的高贵绅士那样精细优雅。所以他流畅地滑过了社会等级中的所有裂隙——平等地在伊顿公学与年轻贵族们交谈,或是与正在挑选一块星期日晚餐肉的工人阶级攀谈。德·昆西实际上也为自己能从一个圈子轻松转入另一个圈子而自豪:"……从很小的时候起,"他说道,"我就很骄傲自己能与机缘播撒在我路上的所有人——男人、女人和儿童亲切交谈,颇有一点苏格拉底的风格。"但当我们阅读他对这些男女老少的描述时,却不禁想到他之所以能如此随意地与这么多人交谈,是因为在他看来他们区别很小。同一种态度可以同样适用于他们所有的人。就连他与最亲密的人的关系,无论是与上学时的朋友奥尔塔蒙特勋爵,还是与妓女安,也是同样的彬彬有礼、和蔼可亲。他的人物肖像有流畅的轮廓、雕塑般的姿态,还有司各特笔下男女主人公那种无差别的面貌。他本人的面孔也未能脱离这种笼统模糊。到要讲述关于他自己的真相时,他退缩了,带着有教养的英国绅士的全部恐慌。像卢梭《忏悔录》中那种令我们着迷的坦率——那种揭示自己可笑、自私和卑劣一面的决心,都令他十分反感。"一个人把他道德上的溃疡和伤疤强塞到我们眼前,"他写道,"再没有比这更加触犯英国人情感的事情了。"

显然,德·昆西作为一位自传作家有很大的缺陷。他散漫冗长,疏离朦胧,受旧式的礼节与传统束缚。但与此同时,他又能够被某些感情的神秘庄严所震撼,能意识到短暂一刻在价值上可以超过五十年。他用于分析这些感情的技巧,就连公认的分析人类心理的专家——司各特、简·奥斯丁、拜伦等,都未曾拥有。我们发现他的作品中有一些段落,就其自我意识而言,在十九世纪的小说中也鲜有可相媲美者。

想到这里,我惊奇地感到,我们最深处的思想和感情有许多都不是**直接**以抽象形式传达,而是通过具体事物的**复杂**组合,在相互纠结无法解开的体验中以**螺线**形式(如果我可以用这个词的话)传达的。人无疑是个**统一体**,通过某种微妙的**联结**从新生婴儿一直延续到昏聩老朽。但从不同阶段伴随他的本性而产生的许多感情和激情来看,他又**不是**个统一体,而是一个断续体,中止后又重新开始。从这方面看,人的统一性只与感情存在的具体阶段等长。有些感情,如性爱,一半来自天国,一半来自凡间的动物性。这些感情不能超越各自的阶段。但完全**神圣**的爱,如两个孩童之间的爱,则有可能间或重新照亮晚年的孤寂与黑暗……

当我们读到这样的分析段落,当回首往事者觉得这种心理状态是人生中的一个重要成分,值得仔细考察和记录时,十八世纪所理解的自传艺术性质在发生改变,传记艺术也被改变。此后再也没有人能够主张说,不需要"穿透迷雾"和揭示"自己行动或保守表现的秘密源头",就可以讲述人生的全部实情。然而外部事件也有其重要性。要讲述人生的完整故事,自传作者必须设法把两个层面的经历都记录下来——事件与行动的快速更迭,感情贯注的庄严时刻徐徐展开。德·昆西的文字令人着迷之处就在于这两个层面优美地结合了起来,尽管也许是不平衡的结合。一页又一页,我们看到一位有修养的绅士娓娓地讲述着他的所见所闻——驿站马车、爱尔兰人起义、乔治三世的音容。然后,平滑的叙述突然如丝帛分裂,一道道拱门依次洞开,露出深处某种永远转瞬即逝,永远不可捕捉的东西,时间也悄然停止。

马爱新 译

四位人物

一　考珀①和奥斯丁女士

　　当然，那是很多年之前的事情了。不过那次聚会一定有不同凡响之处，因为人们依然愿意回忆当时的画面。那是一七八一年的夏天，在一个小村的街道边，一位上了年纪的绅士正看着窗外，他看到两位女士走进了对面的服装店。其中一位女士的模样让他很感兴趣，他似乎把这个想法宣之于口了，于是很快就安排了一次会面。

　　他们的生活该有多么宁静、多么孤独啊！一个绅士在早晨的时候朝窗外看了看，结果视线中出现了一张动人的脸庞——这都算是件大事。不过，这能成为一件大事，也许是因为那张脸庞唤起了已被遗忘大半却依然鲜活的某种记忆吧。毕竟考珀也不是经常在这所乡村街道旁边的房子里透过窗子看世界。曾几何时，时髦女郎的身影他再熟悉不过。年轻的时候他也曾非常地愚蠢。他跟姑娘们调情，咯咯傻笑，他把自己打扮得光鲜靓丽，然后跑到

---

①　威廉·考珀(1731—1800)，英国诗人，曾有过多次精神错乱的经历。

沃克斯豪尔和马里波恩花园去。他在法院里工作，可他对待工作的态度草率而轻狂，这让他的朋友们很吃惊——因为他实在没有什么人生资本可以挥霍。他爱上了表妹西奥多拉·考珀。实话实说，他过去就是个没心没肺、放荡不羁的傻小子。可是，就在他青春正盛的好时光，就在他纵情欢乐的时候，可怕的事情降临了。他浪荡轻浮的外表下潜伏着一种病态——这病态也许正是激发他浪荡行为的心理根源吧，而这种病态的原因应该是人的某些缺陷；同时还有一种恐惧——这种恐惧使他不敢采取行动，使他不敢步入婚姻，也使他无法忍受在任何公共场合露面。如果逼他这样做——他现在已经在上议院有一份公职——那他一定会飞奔起来，即使是奔向鬼门关也在所不惜。他宁愿把自己淹死也不想去上议院任职。可当他走到水边时，看到有个男人坐在码头上；当他想饮尽毒液时，却伸来一只看不见的神秘之手把毒液从他唇边夺走；当他想把尖刀插进胸膛时，刀却折断了；当他把吊袜带拴在床头柱上准备上吊时，吊袜带也断开，弄得他摔倒在地。考珀像受到诅咒一般，他必须活在世上。

不过，在七月的早晨向窗外望去看到正在购物的女士的时候，他已经从绝望的深渊中恢复过来。他最终不仅找到了这个宁静的乡村小镇得以栖身，还使精神得到了抚慰，使生活日渐安稳。昂温夫人，一位比他年长六岁的寡妇将他彻底驯服。她让他尽情诉说，她聆听他的恐惧并表示出真心的理解，于是她像个母亲一样，极其聪明地为他带来了心灵的安宁。多年来他们互相依靠，日复一日地过着波澜不惊、井然有序的寡淡人生。他们的日子从早上一起读《圣经》开始；接着他们去教堂；接着他们各自去读书或者去散步；晚饭后他们一起谈论宗教信仰或者一起唱圣歌；接着如果天气好的话他们就去散步，如果下雨的话他们就读书或者聊天;最后,在更多的圣歌和祈祷中宣告一天的结束。这就是多年来考珀与玛丽·昂温所过的一成不变的日子。如果他拿起笔来写作,他的文字一定追踪着圣歌的痕迹;如果是写信的话,那一定是督促那些迷途的灵魂——比如说他那在剑桥读书的兄弟约翰——让他们尽快寻求救赎,不要到最后失去机会。不过,这种督促或许与他过去的轻浮放荡本质上一脉相承,都是为了抵挡恐惧,抚慰内心深处的不安与骚动——这不安与骚动始终潜伏在他灵魂的最深处。突然之间,平静被打破了。一七七三年的一个夜晚,恶魔重生,一下子便将他击倒。一个可怕的声音在考珀的梦里呼唤他,那声音宣布他被诅咒了,他被驱逐了,他跌倒在恶魔面前。在此之后他便无法祈祷了。当别人在餐桌前祷告时,他却拿起刀叉,表示他被剥夺了祈祷的权利。没有人能理解那个梦境的可怕影响,连昂温夫人都无能为力。没人明白他为什么那么与众不同,为什么从那么多人里单单把他挑出来,让他独自承受诅咒。不过这种孤独有种奇怪的效果——因为他无法再为别人提供帮助,也不能为别人指点迷津,他反而自由了。受人尊敬的约翰·牛顿牧师再也无法指导他的创作,更无法启迪他的灵感了。因为厄运已经公开宣判,诅咒也不可避免,那他正好可以跟野兔子一起撒欢,去种种黄瓜,听听乡间闲话,编编球网,摆摆饭桌。他做这一切都是希望能够消磨那几年可怕的时光——他既无力启迪他人,甚至自己也无法接受别人的帮助。他知道自己受了诅咒之后,反倒前所未有地沉迷于给朋友们写信,而且写得特别轻松愉快。只在给牛顿或者给昂温写信的某些时刻,恐惧探出它那可怕的脑袋来,于是他吓得大声哭喊:"光阴虚掷,一无所获……自然万物会获得新生,可是被杀死的灵魂却永不再生。"大多数时候,他都悠闲自在地打发时间。当他在窗前饶有兴致地看下面街道上往来的行人的时候,真让人感觉他是世界上最幸福的人。吉里·波尔走进"皇家橡树"酒馆去小酌一杯——像考珀刷牙一样有规律;可是看呀——两位女士走进对面的服装店,这可是大事一桩。

其中一位女士他早就认识——那是琼斯夫人,隔壁牧师的太太。而另一位他却不认识。她的步伐轻盈活泼,深色的秀发,圆圆的、乌黑的大眼睛。尽管是个寡妇——她曾经是罗伯特·奥斯丁爵士的太太——但她却一点儿也不老,丝毫没有深沉严肃的感觉。她说话的时候——不久她就开始与考珀一起喝茶了——"她总是笑,而且也逗别人笑,她似乎能游刃有余地让谈话流畅地进行。"她活泼开朗,而且极有教养,她曾长期在法国居住,可谓是见过大世面的人,"看透了这愚蠢的世界"。这就是考珀对安·奥斯丁的第一印象。而安对于住在乡村街道旁的大房子里这奇怪的一对的第一印象则更加热情洋溢。这倒是再自然不过的——安的天性就洋溢着热情。尽管她见过大世面,而且在安妮皇后大街还拥有一栋别墅,但在她饱经世事的世界中,却没有哪个朋友或亲戚让她青眼有加。她姐姐住在克里夫顿雷恩斯,那是一个粗野混乱的英国村庄,如果哪家的女士没人保护的话,那些居民就会毫不客气地闯进去。奥斯丁对此很是厌烦,她喜欢社交,但也喜欢安定和庄重。所以无论是克里夫顿雷恩斯还是安妮皇后大街,都给不了她想要的感觉。可是,一个偶然的机会,她却在最合适的时机遇到了举止高雅、教养良好的一对男女。他们衷心感激她的付出,也欣然邀请她一起来享受宁静乡村的乐趣——这是他们非常珍视的生活方式,而她则使这种乐趣更加精雅、更加回味无穷。她使每天的生活都充满惊喜与欢笑。她组织野炊——他们到斯宾尼去玩,在那里的树洞打造的房子中吃晚餐,坐在手推车上喝茶品茗。秋风初起时,夜幕降临后,安·奥斯丁也能给他们的生活带来生机与欢乐。她怂恿威廉写一首关于沙发的诗,当他坐下来一声不吭陷入思考的时候,她却给他讲约翰·吉尔平的故事,把他逗得从床上弹起来,笑到浑身颤抖。她虽然外表活泼伶俐,但内心却严肃庄重,这让他们很是欣慰。她渴望的是宁静与平和。考珀写道:"尽管表面上她那么活泼欢乐,而实际上她是个伟大的思想家。"

尽管满心忧郁,从考珀的字里行间可以看出他是个精于世故的人。他自己说过,他天生就不适合遁世隐居。清瘦而孤独的隐士形象与他无缘。他四肢强劲有力,双颊健康红润,而且越来越胖。他年轻的时候就见多识广,当然你也许已经看出来了,不过即使知道了也可以再强调一下。无论如何,考珀对他的高贵出身还是有些许自豪的。即使在奥尔尼,他也保持着某些上流阶层的礼仪与规范。他放鼻烟壶和银鞋扣的盒子极为精致讲究。如果戴帽子的话,他绝不会戴"圆乎乎的、松垮垮的——我很讨厌那种帽子,而是漂亮的、笔挺的、有时尚气息的那种"。他的信件都保持着平和的风格,同时,一页一页优美而清澈的文字中也洋溢着机敏的幽默。邮局一个星期只送三次信,于是他有充裕的时间把日常生活中的每一个褶皱都轻轻抚平,直到一切完美无瑕。他有时间讲述一个农民是如何从马车上被甩了出去,以及他的一只宠物兔子如何偷偷跑掉;有时间讲述格莱维尔的来访;也有时间讲述他们被大雨淋湿,好心的斯洛克莫顿夫人邀请他们到家里去避雨——这种微末小事每个星期都会发生,简直太遂他的心意了。如果长日无事,奥尔尼的日子就真的是悄然无息,那他就让自己的思绪随着从外面的世界传入耳中的小道消息飞舞起来。有人在说飞行的事儿。那他就会以飞行为题写上几页文字,表达他对飞行的不信任。他也会对英国女人往脸上涂脂抹粉这种恶行声讨一番。他还会与荷马和维吉尔对话，也许会尝试着自己去翻译一下。当日光渐暗，他不能到泥泞中跋涉穿行时，他就会打开一本最喜欢的游记来读，在想象中随库克或者安森去远航。尽管他走过的最远距离就是从白金汉郡到苏塞克斯郡，再从苏塞克斯郡回到白金汉郡，但是在想象中他却可以云游四方。

他的信件也记录了与他交往的魅力所在。显而易见，他的聪慧、他的那些故事、他的稳重，以及他体贴的待人方式，都使得他上午的拜访成为一件乐事——他已经养成了每天上午十一点钟去拜访奥斯丁女士的习惯。不过他的社交活动不仅限于此，一种特别的魅力使人感到与他的交往不可或缺。他的表妹西奥多拉曾爱慕过他——她现在依然默默地爱着他。昂温夫人也爱他，现在安·奥斯丁也对他产生了某种超越友谊的感情。这是一种强烈的、非人的激情，是令人震颤的迷狂，恰如为花传粉时震颤的天蛾，飞上树梢、飞过山岭，这样的激情难道还不会让乡村宁静的清晨变得令人激动吗？难道这还不会让人更加渴望、更加热爱与他的交流，胜过其他任何人吗？"花园里每一块石头都是我亲密的朋友，"他写道，"我在田间看到的一切在我眼里都有生命，我可以注视同一条小溪，凝视美妙的大树，每天我都能发现新的乐趣。"正是这种深刻的想象力使他写下令人难忘的诗歌，尽管其中有大量说教和道德训诫。正是这些使得《任务》中的一些段落如同洁净的窗子一般，与穿插其中的平凡文字交相辉映，彼此相依共生；正是这些使得他的谈话既能犀利如刀，又能热情似火。一些美好的画面会突然抓住他，让他沉醉其中。这些美景出现在漫长的冬日夜晚中，出现在清晨的友好相访时，那是感伤情绪与曼妙魅力难以言表的神奇结合。正如西奥多拉对安·奥斯丁发出的警告，他的激情并非指向男人或者女人，那是一种抽象的激情。他不是寻常的男人，从未考虑过性爱。

安·奥斯丁刚与他成为朋友，就收到了这样的警告。她爱慕他，对他强烈地表达过这种深深的爱慕——她有这样的感情再自然不过了。有一次，考珀写信给她，语气柔和但却不容置疑地责备她行事荒唐。"当我们用想象中的色彩来装饰一个人时，"他这样写道，"我们就将其变成了偶像……而这除了让我们为所犯的错误而深感痛苦之外，其实什么也给不了我们。"安读了这封信后勃然大怒，一气之下离开了小镇。不过裂痕很快得以弥合，她为他缝制褶边，为了表示感谢，他把他的书作为礼物送给她。不久她就拥抱了玛丽·昂温，再次回到这里，比从前更加亲密无间。事实上到了下个月，她无比迅速地实施了计划：她卖掉了镇上的房子，搬到考珀家旁边的教区牧师住宅中，并且宣称除了奥尔尼之外，她再没有别的家；除了考珀和玛丽·昂温之外，她再没有别的朋友。花园之间的门敞开着，两家人轮流到彼此家里吃饭。威廉叫安妹妹，安叫威廉哥哥。还有比这更加诗意的安排吗？"奥斯丁女士和我们轮流在彼此的别墅内度过时光。早上，我和其中一位女士散步，下午就用来绕线。"考珀这样写道。他饶有趣味地把自己比作赫拉克勒斯①和力士参孙②。接着夜幕降临，他最喜欢冬天的夜晚，他在温暖的炉边神思翩翩，随着火苗的跳跃，影子跳起狂野的舞蹈，轻烟在栅栏间飞舞不息。待点上灯之后，光线变得平稳了，他便拿出渔网或绕好的丝线。接下来，安也许会

---

① 赫拉克勒斯，古希腊神话中最伟大的英雄，完成了十二项被誉为"不可能完成"的任务。
② 参孙，拥有天生神力的犹太战士。十七世纪英国文学家约翰·弥尔顿曾作著名长诗《力士参孙》。

在古钢琴的伴奏下高歌一曲，玛丽和威廉就在一旁玩板羽球游戏。无忧无虑、天真烂漫、平和宁静，那么"带刺的悲伤"为什么还会不可阻挡地生长出来呢——考珀说它与人类的幸福共生并存。如果纷争一定会到来，那它来自何处呢？危险大约来自女人吧。一天晚上，也许玛丽注意到安的钻石中绞着威廉的一缕头发，她不由得心生嫉妒。玛丽·昂温可不是个头脑简单的乡下女人，她相当有阅历，带着一种"公爵夫人的气质"。在安跑来搅乱他们"平静如水的生活"之前，她已经照料和抚慰威廉很多年了。这样，两个女人较起劲来，纷争就是在这时出现的。考珀被迫在她们之间做出选择。

不过我们可能忘记了，晚上天真烂漫的娱乐中，还有另外一样东西。安也许会唱歌，玛丽也许会做游戏，火也许明亮地燃烧，外边的寒风和冰霜使得火旁的宁静更加甜蜜美好。可是有片阴影在他们之间蔓延。歌声里夹杂着私语，细细的声音在他耳畔传递着诅咒与厄运，他被那可怕的声音拖进了毁灭的深渊。然后，安·奥斯丁竟然希望他向她求爱！接着安·奥斯丁竟然想嫁给他！这种想法令人憎恶，这太不体面了，令人无法忍受。他又给她写了一封信，这封信注定不会收到回音。安痛苦地把信烧掉。她离开了奥尔尼，从此之后他们再无任何往来。友谊就此终结。

考珀倒不怎么在意。所有人都对他极为友善。斯洛克莫顿一家把花园的钥匙都放心地交给他。一位匿名的朋友——他永远都猜不到她的名字——每年给他五十英镑。还有一位不愿透露姓名的朋友送给他一张杉木做的带银把手的书桌。奥尔尼善良的人们送给他很多驯养得很温顺的兔子。可是如果你被诅咒了，如果你注定孤独，如果你被上帝和众人弃绝，人类的善良又有什么用处呢？"光阴虚掷，一无所获……自然万物会获得新生，可是被杀死的灵魂却永不再生。"他越来越忧郁,最后在痛苦中死去。至于奥斯丁夫人呢,她嫁给了一个法国人。据说,她过得很幸福。

二 博·布鲁梅尔[①]

隐居在奥尔尼的考珀一想起德文郡公爵夫人就怒火中烧,他说总有一天"紧身褡会出现裂缝,美貌会变成秃头",虽然他鄙视那个女人,可他也清醒地意识到她所拥有的力量。不然的话,她为什么会在奥尔尼潮湿的孤独日子里萦绕在他心头呢?为什么她丝绸裙摆的沙沙声会扰乱那些忧郁的沉思呢?公爵夫人无疑是个很爱作祟的鬼魂。这些文字写下很久之后,她那时已经作古,被埋葬在金闪闪的冠冕之下,可她的鬼魂还爬上了一处绝非寻常的住所的楼梯。那是在法国的卡昂,一位老人坐在他的扶手椅上。门敞开着,仆人前来通报,"德文郡公爵夫人到了"。博·布鲁梅尔立刻站起来,走到门边深深鞠了一躬,那虔敬态度连圣詹姆斯的法官见到都会喜欢的。可是很不幸,这里根本没人,吹上小酒馆楼梯的只有阵阵冷风。公爵夫人已经死去很久了,博·布鲁梅尔也已经是年迈老人,动作愚笨,可他还梦想着回到伦敦再开一场派对。考珀的咒语在他们两个人身上都应验了。公爵夫人已经躺在裹尸布中,而布鲁梅尔呢,他的华服曾令国王垂涎,现在却只剩下一条满是补丁的破裤子,他尽力把裤子藏在褴褛不堪的大衣下面。至于他的头发,已经遵照医生的命令全部剃光了。

[①] 博·布鲁梅尔(1778—1840),十九世纪英国时尚界的领袖。

尽管考珀那刻薄的预言确实应验了，公爵夫人和这位花花公子却都会声称他们毕竟风光过。在他们的时代，他们就是人中龙凤，身份显赫。二人之中，布鲁梅尔的传奇人生可能更值得吹嘘。他的出身并无显贵之处，也没什么好运气。他的祖父在圣詹姆斯大街留了几间房子，一开始他只有区区三千英镑的资产。他的身材不错，脸蛋却不算漂亮，因为坍塌的鼻子使他容颜大损。虽然他并没有做出一件或高贵、或重要、或有价值的事情来给自己的形象增光添彩，但他却成了一个象征，他的影响至今仍在。是什么使他盛名不衰，还真有些说不清道不明。当然，他的确心灵手巧，且拥有精准的判断力，否则他也不会把系领结的艺术打造得如此完美。也许他的故事众所周知——他是如何扬起下巴，然后慢慢低下头，这样领结的褶皱就会完美地对称，如果哪条褶皱太深或者太浅，他都会毫不犹豫地把它摘下来扔进垃圾桶，拿起一条新的再试。而威尔士亲王则一个小时接一个小时地坐在旁边看着。仅靠心灵手巧和精准的判断力还不够，他之所以能够卓尔不群，是由于智慧、品位、傲慢和独立的神奇结合。他从来不是一个谄媚者——用这个词指称一种人生哲学过于严厉了些，但确实也说到了点子上。无论如何，从前他就是伊顿公学最受欢迎的男孩。当孩子们要把一个讨厌的家伙扔到河里时，他在旁边冷静地讲着笑话："亲爱的同学们，别把他扔到河里啊。那家伙明显是在热得出汗呢，扔进去他肯定会着凉。"他相当乐观而又愉快地随波逐流，无论在哪个圈子里都能毫不费力地受到欢迎。他在第十轻骑兵队当队长时，因为玩忽职守而臭名昭著，整个部队他只认得"那个长着大蓝鼻子的人"，人们喜欢他，因此容忍他。后来他退役了，因为那个团要被派往曼彻斯特——"我真不能去那儿，想想啊，尊敬的殿下，曼彻斯特啊！"谁能想到，他竟然能在切斯特菲尔德大街置办自己的住宅,并且成为那个时代最令人羡慕、最富特权的社交圈的首领。例如,一天晚上他在位于阿尔马克的一间房子里与王公贵族们聊天,某公爵夫人和她的女儿路易莎小姐也在那里。公爵夫人看到布鲁梅尔后,立刻提醒她的女儿说如果门边那位绅士过来跟她们说话,一定要万分小心,要努力博得他的好感。"因为,"她压低声音耳语道,"他就是大名鼎鼎的布鲁梅尔。"路易莎小姐也许还很奇怪,为什么这位布鲁梅尔先生大名鼎鼎,为什么一位公爵的女儿还要小心翼翼地逢迎布鲁梅尔先生。可是,当他朝她们走过来时,她立刻明白母亲为什么这样提醒她。他举手投足优雅得令人叹为观止,他鞠躬的样子也高雅无比。跟他一比,所有人的衣着不是装饰过度,就是品位太差,有一些简直就是肮脏的。他的衣着配色和谐、裁剪完美。从他鞠躬的方式到他永远用左手打开鼻烟壶的姿态,简直无可挑剔,可谓无处不完美,无处不精雅。他本人就是精神焕发、干净整洁和井井有条的化身。要说他让人把椅子搬进化妆室,再搬到阿尔马克的房子里,只为了不让一丝微风吹乱他的卷发,不让一点灰尘沾染他的鞋子,那估计每个人都会信以为真。他开口跟她讲话时,路易莎立刻被迷住了——没人比他更彬彬有礼,更幽默风趣,他的举手投足令人倾倒,令人迷醉——接着她会迷惑不解。很有可能,在那天的晚宴结束前,他就会开口向她求婚,可是他的姿态就连初涉社交圈子的天真少女也无法相信。他奇异的灰色眼睛与他的嘴唇似乎自相矛盾:他的眼神使口吐莲花的溢美之词听起来很是可疑。接着,他又语锋尖刻地评价起别人来。说实在的,他的话语并非机智诙谐,当然也并非深刻隽永,但就是那么巧妙、那么机敏——他的话里有一种机锋,总能滑进人的脑海,让人把更重要的信息驱逐出去,只把他的留下。他巧妙地用一句"你那位胖胖的朋友是谁？"就击败了摄政王。他用同样的方式对待那些怠慢他、让他厌烦的位卑权轻的人们。"为什么，除了断绝来往，我还能怎么办啊，我的好兄弟？我发现玛丽女士竟然吃卷心菜！"——他跟一个朋友这样解释他没能与一位女士结婚的事情。后来，总有些无聊的人就他去北方旅行的事情问来问去，他就问他的仆人："我喜欢的是哪个湖呢？""是温德米尔湖，先生。""啊，没错——温德米尔，就是它了——温德米尔。"这就是他的风格，闪烁其词、冷嘲热讽，徘徊在傲慢无礼的边缘，掠过胡言乱语的边界，但又不失一种奇妙的适度感，于是对夸张手法的判定便成为辨别真假布鲁梅尔逸事的标准。布鲁梅尔绝不会说，"威尔士亲王，按门铃"，他也绝对不会穿着花里胡哨的马甲，不会戴艳丽俗气的领结。拜伦对他衣着的评价是"精巧适度"，这确实体现在他穿衣打扮的所有细节中。他的形象使他在绅士中间鹤立鸡群，永远温和雅致、从容沉静。那些绅士只知道谈论运动，而布鲁梅尔最讨厌这个话题；那些绅士身上还散发出马厩的味道，而那是布鲁梅尔绝对不会光顾的地方。路易莎小姐有些忐忑不安，唯恐不能给布鲁梅尔先生留下美妙的印象——布鲁梅尔先生的好感对她来说是世界上最重要的事情。

除非那个世界化为废墟，否则他的统治地位似乎无可撼动。英俊、冷漠又愤世嫉俗，这位花花公子简直无懈可击。他的品位完美无瑕，他的身体十分健康，他的身材是有史以来最标准的。他的统治地位多年不变，历经世事沧桑，依然如故。法国大革命在他头顶隆隆碾过，而他却毫发无伤。帝国崛起又衰落，而他却一直调试衣领的褶皱、评判外套的裁剪方式。如今滑铁卢战役打完了，和平终于到来。他在这场战役中安然无恙，反倒是和平破坏了他的生活。有段时间，他在赌桌上时输时赢，哈里特·威尔逊①听说他输得一塌糊涂，可后来又不无失望地听说他再次平安脱身。如今军队都解散了，伦敦到处是一伙一伙粗鲁的、没有教养的男人们，他们在战场上摸爬滚打了许多年，如今一心一意要享乐一番。他们冲进赌场，玩得尽情尽兴。布鲁梅尔也被迫一起去赌。他有时赢、有时输，然后发誓再也不玩了，可后来还是控制不住。最后，他仅有的一万英镑也赌得没了踪影，他便四处借债，直到最后谁也不再借给他。没办法，为了填补几千英镑的窟窿，他失去了那枚有个小洞的六便士硬币——那枚硬币一直给他带来好运气。他一时失误把它给了赶马车的人。他说，后来是罗斯柴尔德那个无赖得到了那张钞票，于是他的好运便终结了。这是他自己所讲的版本——其他人对这件事的理解可没有这么天真。无论如何，那一天终于到来了，精确地说，那是一八一六年五月十六日，那一天的所有事情都很精确——他在瓦蒂尔俱乐部独自一人吃了一只冷鸡，喝了一瓶红葡萄酒，看了一场歌剧，然后乘车去了多佛。马车彻夜飞奔，第二天就到了法国加来。从此他再未踏入英国半步。

接下来，一个不同寻常的崩溃过程开始了。伦敦的特权阶级与极度矫揉造作的社会曾经扮演了保护者的角色，正是那个社会保全了他的本来形态，并把他凝缩成一颗宝石。既然压力已经消失，那些凝缩在一起便光芒万丈的零零碎碎的东西便分崩离析了；那些聚集在一起便构成了这位花花公子的迷人风采的东西散落成微不足道的碎片——这使得原来隐藏其下的东西

---

① 哈里特·威尔逊(1786—1845)，著有《哈里特·威尔逊回忆录》，英国著名的交际花。

显露出来。一开始,他的光芒还没有完全消散,他的老朋友会渡过海峡来看他,好好请他吃一顿,走的时候还要给他的庄家留点礼物。他像往常一样在住处接见宾客;平日的时光都用来梳洗和打扮;他用红根草刷牙,用银质的镊子拔掉白发,把领结打得完美至极。这一切都会在四点钟准时宣告结束,他把自己打理得精致无双,就好像这里的罗亚尔街是原来的圣詹姆斯大街似的,就好像亲王本人在挽着他的手臂一样。可是罗亚尔街并不是圣詹姆斯大街;随口往地上吐痰的法国老女伯爵也并不是德文郡公爵夫人;那些逼着他在下午四点的正餐时间吃鹅肉的好心的中产阶级也不是阿尔瓦利勋爵。尽管他不久就为自己赢得了"加来之王"的称号,尽管大众都知道他曾经对亲王说"乔治,按门铃"的逸事,但这些赞美是粗鲁的,这个社会是粗俗的,而且加来的娱乐活动少得出奇。这位花花公子只好退缩到自己的内心世界,指望得到些许精神慰藉——他的精神世界相当丰富。据海丝特·斯坦霍普夫人①说,他要是愿意的话,原本可以成为一个极聪明的男人。她把这话讲给他听时,这位花花公子也承认他确实浪费了才华,因为花花公子的生活方式是唯一"能站在万众瞩目的光芒中,让他与芸芸众生区别开来的方式——他是多么蔑视那些普通的庸碌之辈啊!"正是这种生活方式让他创作了诗歌——他自己的诗歌——《蝴蝶的葬礼》,并且受到交口称赞;这种生活方式让他引颈高歌;这种生活方式还让他能够灵巧地用铅笔作画。如今呢,如此漫长、如此空虚的夏日里,他这些引以为傲的技能连打发时间的用处都没有。他尝试通过写

---

① 海丝特·斯坦霍普夫人(1776—1839),英国上流社会精英,冒险家和旅行家。

回忆录让自己忙碌起来；他还买来一扇屏风，花费几个小时把一些伟人和美丽女士的头像粘在上面，然后用一些意象来象征他们的美德与弱点，比如说土狼啦，黄蜂啦，丘比特啦——要让它们组合在一起绝对需要高超的技巧。他还收集精雕细琢的家具，用优雅精致得有些怪异的语言给女士们写信。可是这些打发时间的方法都很无趣。他的精神资源也随着光阴流逝一点点消耗殆尽，最后完全失去了作用。他的崩溃进程越发快了。接着另一个器官暴露于世——他的心。多年来他将爱情玩弄于股掌之中，游刃有余地把自己隔绝于激情之外，如今他却开始疯狂地追求那些年轻得可以做他女儿的姑娘。他给卡昂的爱伦小姐写了激情洋溢的信件，把她弄得哭笑不得。她非常气愤，这位曾让公爵的女儿们爱得死去活来的花花公子，如今却绝望地匍匐在她脚下。太晚了——多年之后，他那颗心哪怕对于朴实的乡村女孩都不再有任何魅力了。于是他最后便把感情都倾注在动物身上。他为一只叫维克的小猎狗整整哀悼了三个星期之久；他与一只老鼠交了朋友；他成为卡昂地区所有无家可归的瘦猫饿狗们的保护神。事实上，他曾对一位女士说过，如果一个男人和一只狗掉进同一个水池的话，他宁愿去救那只狗——当然，如果没人看见的话。不过他仍然相信人人都在看他，他对外貌的极端注重使他具备了某种极为坚忍、极为持久的耐受力。因此，当一天晚饭时他突然中风麻痹，他能不动声色地起身而去。还有，像他那样深陷债务的人，却依然为了保护鞋子而踮着脚尖走过石子小路。当倒霉的日子终于来临，他被扔到监狱里的时候，他依然赢得了那些谋杀犯和窃贼们的仰慕——因为他沉静从容、风度翩翩地出现在他们面前，就好像晨间拜访般庄重。可是如果他想继续这样表演下去，就必须获得支持和资助才行——

他必须有足够的鞋油和香水,每天有三套可供替换的亚麻衣物。这些东西的花销非常巨大,而他那些朋友也相当慷慨——谁也经不住他坚持不懈地苦苦哀求,可最后终于不能再从他们身上挤出什么来了。他好像执行命令一般,每天必须要换一套亚麻衣服,而他的津贴只够维持必要的生活所需。可是布鲁梅尔怎么可能只靠必需品生活呢?这个要求太荒唐了。不久之后,他终于明白了形势的严重性,于是戴了黑色领结以示哀悼。他一直对黑色领结深恶痛绝,那是一个绝望的信号,表明末日临近。自那以后,所有支撑过他、维系过他的东西都消散了。他的自尊消失殆尽:他可以与任何为他付账的人一起吃饭;他的记忆力开始衰退:同样的故事他一遍一遍不停地讲,最后连卡昂的老百姓都听厌了;他的举止风度开始堕落:极致的洁癖变成了粗心大意,之后就成了绝对的肮脏。人们开始拒绝让他在餐厅或者旅店出现。他的心智也化为乌有——他听到风声就以为是德文郡公爵夫人走上楼梯。最后,在崩塌后的一片残骸中,只有一种激情依然完好无损,那就是无比的贪婪。为了买兰斯产的饼干,他不惜牺牲了留在身边的最为贵重的一件珍宝——他把鼻烟盒卖掉了。于是,只剩下一堆令人讨厌、腐朽无用的烂东西,还有一个衰老年迈、令人作呕的糟老头。只有修道院还能对他表示怜悯,只有收容所还能勉强收留他。牧师恳请他进行祈祷。"'我试试吧。'他说。但他不知又加了句什么话,让我怀疑他是不是听懂了我的意思。"他当然会试一试,因为牧师希望他这么做,而他又很有礼貌。他对小偷彬彬有礼,对公爵夫人彬彬有礼,对上帝本人同样彬彬有礼。可是他再试也没有用了。现在只有温暖的炉火和香喷喷的饼干才是他的信仰,如果可以的话再叫上一杯咖啡。所以还能怎么样呢,只能把这位曾经的优雅与高贵合体、美妙与骄奢统一的花花公子和那些衣衫褴褛、举止粗野、寂寂无名的山野村夫一起埋进坟墓吧。不过，人们还是要记得，拜伦在他最热衷于追逐时髦的时候，"提及布鲁梅尔这个名字时，心中总是涌起敬重与嫉妒并存的复杂感情"。

  注：圣詹姆斯街的贝里先生，亲切地让我注意到这一事实，博·布鲁梅尔无疑曾在一八二二年访问英国。他于一八二二年七月二十六日来到这家著名的酒馆，像往常一样称了体重。当时他的体重是十英石十三磅。他上一次称重是在一八一五年七月六日，那时他的体重是十二英石十磅。贝里先生补充说，一八二二年之后没有他来访的记载。

三　玛丽·沃斯通克拉夫特[①]

  伟大战争所造成的影响也会时有时无，说来真是怪事一桩。法国大革命把有些人抓起来撕扯成碎片，对另一些人却轻轻放过，毫发未伤。据说，简·奥斯丁对法国大革命只字未提；查尔斯·兰姆[②]则置之不理。博·布鲁梅尔根本就不把它放在心上。但对于华兹华斯[③]和葛德文[④]来说，它却意味着黎明的到来。他们清晰无误地看到：

    法兰西站在黄金时代的顶峰，
    人性似乎在经历着新生。

[①]　玛丽·沃斯通克拉夫特(1759—1797)，英国著名女权主义者，作家。
[②]　查尔斯·兰姆(1775—1834)，英国散文家。
[③]　威廉·华兹华斯(1770—1850)，英国浪漫主义诗人。
[④]　威廉·葛德文(1756—1836)，英国政治学家和作家。

因此，哪位妙笔生花的历史学家想要描绘一番最鲜明的对比画面的话，那真是再简单不过了——这边是切斯特菲尔德大街，博·布鲁梅尔在谈论外套的翻领如何剪裁更加得体，他边说边小心翼翼地使下巴贴向领结，他讲话的语气极为谨慎优雅，绝不让自己沾染半分粗俗的气息；而那边则是苏默斯镇，一群衣衫不整、慷慨激昂的小伙子，日复一日地一边喝茶一边就人性的完善、理想的统一及人权问题高谈阔论，其中有一个小伙子脑袋大得出奇，鼻子也长得出奇。在场的还有一位女性，她目光如炬，语速迅疾，伶牙俐齿。那几个小伙子——他们的名字颇有中产阶级色彩，分别是巴尔洛、霍尔克罗夫特和葛德文——都直截了当地叫她"沃斯通克拉夫特"，根本没去管她结没结婚，似乎她跟他们一样都是小伙子。

虽然都才智出众，但差异却这样悬殊——查尔斯·兰姆和葛德文、简·奥斯丁和玛丽·沃斯通克拉夫特都是智商极高的人——可见环境对人的思想影响有多么大。如果葛德文从小在神殿附近长大，并且在基督慈幼会的学校上学，日日沉浸于古风雅韵之中，所读之书皆是古代典籍，那他估计永远不会对人类的未来和人类权利有一丁点儿的兴趣。如果简·奥斯丁幼小之时曾为了阻止父亲殴打母亲而躺在楼梯上乞求，那么她的灵魂深处便可能会燃起反抗暴政的激情，她所有的小说也许都会化为一声正义的呐喊。

而这正是玛丽·沃斯通克拉夫特对"快乐的"婚姻生活的最早体会。之后她妹妹伊芙莉娜悲惨地出嫁，在马车上就把自己的婚戒咬坏了。她的兄弟是她的负担，她父亲的农场经营失败，为了让这个脸庞赤红、脾气火暴、头发脏乱、品行不端的男人重新找到生路，玛丽只能自缚手脚，到贵族之家做了家庭教师。

一句话,她从来都不知道什么是幸福,正因为缺少幸福,她才编织出一种信条,让自己可以用面对生活的污浊与苦痛。这信条的核心纲领就是,独立高于一切。"我们从同类中接受的任何恩惠都是一种新的枷锁,它夺走我们与生俱来的自由,贬损我们的心灵。"对于女人来说,独立是第一要务,美貌与风韵并不重要,而能将意志化为行动的能力、勇气及魄力才是至关重要的品质。让她最感自豪的是她能够说出这样的话:"任何重要的事情,只要我下定决心,便会坚持到底,决不反悔。"玛丽这话说得的确是实情。三十出头时的她若是回首往事,便会看到许多事情都是在别人坚决反对的情况下一意孤行的结果。她费尽周折才为她的好朋友范妮①找了所房子,却发现范妮改了主意,根本就不想要房子了。她创办了一所学校。她还说服范妮跟斯基先生结婚。范妮生命垂危的时候,她把学校扔到一边跑到里斯本去照料她。在归航途中,她强迫船长去营救一艘失事的法国船只,并威胁说如果他不救就要揭发他。后来她陷入对富赛利②的爱情中不能自拔,便宣布要与他一起生活,结果遭到了他妻子的断然拒绝。之后,她又践行自己行动要迅速果决的原则,立刻跑到了巴黎,下决心要靠写作谋生。

因此,法国大革命对她来说不仅仅是身外之事,而是使她血液沸腾的原动力。她的一生都在反抗——反抗暴政、反抗法律、反抗传统。改革家对人类的爱中,总是同时包含着深刻的恨意,她内心点燃的正是这种爱恨交织的激情。在法国爆发的革命表达了让她深为折服的理论与信念。在激情最为热烈的非凡时

---

① 范妮·布拉德,玛丽的邻居,曾鼓励她离开不幸福的家庭生活,谋求自立。
② 亨利·富赛利(1741—1825),瑞士出生的英国画家。

刻,她匆匆著就了两部言辞雄辩、内容大胆的书——《答柏克》和《女权的辩护》。这些书的内容在今天看来的确没有什么新鲜之处——书中震撼乾坤的崭新思想已经成为今天的老生常谈。她在巴黎时独自一人住在一所大房子里,亲眼看到她所鄙夷的法国国王①坐在马车里,被国民自卫军押着从街上经过。国王依然保持着高贵的尊严,这与她期待的模样大相径庭。于是,"我也说不清是为什么,"泪水模糊了她的双眼,"我要回去睡觉了。"信的最后,她说,"这是我生平第一次不愿让蜡烛熄灭。"毕竟事情不像她想的那样简单,她连自己的情感都无法参透。她看到平生最珍爱的信念得以实现,可她的眼中却充满泪水。她赢得了名声,也赢得了独立,更赢得了自由生活的权利——但她还缺一样截然不同的东西。"我不要人像爱女神一样爱我,"她写道,"我只希望为你所爱,为你所需。"她这封信是写给风度翩翩的美国人伊姆利②的,他对她很好,事实上,她已经深深地爱上了他。可她的理论中有一条,爱是自由的——"双方有爱即为婚姻,爱情如若消亡,婚姻的纽带也便终结。"可是,她在要求自由的同时,也同样要求确定性。"我喜欢'钟爱'这个字眼,"她写道,"因为它代表某种习惯。"

所有这一切的矛盾与对立都写在她的脸上。她的神情既坚定不移,又恍惚空幻;既性感动人,又机敏聪慧。她柔美的鬈发瀑布般披垂,明亮的大眼睛顾盼生辉,美丽动人——骚塞③说那双大眼睛是他所见过的最传神、最动人的眼睛。这样一位女性的人生注定会动荡不宁。每天,她都在制定生活中应当遵守的

---

① 此处指路易十六,法国大革命时被处死。
② 伊姆利,美国商人,主要从事明矾与肥皂生意。
③ 罗伯特·骚塞(1774—1843),英国湖畔派诗人。

理论原则；每天，她都会被别人偏见的巨石撞击得生疼。而每天的她——并不是迂腐的书呆子，更不是冷血无情的理论家——心中都会升腾起某种力量，把她那些理论推到一边，强迫她重新加以铸造。她凡行动都依自己的理论，因此无法宣称对伊姆利有合法的权利。她拒绝与他结婚。可是当他置她和他们所生的孩子于不顾，一连几个星期都没有消息的时候，她简直痛不欲生，几近崩溃。

她因此而心烦意乱，这种感觉把自己都搞糊涂了。她的情绪总是飘忽不定，时而理性，时而冲动，转变之迅疾就连嘴上花言巧语、心里诡诈狡猾的伊姆利都摸不着头脑，所以也真的不能把过错都推到他身上。那些原本不偏不倚的朋友们也被她阴晴不定的矛盾性格弄得不知所措。玛丽对大自然有种深沉强烈的爱恋，可是一天晚上，晚霞布满天空，景色异常绚美，就连她的女伴玛德莲·施威泽都忍不住对她说："快来，玛丽，你那么热爱自然，你快来看看这奇异的美景吧——你看五彩的云霞在不停地变幻呢！"玛丽的眼睛却只是直勾勾地盯着沃尔佐根男爵。"我必须承认，"施威泽夫人写道，"那副色眯眯的无法自拔的样子，给我的印象非常不好，我的大好心情顷刻间消失殆尽。"如果说这位多愁善感的瑞士夫人对玛丽迷恋美色的样子感到慌乱不安的话，那么，那位狡猾的商人伊姆利却是因为她的过人智力而十分光火。他每次见到她，都为她的魅力所折服，可是，她反应如此机敏、洞察力如此深刻，她的理想主义追求如此坚定——这些都令他苦恼不已。她能看穿他的所有借口；她能驳倒他的所有理由；她甚至能把他的生意打理得井井有条。跟她在一起就没有安宁可言——他必须再次离开。她的信马上接踵而至，用情真意浓、看透一切的话折磨他。这些信无比直白、毫无遮拦;这些信迫切地乞求他说出实情;这些信对肥皂、明矾、财富和舒适的生活表达了极端的鄙视;这些信一再情真意切地威胁他,只要他说出心里话,"你就永远不会收到我的信"。而他承受不了这个。他本来想抓条小鲤鱼玩玩而已,没想到上来一只大海豚,这玩意儿不由分说地把他卷入滚滚波涛之中,他已经被折腾得晕头转向了,只求能早点脱身。毕竟,尽管他也曾玩过构造理论的把戏,他到底是个生意人,他靠贩卖肥皂和明矾为生。而且,他也承认:"人生中一些次要的消遣,对我来说真的必不可少。"无论妒火中烧的玛丽怎样追查,都无法在这些次要的消遣中查出头绪。他到底为什么老是从她身边溜走,是因为生意?政治?还是因为别的女人?他总是吞吞吐吐、躲躲闪闪,一见面千好万好,然后转眼又没了踪影。最后她怒不可遏,内心的猜疑几乎把她逼疯,终于她从厨师口中逼出了实话。她终于知道了,一个巡回演出剧团里的小演员做了他的情妇。玛丽按照自己一贯的果决迅速的办事原则,立刻从普特尼桥上跳了下去——为了保证沉入水底,她还把裙子都浸了水。可她还是被救了上来。经历了难以言说的痛苦之后,她终于缓过来了。可是,她那"不可征服的伟大心灵",她那少女般纯真的独立信念却再一次坚挺起来。她决心再次寻找幸福——她不要伊姆利给她或者孩子一分钱,她要自己养活自己。

就在这个紧要关头,她又遇到了葛德文,就是那小个子大脑袋的家伙。她曾在苏默斯镇见过他,那时轰轰烈烈的法国大革命使他那样的年轻人以为崭新的世界即将诞生。她和他会了面——这其实是种委婉的说法,事实上是玛丽·沃斯通克拉夫特跑到他家里去找他。这是因为法国大革命的影响吗?是不是因为她看到人行道上溅洒的鲜血,听到愤怒的人群高声呐喊,便觉得无论是披上斗篷跑到苏默斯镇去拜访葛德文,还是在贾德西街等着葛德文又来找她,已经是微不足道的小事了呢?不知葛德文又是受了什么样的人生激变的刺激,使他认为玛丽的做法无可挑剔呢?他尊敬玛丽,是不是就因为玛丽敢于把束缚女人一生的愚蠢传统踩在脚下呢?葛德文是个怪人,他是悭吝小气与宽宏大量、冷漠无情与深情厚谊的神奇结合——如果不是因为非同寻常的深刻感情,他也不会为他妻子写出那样的回忆录。在很多事情上他都持有与众不同的观点,尤其在对待两性关系方面。他认为男女之间的爱情应该受理性控制,他认为男女之间存在着纯精神的关系。他曾写过这样的话:"婚姻是一种法律,而且是最坏的法律……婚姻是一种财产,而且是最糟的财产。"他的观点是,如果男女相互喜欢,那就直接住在一起,不需要任何仪式。或者说,为了防止住在一起会消磨爱情,可以住在二十户开外的地方,当然是在同一条街上。他还说:"如果别的男人喜欢你的妻子,那也不是什么难事。我们都可以享受与她交往的过程,毕竟我们都是极有智慧的人,因此肉欲关系根本就是不值一提的小事一桩。"没错,他说这话的时候,还从来没有体会过爱情的滋味。如今,他要初次体验那种感觉了。爱情悄无声息、自然而然地到来了:爱情在苏默斯镇的谈话中滋长,"在两个心灵中以同样的步调前行";爱情在他房间中,在两人不得体的独处中滋长,他们在那里谈论着太阳底下发生的一切事情。"友谊渐渐融为爱情,"他写道,"按照事情的发展过程,我们表白了,彼此之间没有任何需要隐瞒。"的确,他们在最关键的问题上意见完全一致。比如,他们都认为婚姻根本就没有必要,因此他们还继续分开居住。只是当大自然再次出来干涉时——玛丽发现自己怀孕了,她才提出了疑问,为了所谓的理论而失去重要的朋友,这真的值得吗?她觉得不值得,于是他们结婚了。而另一条理论,即丈夫与妻子最好分开居住,也与她心里刚刚出现的另一种感情相悖。"丈夫就是房子里一件好用的家具。"她这样写道。没错,她发现自己特别喜爱居家生活。那为什么不能把理论修改一下,两个人住在同一个屋檐下呢?葛德文可以在隔着几道门的另一间屋子里工作。如果高兴,他们可以分别到外面吃饭,他们也可以有各自的工作,各自的朋友。事情就这么决定下来,计划进行得非常令人满意。这种安排把"好友到访的新鲜活泼与家居生活的甜蜜温暖"结合起来。玛丽承认她很幸福,葛德文也表示,多年来他的生活中只有哲学,如今"有个人关心自己的幸福",他感觉"前所未有的愉快"。玛丽重新过上了心满意足的生活,内心所有的力量和情感都被激发出来。日常琐事都会带给她强烈的快乐——看到葛德文和伊姆利的孩子愉快地嬉戏;想到他们的孩子即将出生;偶尔到乡下远足一天,等等。有一天,她在新街碰到了伊姆利,她不带一丝怨恨地跟他打招呼。可是,正如葛德文所写的,"我们的生活并非无所事事的幸福,也并非自私的、稍纵即逝的天堂"。不,这也是一个试验,正如玛丽的生活从一开始就是个试验一样,他们在尝试让人类的传统习俗更加符合人类的需求。他们的婚姻只是试验的开始,其他所有的事情将随后而至。玛丽的孩子就快生了。她还打算写一本名为《女性之苦》的书;她还打算进行教育改革;她还打算孩子生下来的第二天就自己下床吃饭;她还打算在分娩时不请医生,而是请个接生婆——不过这就是她最后的试验了。她死于难产。她自己的生存意志是如此强烈,在生产的剧痛之中她还大声呼喊:"我不能忍受就这么没了——我就要死了——不,我不可能就这么死掉。"她还是死掉了,终年三十六岁。不过她还是为自己雪耻了。自她入土之后的一百三十年以来,死去的何止千百万人,他们的名字都归于沉寂,而我们却还读着她的信件,听着她的争论,思考着她的试验,特别是那次最有成效的试验——她与葛德文的结合,我们便明白她是在人生的要害之处,以大刀阔斧、热血沸腾的方式开辟着自己的道路。于是我们也明白,她无疑是不朽的:她仍然生机勃勃地活着,她依然在争论着、试验着。我们在活着的人中还能听到她的声音,看到她的影响。

四 多萝西·华兹华斯[①]

玛丽·沃斯通克拉夫特和多萝西·华兹华斯是两个截然不同的人,她们却曾一个跟着另一个的脚步,一前一后外出旅行。一七九五年,玛丽带着她的孩子在易北河上的阿尔托纳住过一段时间;三年后,多萝西和她的哥哥,还有柯尔律治[②]到了那里。她们两人都写了游记,见到了同样的风景,但是看风景的眼睛却大不相同。玛丽看到的风景促使她思考一些理论问题,促使她考虑政府的职能、人民的状况,以及她自己灵魂的奥秘。船桨拍打着浪花,激发了她这样追问:"生命!你到底是什么?这一口气会到什么地方去呢?这样活着的我,要与什么元素融合,才能吸收并焕发出崭新的能量?"有时,她甚至忘记看落日,反而盯着沃尔佐根男爵不放。多萝西呢,则用精雅细腻的语言,把眼前

---

① 多萝西·华兹华斯(1771—1855),英国作家、诗人,浪漫主义诗人威廉·华兹华斯的妹妹。
② 柯尔律治(1772—1834),英国浪漫主义诗人。1795年与威廉·华兹华斯相遇并结成好友,三年后两人联合出版《抒情歌谣集》。

的景象原原本本地记录了下来:"从阿尔托纳到汉堡之间的散步非常愉快。一大片栽满树木的土地上,一条碎石小路从中穿过……易北河对岸看上去却是一片沼泽。"多萝西从来不会去咒骂"专制主义的铁蹄";她从不去问一些商品进口或者出口那种"男人的问题";她也不会把自己的灵魂与天空搅在一起。"这样活着的我"完全从属于那些花草树木。如果让她把"我"及其是非对错、激情与苦难插到她和万物之间,那么她就要称月亮为"夜的女王",把黎明叫作"灿烂之光",她就会飞升到无尽的狂想与梦幻之中,忘记去找美妙合适的字眼来描绘月光在湖面泛起的涟漪。这就像是"水中的鲱鱼"——如果她一直想着自己,那就无暇去写它们了。因此,当玛丽一次次撞上南墙,高喊着"这颗心中一定有某种永生不灭的东西——人生绝不是幻梦一场"时,多萝西却在阿尔富克斯登不慌不忙地记录着春天的脚步:"野李树已经盛开,山楂树发了绿芽,公园里的落叶松也由黑变绿,这只是两三天的光景。"第二天,也就是一七九八年四月十四日,"晚上风雨大作,于是我们静静待在屋内,收到了《玛丽·沃斯通克拉夫特传》等书"。又过了一天,他们在乡绅的庄园内散步,注意到"大自然在尽力装点着被人力损毁的一切,废墟、隐士的居所,等等,等等"。这一次根本就没有提到玛丽·沃斯通克拉夫特,似乎她的人生,她那狂风暴雨般激荡的人生被一个"等等"就轻而易举地打发掉了。可是下面的话却好像是不经意间做出的评论:"很高兴我们不用按照我们的喜好去改造高山,去开辟峡谷。"不,我们不能去改造,我们也不能去反抗,我们能做的只有接受自然,努力地理解自然的讯息。日记就这样一页一页地写下去。

匆匆春归,盈盈夏至,转眼迎来金秋,随后便是寂寂冬日,接着野李树又要盛开,山楂树又要发绿芽,大地再次回春。现在是北英格兰的春天,多萝西和哥哥一起住在格拉斯米尔山间的一幢小木屋内。年轻时候的艰难时光和痛苦分离已经成为过去,他们如今终于一起住在属于自己的家中。如今,他们完全不受外界的干扰,全身心地投入到大自然的怀抱中,日复一日地与自然对话,了解大自然的心声。他们终于有了足够的钱财,使他们得以相伴为生,不再为赚钱而烦恼。而且,也没有家庭的责任与职业的任务使他们分心。多萝西可以一整天都在山间漫步,一整夜与柯尔律治坐在屋里畅谈,再没有姨妈来责备她没有个女孩的样子了。从日出到日落,时间全是他们的,他们根据季节的变化调整作息时间。如果天气好呢,那就没必要待在屋里;如果雨水缠绵呢,那就没必要起床。想几点睡觉就几点睡觉,想什么时候吃饭就什么时候吃饭——如果杜鹃在山间啼鸣,而威廉却想不到确切的词来描述它的鸣叫,那就让晚饭放凉好了。星期天与平常的日子没有区别。习俗啦、传统啦,一切都从属于那倾情投入的、严格要求的、疲惫不堪的重要任务,那就是到自然的怀抱中生活、为大自然谱写诗篇。这还真是令人疲惫不堪呢。为了找到心仪的词,威廉真是绞尽脑汁,想到头疼。他为了斟酌一首诗歌会反复推敲,后来多萝西都不敢再提什么修改意见了。她偶尔说出的一个词,只要被他记在心里,那他的心情就再也不能平静。他下楼来吃早餐,"衣领的扣子也没扣,马甲也敞开着"就坐在桌前,构思多萝西所提议的一首关于蝴蝶的诗歌。他写着写着都忘记了吃饭,接着他还要一遍遍地修改润色,直到累得筋疲力尽。

说来真是奇怪,这些日记竟能为我们呈现如此生动的画面,而它不过是随意记下的只言片语罢了,任何一位性情沉静的女士,都能够把季节变换中花园里的花谢花开、哥哥的喜怒哀乐记录下来啊。在一个雨天之后,天气温暖和煦,她记述在田野中碰到了一头牛:"那牛看着我,我也看着牛,只要我稍微一动,它就停止吃草。"她还遇到过一位拄着两根棍子的老者——她一天到晚也就是遇到一头吃草的牛,一位走路的老者,再没看到其他什么不同寻常的事物。而她写作的动机也是再寻常不过了——"因为我不想跟我自己过不去,再说威廉回家之后看到这些会很开心。"可是随着时光的推移,这份看似简单质朴的札记便显出了与其他札记之间的不同之处。渐渐地,这些简单的文字在我们的脑海中展现出一幅宏阔美好的风景画卷;渐渐地,这些质朴的记述与它们所描绘的事物紧密而清晰地联系在一起,只要我们按照字里行间指出的方向看过去,那么她曾看到的美景便丝毫不差地落入我们的眼帘。"月光照在山间,像雪一样洁净。""空气如此静谧,湖水呈现出明亮的灰蓝色,远山如黛。水湾中的波浪冲向低洼处那昏暗暗的水滨。羊群无声地歇息。一切都那么安静。""并不是瀑布之上还有瀑布,那只是水流在空气中的回声,那声音仿佛从天而降。"尽管她的记述非常简短,但依然蕴含着无尽的力量,那力量不是来自博物学者的精确,而是来自诗人的天赋。那种力量只需把最为简单的事实加以组合排列,然后晕染润色、赋光点彩,便能把全景画面生动地勾勒出来:宁静的湖水、壮丽的山峦。她并不是一般意义上的专注于写景的作家。她最关心的是真实——优雅和对称都必须要依附于真实。要追求真实,否则在微风拂过湖面时,如果对看到的景象稍有矫饰虚夸,就会损坏那激发美景之精神。这种精神激励着她,催促着她,使她的才能得以淋漓尽致地发挥。每一种景象,每一种声音,都令她的心为之触动,于是她就一路追寻着这种感觉,直到找到最合适的词表达出来。尽管这些词都是那么质朴无华,或者她把这种感觉凝练为一种意象,即使有些笨拙。大自然是个严格的女监工:幻影一般遥远浩渺的轮廓要勾勒,而小巧微末、平凡无奇的细节也要毫发毕现地加以描绘。面对梦境般微微颤动的壮丽远山,她必须原原本本、丝毫不差地记下这样的文字:"羊群背上那银光闪耀的朦胧轮廓",或者记下"远处在阳光下飞翔的乌鸦变成了闪闪的银色,当它们飞向更遥远的地方时,就像是在绿色田野上滑过的优美波纹"。她的观察力经过了长期的训练,而且一直在不断运用,因此已经极为纯熟和精准。在散步了一天之后,她心灵的眼睛里已经储存了数不胜数的奇闻异景,待闲暇时便将其分类拣选。在丹巴顿城堡外,羊群与士兵交融在一起的画面多么奇特啊!不知为什么羊群看着像平日一般大小,而士兵却好像小木偶一样;羊群的动作是那么自然,而且毫无畏惧,可是士兵们的一举一动却显得焦躁不安,茫然无措——这简直太奇特了。有时候,她躺在床上望着天花板,觉得那涂过油漆的屋梁"发着幽幽的光芒,好像阳光里被冰封住的乌黑岩石"。是的,它们——

> 相互交错,精细美妙,那样子不由得使我想到我曾见过的一棵巨大的山毛榉树,枝蔓纵横,浓荫如盖,但却被风雨侵蚀……这天花板使我恍惚觉得自己是在一个地下洞穴或者寺庙中,屋顶的潮气凝结成水滴,月光曲曲折折流泻在屋内,色调宛如融散的宝石一般。我躺着仰望,直到炉火渐渐熄灭……一夜几难成眠。

确实如此,她几乎就没有合眼。那双眼睛总是不停地看啊看,不仅是受永不枯竭的好奇心的驱使,更是由于心存敬畏,似乎万物之下隐藏着某些至关重要的秘密。有时因为她在努力控制内心过于强烈和丰盈的情感,笔下难免吞吞吐吐,正如德·昆西①所说的,她说话时激情与羞怯在心中相互撞击,会使得她略显口吃。不过她还是控制住了自己。她的天性情感丰富,容易冲动,她有种"狂热而受到惊吓的"眼神,这强烈的感情折磨着她,几乎要把她俘虏,因此她必须抑制住,必须抑制自己,否则她便无法完成使命——她便不能再看啊看了。不过如果一个人能克制自己,能驯服内心隐秘的激情,那么大自然便会以最美妙最极致的满足作为回馈和奖赏。"雷德尔的景色格外美丽,树枝像光亮的钢铁长矛般交错映衬着蔚蓝的天空……看到这样的景致便感觉心有所归,一片宁静。我原来是多么忧郁啊。"她这样写道。这难道不是因为柯尔律治曾翻山越岭,深夜叩响茅舍的小门吗?难道不是因为她曾把柯尔律治的信件紧紧藏在怀中吗?

就这样奉献给大自然,又得到大自然的馈赠。随着辛勤而清苦的岁月流逝,大自然与多萝西之间似乎生发出一种水乳交融的和谐关系——这种关系不是冰冷的、木讷的、没有人情味的,因为它的核心之处还燃烧着对"亲爱之人"的强烈爱意,那个人就是她哥哥。实际上她哥哥是这种和谐关系的中心和源泉。威廉、大自然和多萝西,他们难道不是同一的存在吗?无论室内还是户外,他们难道不是三位一体——独立自主、自给自足、富有主见吗?他们在室内静静闲坐时——

> 大约是十点钟吧,夜晚寂静无声。火光摇曳,钟声嘀嗒。耳中所听之声唯有我至爱之人的轻声呼吸。他时不时

---

① 德·昆西(1785—1859),英国散文家,文学批评家。

挪动书本,翻过一页。

转眼到了四月,他们带上旧斗篷,一起躺在外面的约翰树林中——

  威廉听得到我的呼吸声,还有我的衣服时不时发出的窸窣声响,但是我们只是静静地躺着,并不去看对方。他认为如果能像这样躺在坟墓里,耳畔只听到大地宁静的声音,知道亲爱的朋友近在咫尺,那是多么美好的事情啊。湖水平静,一只小船在湖面漂荡。

这是一种奇异的爱,无声但深沉,就好像这对兄妹一起长大,无话不谈,心意相通,真的说不清是谁在感受,是谁在讲话,是谁看到了水仙花,是谁在遥望沉睡的城市。唯一的不同之处是,多萝西用平实的散文存储情感,而后威廉走来沉浸其中,并把这些情感转换成诗歌。但是两个人互为依存,缺一不可。他们必须感受,必须思考,必须形影相随。这时他们正是如此:一起在山坡上躺上一会儿,然后起身回家,一起泡茶。多萝西会给柯尔律治写信,然后他们一起种一些红花菜豆,之后威廉忙着写他的《采水蛭者》,多萝西则为他抄写诗稿。既心醉神迷,又有所克制;既自由无拘,又井然有序——日记朴实隽永,既描绘了山间令人沉醉的迷人风光,又娓娓记叙了烤面包、熨衣服,以及在小木屋中为威廉送晚饭这样的家常小景。

穿过小木屋的后花园一直延伸到荒野之中,而大门却临近大路。从多萝西的闺房向外看去,她可以看到门前过往的所有行人——个子高大的女乞丐,背上好像背着她的孩子;一个老兵;一驾华贵的四轮马车,里面坐着旅行中的贵妇们,正在好奇地向大门张望。对那些有钱有势的人们,她都一扫而过——她对他们并没多大兴趣,就像参观大教堂、画廊和大城市一样轻轻略过。但是若在门口遇到一个乞丐,她却会叫他进屋来,关切地问他一些问题。他是哪里人啦?他见过些什么啦?他有几个孩子啦?她对穷人的生活刨根问底,似乎他们的内心深处也像大山一样隐藏着什么秘密。一个流浪汉在她的厨房中一边烤火,一边嚼着冷肉,这场景在她看来就像夜空中的星星一样,值得细细观察。她非常清晰地注意到他那破旧的外套"缝着三块喇叭花形的深蓝色补丁,而那里原本是三个扣子",他那半个月都没刮的胡子就好像"灰色的长毛绒"。当这些人信口讲起他们的故事来,比如海上远航、强征入伍,还有格兰比侯爵什么的,她总能捕捉到一句动人的话,即使将故事遗忘,这句话依然留在脑海。比如说:"什么,你要往西边走吗?""没错,处女童男到了天堂肯定大有出息。""在那些英年早逝的人的坟墓旁走过,她肯定会被绊倒的嘛。"穷人也有自己的诗歌,就像大山有自己的诗歌一样。不过只有走到户外,走到路上,走到旷野中,她的想象力才能无拘无束地发挥,在小木屋的闺房里可不行。她最幸福的时刻就是伴着一匹慢腾腾的马,在苏格兰湿漉漉的道路上缓步前行,既不知道哪里能够歇息,也不知道哪里能吃上晚饭。她只知道前方一定有某种景致,比如,某片值得详细记录的树林,某道值得细细探究的瀑布。他们一个小时又一个小时地徒步前行,大部分时间都沉默不语。只有柯尔律治——这次出游他也参加了——会突然大声地讨论起"宏伟""庄严"和"隆重"等词的真正含义来。他们不得不徒步跋涉,是因为拉车的马把马车翻到了堤岸下面,他们只能用小绳子和小手帕来修补马具。他们也饿了,因为华兹华斯把鸡肉和面包都掉到了湖里,他们现在没有别的东西可吃。他们不熟悉路线,也不知道哪里能找到栖身之处——他们只知道前面有道瀑布。最后柯尔律治受不了了,他有风湿病,爱尔兰式的双轮马车根本不足以为他遮风挡雨。他那两个伙伴又都沉默不语,静静想着各自的心事。于是他离他们而去。可是威廉和多萝西继续往前走着。他们自己的模样也像是流浪汉了:多萝西的脸颊像吉普赛人一样红彤彤的,衣服也破破烂烂。她步伐急促、动作笨拙,但她却不知疲倦,依旧目光炯炯,不错过一切值得观察的东西。他们终于到了瀑布那里,多萝西的全部身心都投入到瀑布上去。她以冒险家的激情、博物学家的精细和爱人的狂喜来探索瀑布的特点,记录瀑布的模样,辨别瀑布的与众不同之处。最后她终于占有了它——她将它永久地存储于心灵之中了。它成为一种"内心图景",她随时都可以无比清晰、无比生动地将它从记忆中提取出来。多年之后,当她老了,记忆衰退了,它依然会袭上心头。袭上心头的图景经过了提炼和升华,已经与她过去最幸福的记忆交融在一起——那些记忆是关于瑞思多恩,关于阿尔富克斯登,关于柯尔律治朗读《克丽丝特贝尔》,关于她亲爱的哥哥威廉。它带给她的感觉无人可以给予,也是人际关系无法提供的——那就是慰藉与宁静。那个时候,如果玛丽·沃斯通克拉夫特激情的呐喊传到她的耳畔——"这颗心中一定有某种永生不灭的东西——人生绝不是幻梦一场!"——那么她的回应一定是非常明确的。她的回答再简单不过了,"看看四周的一切,就会觉得我们是幸福的"。

刘春芳 译

威廉·赫兹利特

如果我们遇上赫兹利特,按他自己的原则,"我们几乎不可能憎恨我们了解的任何人"①,我们无疑会喜欢他。但是,至今赫兹利特已去世一百年了,而且,他的著作仍然那么强烈地引起个人的和智力上的厌恶感,我们对他要了解到什么程度才足以克服这些情绪,也许是个问题。因为赫兹利特——这是他的主要优点之一——不是那种没有一定立场观点的作家,他们迷惑地拖着脚离去,由于自己的微不足道而消失。他的散文,确是文如其人。他毫无保留,也毫无羞耻心。他有什么想法,都如实告诉我们,他有什么感受都如实告诉我们——这种信任并不那么诱惑人。如同所有的人一样,他极强烈地意识到自己的存在,既然每一天他都要经受由憎恨或妒忌引起的痛苦,由愤怒或欢乐引起的激动,我们读他的著作久了,必然会接触到一个非常奇特的性格——脾气不好然而品格高尚;卑鄙然而高贵;极为自负然而受到对人类的权利和自由最真诚的热爱的鼓舞。

那散文的面纱,像赫兹利特戴的面纱那样薄,不久,他的面目就出现在我们面前。我们看见他跟柯尔律治看见他的时候一

---

① 《远处的景物何以讨人喜欢》,《席间闲谈》第 2 卷第 155 页。

样,"眉毛下垂,像沉思的鞋子,怪里怪气"①。他拖着脚走进屋里,不正面瞧人一眼,他跟鱼鳍握手;偶尔从他的角落投出一瞥恶意的眼光。"他的态度百分之九十九怪得让人厌恶。"②柯尔律治说道。然而,有时他的脸因智力的美而容光焕发,他的态度因同情和理解而熠熠生辉。我们继续读下去时,不久我们也熟悉了他的种种怨恨和愤懑。我们推断,他多半住在旅店。没有女人的身影光顾他的餐桌。他跟他的老朋友都吵过架,也许除了兰姆。然而,他唯一的缺点是,他坚持他的原则,"没有成为政府的工具"③。他受到恶意骚扰——《布莱克伍德杂志》的评论家们称他为"长粉刺的赫兹利特"④,尽管他的脸像雪花石膏一样苍白。然而,这些谎言竟刊登出来,于是他不敢去看望他的朋友,因为男仆看过那份报纸,女仆在他背后哧哧地笑。他有——谁也不能否认——最好的头脑,他不容置辩地写出了当时最好的散文体。可是,这对对付女人有什么用处?美女都不尊重学者,女仆也不——于是满腹怨气的怒吼,鸣冤叫屈,不断穿透出来,让人心烦、生气;然而,他有些那么独立的、微妙的、美好的和热诚的东西——当他能够忘记自己时,他便沉迷于对其他事物的热烈的思考——那种厌恶感破灭之后,便转向温暖得多,也更复杂的东西。赫兹利特是正确的:

> 我们惧怕、憎恨的仅仅是假面;人可能有些人性的东西!简言之,我们对人们从远处观察,或根据部分表象,或凭猜测所持的概念,是简单的,未复合的看法,与现实中任

---

① ② 致汤姆·韦奇伍德,《塞缪尔·泰勒·柯尔律治未出版的书信集》第 1 卷第 126 封。
③ 《天才是否意识到它的力量》,《直言不讳者》第 1 卷第 291 页。
④ 《威廉·赫兹利特回忆录》第 2 卷第 26 页。

何事物都不相符;我们得自经验的看法,是混合型,是唯一真实的,一般来说,大家最赞同的看法。①

的确,读过赫兹利特的作品,谁也不能对他持简单的、未复合的看法。本来,他就是双重头脑的人——那种几乎在同等程度上爱好两种完全相反的职业的分离的天性。他最初的冲动,不是写散文,而是绘画和哲学,这很有意思。在画家的遥远的无声的艺术中有什么东西,为他痛苦的精神提供庇护。他羡慕地注意到画家的晚年是多么幸福——"直到临终他们的头脑还保持活跃"②;他渴望地转向这一职业,因为它把人们带到户外,带到田野和树林里,它调配鲜艳的颜料,以实在的画笔和画布作工具,而不仅仅是黑墨水和白纸。然而,在这同时,他被对抽象的好奇心抓住,不让他安于对具体的美的思考。他十四岁时,听到他父亲,善良的唯一神教派的牧师,和会众一位老太太从集会出来,一边就宗教宽容的限度进行辩论,他接着说道,"正是这一事实决定了我未来生活的命运",因此,他开始"在我的头脑里形成……如下的政治权利和法学的体系"。他希望"弄清楚事物的原因"③。从此以后,这两种理想就发生冲突。作为思想家,要按最平易、最准确的说法表达"事物的原因",而作为画家,则欣喜地欣赏着蓝蓝红红的景色,呼吸着新鲜空气,沉迷于声色,生活于激情之中——这是两种不同的,也许是不相容的理想;然而像赫兹利特的种种激情一样,都很顽强,都要争控制权。他时而屈从于这一理想,时而屈从于另一理想。他到巴黎花了

---

① 《远处的景物何以讨人喜欢》,《席间闲谈》第2卷第157页。
② 《论管理生活》,《故威廉·赫兹利特遗稿》散文第11篇。
③ 《回忆录》第1卷第25页。

几个月在卢浮宫临摹画。回家后,就一天又一天辛辛苦苦地画一个戴无边软帽的老太婆的肖像画,想借辛勤的探索发现伦勃朗的天才的秘密;但他缺少什么品质——也许是创造力——末了,一怒之下把画布剪成碎布条,或者绝望地把画布翻过来靠在墙上,同时,他还在写《论人类行为的原理》,他喜欢这本书甚于他的其他作品。因为他写得简明而忠实,没有华而不实的炫耀,毫无讨好或想赚钱的意图,仅仅是为了满足他自己追求真理的迫切愿望。自然,"这部书流产,未出版"[①]。于是他政治上的希望,他对于自由的时代已来临,君主统治的暴政已结束的信心,也终归落空。他的朋友们投向政府,在这个非常需要自我赞同以支持自由、博爱和革命的学说的永远的少数派里,就剩下他来维护了。

因此,他是一个爱好不一致、壮志受挫的人;一个,即使在早年,幸福已成为往事的人。他心里很早就印上而且永远带着最初印象的印记。他心情最愉快时,他不是期盼而是回顾——他儿时游玩的花园,希罗普郡的青山,以及当年他所看到的一切景色,那时他还怀着希望,他周围一片祥和,他从他的画或他的书上抬起头来,看看田野和树林,仿佛它们是他内心宁静的外部表现。由于回顾他当时读过的书,他才提到——卢梭、伯克和《朱尼厄斯书信集》。他们给他朝气勃勃的想象留下的印象永不磨灭,也几乎未被覆盖;因为青年时期结束之后,他不再为消遣阅读,而青年时期和青年时期的纯洁的狂喜很快成为往事。

假定他易于受异性的魅力诱惑,他自然结了婚;假定他意识到自己的"畸形注定要受嘲笑",他的婚姻自然不幸福。他在兰

[①] 《回忆录》第1卷第131页。

姆家遇见萨拉·斯托达特小姐时,由于玛丽心不在焉耽误了,她凭常识找到水壶,烧了水,讨好他。但她毫无做家务事的才能。她的微薄收入不足以应付结婚生活的负担,不久,赫兹利特发觉,他得让新闻记者转向,在适当的时刻写适当篇幅的评论政治、戏剧、绘画、书籍的文章,而不是写八页用八年。不久,在弥尔顿曾经住过的约克街那栋老房子的壁炉台上就潦草地写满了用于写散文的一些想法。那种习惯就是这样,那栋房子不是整洁的房子,温馨和舒适都不能为其杂乱无章辩解。人们发现赫兹利特家在下午两点才吃早餐,火炉里没有生火,没有窗帘。赫兹利特太太,一个勇敢的步行者,头脑清醒的女人,对她的丈夫没有抱幻想。他对她不忠实,她以可敬佩的常识面对这一事实。但是,"他说,我总是轻视他和他的才能,"[①]她在日记中写道,这样运用常识就太过分了。这桩平淡的婚姻一瘸一拐地到此结束。萨拉·赫兹利特摆脱了家庭和丈夫的累赘之后,拉上她的靴子,便动身作穿越苏格兰的徒步旅行。而赫兹利特,由于不能超脱或享受,便来往于旅店之间,忍受着屈辱和幻灭的痛苦,但是,当他一杯又一杯喝着很浓的茶,向旅店老板的女儿求爱时,他写的那些散文,当然是我们所有的最最好的散文之一。

认为那些散文并不完全是最好的——因为它们不像蒙田或兰姆的散文那样萦回脑际,完整地留在记忆里——也是对的。他很少达到这些伟大作家那样完美或统一。也许正是这些散文的性质需要统一和跟本身和谐的一心一意。那儿发出一点噪声就引起整个作品震颤。蒙田、兰姆,甚至艾迪生的散文具有出自镇静的含蓄,因为,尽管他们都很随便,他们决不会把他们想隐

[①] 赫兹利特夫人的日记,《回忆录》第2卷第40页。

藏的东西告诉我们。但是,在赫兹利特就不同了。即使在他的最好的散文里也总有一些不一致、不谐调的东西,仿佛有两个头脑在工作,如果它们不暂时结合,就一事无成。首先,有一个爱探究的男孩的头脑,他想弄清事物的原因——思想家的头脑。多半让思想家选择主题,它选择抽象的思想,如妒忌、自负、理智与感情。他劲头十足地独立地论述这些思想。探索它的分支,攀登它的小径,仿佛它是山路,攀登既吃力,又令人鼓舞。和这种运动似的行进比较,兰姆的行进就像蜻蜓飞翔,任性地在花丛中飞来飞去,不谐调地一会在这儿的谷仓上停一停,一会在那儿的手推车上停一停。不过,赫兹利特的作品的每个句子都带着我们前进。他一直记着他的目的,如不出现意外,他总是用交谈的散文体迈开大步向目的奔去;如他指出,用这种文体要比用"华而不实的文体"①难得多。

　　思想家赫兹利特是一个可佩的同伴,可能没有问题。他坚强,无畏;他有明确的想法,而且把他的想法有力而辉煌地讲出来,因为报纸读者是眼睛迟钝那类人,为了使他们看得见,必须使他们眼花目眩。除了思想家赫兹利特,还有画家赫兹利特。那位沉迷于声色、易动感情的人,他鉴赏色彩和笔法,热爱职业拳击赛和步行者萨拉②,对种种情感很敏感,当世界的身体那么坚实那么温暖、命令式地要求把它搂在怀里时,情感便打扰理智,看来,人们用智力越来越精细地解剖事物也往往像白费时间。用了解事物的原因代替能够感受事物则不行。而且,赫兹利特以诗人的激情感受事物。如果有什么东西使他想起往事,

---

① 《快跑,扬,格雷,柯林斯,等等》第2段,《论英国诗人的讲演》。
② 《回忆录》第2卷第7至8章等处。

他的散文里的最抽象的思想,也会突然变得火热,或白热。如果有什么景色激起他的想象,或有什么书把他带回当初读这本书的时刻,他就会放下精细分析的笔,用饱满的画笔漂亮地描绘几句。那些描写一边读《为爱而爱》一边就银壶喝咖啡、一边读《新爱洛绮丝》一边吃冷鸡的著名的片段,大家都熟悉,然而,这些片段往往插入上下关联的文字中,真奇怪,把我们从理智一下转到狂喜,也真猛——我们严肃的思想家扑到我们肩上要求我们同情,也真令人不知所措!正是这种差别和感到两股冲突的力量,搅扰了宁静,导致他有些最优美的散文的不确定性。这些散文最初要给我们一个证明,最后却给我们一幅画,我们正要踏上那"证毕"的坚实的岩石,却看见那岩石变成泥潭,我们陷入深及膝部的泥、水和花之中。"一张张像报春花那样苍白的脸,风信子般的头发"[1]映入我们的眼帘;图德莱的树林的声音附着我们的耳朵悄悄诉说。接着,突然把我们召回,这位严肃的、强壮的、嘲讽的思想家又领着我们,去分析、解剖、谴责。

因此,如果我们把赫兹利特和跟他同行的其他大师作比较,就容易看出他的局限所在。他的范围狭窄,他的同情即使强烈但不多。他不像蒙田那样敞开大门接纳一切经验,蒙田什么也不拒绝,容忍一切,嘲讽而超脱地瞧着心灵的游戏。相反,他的头脑以自负的顽固坚决禁闭最初的印象,把它们僵化为不可改变的信念。也不像兰姆那样戏弄他的朋友的形象,在想象和幻想的异想天开的奔放中重新创造他们。他的人物,看起来也有那种很快斜着看一眼的充满精明而怀疑的目光,像他看人一样。他不利用散文家可以随意挥洒的自由,绕着圈子漫谈。他的自

---

[1] 《论过去和未来》,《席间闲谈》第2卷第6至7页。

负,他的信念,把他束缚于一时、一地、一种存在。我们决不会忘记,这是十九世纪初的英格兰;的确,我们感到自己在南安普敦的房屋里,或在俯瞰丘陵、朝向温特斯洛的公路的旅店客厅里。他具有能让我们跟他处于同一时代的非凡力量。不过,当我们继续阅读那些他倾注那么多精力却很少对他工作的爱的多卷集时,拿他和其他散文家所作的比较消失了。看来,这些散文不是自成一体,而像从某一本更大的书上摘取的片段——对人类行为的原因,或对人类的机构的性质作一些探索。仅仅出于偶然,才使它们中断,仅仅为了迎合读者的兴趣,才用华丽的形象和鲜明的色彩装点它们。这一句话,经常以这一形式或另一形式出现,而且表明,如果他有空他会按照这种结构写——"这里,我试图更详尽地探讨这一问题,然后举出我所想到的关于这个问题的种种实例和例证"①——但决不可能出现在《伊利亚散文集》或《罗杰·德·柯弗莱》里。他爱好在人类心理的奇妙的深处当中探索,追究事物的原因。他擅长搜寻出隐藏在普通谚语或激情后面的模糊的原因,而且他的头脑的抽屉里储备了充足的实例和论据。当他说他苦思苦想二十年、痛苦不堪时,我们能够相信他的话。当他叫道:"仅仅一天的思考,或阅读,就有那么多想法和一系列一系列的深远而强烈的意见掠过脑际!"②他是谈到他从经验知道的东西。信念是他维持生命的血液;种种看法已在他心里像钟乳石一样一年年一滴滴形成。他在多次独自散步时已把它们磨尖;嘲讽地留心观察的他,在南安普敦旅店坐在他的角落里吃很晚的晚餐时已经把它们在一次又一次的辩论中检验过。不过没有改动过。他自己拿主意,而且主意已定。

---

①② 《论天才和常识》,《席间闲谈》第 1 卷第 26 页。

因此,那抽象的思想无论多么陈腐——《热和冷》,或《妒忌》,或《论生活管理》,或《生动的东西和理想的东西》①——他还是有实在的东西可写。他从不让他的头脑松懈,也不依靠他那措辞生动的杰出的才能让他在一片浅薄的思想上漂浮。从他凶狠而且轻蔑地抨击他的工作看来,很清楚,他不想干,靠喝浓茶,全凭毅力,才使他专心致力于这一苦活,即使在这时,我们仍然发现他尖刻,好探索,敏锐。他的散文有骚动和烦恼、轻快和冲突,仿佛正是他那些才能的对立,使他保持紧张。他总是在恨,在爱,在思考,在痛苦。他决不会跟权威妥协,也不会听从舆论放弃自己的特色。经过这样的摩擦与激励,他的散文达到特别高的水平。它们的鲜明的意象虽华丽,往往枯燥,它们的节奏始终如一的力量显得单调——因为赫兹利特过于盲目相信他自己的名言:"平庸,乏味,缺少个性,是最大的缺点"②,不能成为一个随和的作家,可以一气读很久——没有一篇散文没有它的思想压力,它的深入洞察,它的洞察的时刻。他的作品充满警句,妙语,独立性和独创性。"人生值得记住的东西,只有其中的诗意。"③"要是人们知道真相,最讨厌的人也会成为最可亲的人。"④"即使你跟那所著名大学的学生或院长们待上一年,也不如在伦敦到牛津的驿车车外座上听到的有教益的话多。"⑤我们常常被这些我们愿意留待以后审查的警句拽住。

除了赫兹利特的几卷散文集,还有赫兹利特的几卷评论集。

---

① 《热和冷》和《妒忌》,见《直言不讳者》;《论生活管理》,见《遗稿》;《生动的东西和理想的东西》,见《席间闲谈》。
② 《论天才和常识》,《席间闲谈》第 1 卷第 57 页。
③ 《论英国诗人的讲演》第 3 页。
④ 出处不详。
⑤ 《论学者的无知》,《席间闲谈》第 1 卷第 93 页。

赫兹利特以这样那样的方式,作为讲演人或评论人,涉及大部分英国文学,发表了他对大多数名著的看法。他的评论有敏捷、大胆之处,即使存在松散与粗糙之嫌,这是由于写作的环境所致。他必须涉及很广的范围,向听众而不是读者阐明他的观点,他仅来得及指一指那片风景中最高的塔、最明亮的顶峰。不过,即使在他最马虎的书评里,我们也发觉那种能抓住要点,指出主要轮廓的能力,这是有学识的评论家往往失去而胆怯的评论家绝对学不到的。他是那种少有的评论家,他们想得太多,以致不阅读也行。赫兹利特只读过多恩的一首诗;他发觉莎士比亚的十四行诗难以理解;他三十岁以后,从不把一本书读完;他终于完全不喜欢阅读,这些都无关紧要。他读过的东西,他是热情地阅读的。既然在他看来,"反映一部作品的色彩、光和阴影、灵魂和肉体"①是一个评论家的责任,口味、爱好、欣赏,远比分析的精微和冗长广泛的研究重要。传达他自己的热情,是他的目的。首先,他大笔一挥直接刻画出一个作者的形象,拿它和另一个作者的形象对比,然后,豪放无拘地运用意象和色彩,把那本书留在他心里发着微光的幽灵造成明亮的幽灵。这首诗是用热情洋溢的句子再创作的——"它散发出浓郁香精的芬芳,像天才的气息;一朵金色的云包着它;给它裹上一层诗的语言的蜜酱,像报春花的糖衣"②。不过,既然赫兹利特心里的分析家从来离表面不远,这位画家,由于紧张地意识到文学中坚实的经久的东西,意识到一本书的意义,应当把它摆在什么位置,他的意象受到阻止,这种意识塑造他的热情,给以角度和轮廓。他挑拣出作

---

① 《论评论》,《席间闲谈》第 2 卷第 60 页。
② 《论英国诗人的讲演》第 232 页。

者的独特品质,并着力突出它的特色。例如乔叟的"深刻的内在的持久的感情"①;"克雷布是尝试写悲剧的'静物',并获得成功的唯一的诗人"②。他对司各特的评论没有软弱无力或仅仅是装饰的评语——理智和热情紧密相连。这种评论如果是最终的反面,如果是引导的启发的,而不是最后结论性的,应该为这位推动读者旅行,用一个句子把他发射出去,让他独自去历险的评论家说几句。如果有人读伯克需要激励,还有什么比"伯克的文体像闪电,发叉,游动,像蛇,有顶饰"③更有效? 再说,要是一个人战战兢兢站在一本蒙着灰尘的大开本著作的陡岸边,下面这一段就足以把他投入中流:

> 躺在古人的智慧上休息;除了老在自己眼前的自己的大名之外,把一个伟大的名字摆在手边;离开自我进入迦勒底人、希伯来人与埃及人的人物中;有棕榈树在页边的空白处神秘地摆动,远在三千年前,骆驼慢慢地走着,这真是让人心旷神怡。我们在干旱的学识的沙漠里恢复体力和耐性,还增加一种陌生的难以满足的对智识的渴望。那儿也有倾圮的古代纪念碑,被掩埋的城市(下面藏着蝰蛇)的残余,清凉的泉水,阳光照耀的草地,旋风,狮子的吼声和天使的翅膀的阴影。④

不用说,这不是评论。这是坐在扶手椅里瞧着炉火,一边把在一本书里看到的东西构成一个又一个形象。这是情人的爱和过分

---

① 《论乔叟和斯宾塞》,《论英国诗人的讲演》第 57 页。
② 《论汤姆森和考珀》,《论英国诗人的讲演》第 192 至 193 页。
③ 《论阅读古籍》,《直言不讳者》第 2 卷第 80 页。
④ 《论古代英国作家和讲演人》,《直言不讳者》第 2 卷第 292 至 293 页。

亲昵。这正是赫兹利特。

不过,赫兹利特可能不存活于他的讲演,也不存活于他的游记,也不存活于他的《拿破仑传》,也不存活于他的《诺思科特的对话》,尽管它们精力充沛,完整,充满断断续续的阵发性的光辉,由于朦胧出现在天际的一本巨大的未写出的书的形影而变暗。他会活在一卷散文集里,所有那些消散,转向别处的力量都在这里提炼,他的复杂和痛苦的心灵的各部分都汇聚在这里,和睦,友好地相处,相安无事。要达到这种圆满,也许需要一个好天气,或玩一次壁球,或在乡下长途散步。赫兹利特写的任何东西,他的身体都帮了大忙。那时,他有了一种强烈的自发的沉湎于梦幻的心情;他飞入帕特莫尔称之为"人们不愿打断的一种那么纯静的平静"①。他的头脑平稳而快速地工作,没有意识到自己在运转;一页页写完的稿子没有一处涂抹。那时他的心思在安乐的狂喜中漫游于书和爱,往事及其美好,现在及其舒适,以及会带来刚出炉的热腾腾的鹧鸪或一份在锅里咝咝响的香肠的未来。

　　我往窗外一望,看见刚下了阵雨:雨后,田野显得一片绿,一朵玫瑰色的云悬在山头上;百合花湿漉漉地展开它的花瓣;穿着它那身可爱的绿白色的衣衫;一个牧童给她的女主人带回几块长着雏菊和草的草皮,为她的云雀铺床,它并非注定要在斑驳的黎明打湿它的翅膀——我的阴云密布的思想散去,愤怒的政治风暴已平息——敝人谨上,布莱克伍德先生——祝你健康,克罗克先生——我还健健康康地活

---

① P. G. 帕特莫尔《我的朋友和相识》第 2 卷第 344 页。

着,托·穆尔先生。①

这时,没有分歧,没有冲突,没有痛苦。不同的才能协调一致地工作。一句接着一句,发出铁匠挥动铁锤砸在铁砧上似的健康的叮当声;字字火红,火花飞溅;它们缓缓地渐渐消失,于是这篇散文结束。如同他的著作有这种受灵感激励而写的片段,他的生活也有过得极痛快的时候。一百年前,他躺在索霍区一个住处,临终时像过去那样好斗地、确信地大叫道:"唉,这辈子我过得很幸福。"②只有读他的著作,才相信这句话。

石永礼 译

---

① 《天才是否意识到它的力量》,《直言不讳者》第1卷第295至296页。
② 《回忆录》第2卷第238页。赫兹利特于1832年9月18日在索霍区弗里思街6号去世,时年52岁。

杰拉尔丁和简

杰拉尔丁·朱斯伯里肯定没有料到此时此刻竟有人为她的小说操心。要是她碰上有人从哪个图书馆的书架上抽出她的小说,她会劝告。"这些书都是胡说八道,亲爱的。"她会说。而且,有人喜欢想象,认为像她那样不负责任不合传统的态度,会对图书馆、文学、爱情、生活,等等,大骂几声:"见鬼!""该死的!"因为杰拉尔丁喜欢咒骂。

杰拉尔丁·朱斯伯里有点怪,这当然是她那种既爱咒骂又亲热、既理智又活跃、既大胆又感情奔放的作风所致:"……一方面,无助而软弱,另一方面,强壮得连岩石也能劈开"[1]——这是她的传记作者艾尔兰夫人的描述;又:"在智力上她是个男子汉,但在内心,她的女人味不下于任何以此自豪的女人。"即使看起来,她身上也似乎有些不谐调,古怪,挑衅的东西。她个子很小然而带点男孩子气,很丑然而有吸引力。衣着讲究,用发网套着那头发红的头发,当她谈话时,吊在耳朵上的那双制成微型鹦鹉形状的耳环摆来摆去。在我们得到的唯一一张她的照片

---

[1] 《杰拉尔丁·恩德索·朱斯伯里致简·韦尔什·卡莱尔书信选》第8页。亚历山大·艾尔兰夫人编。(本文未注明出处的引文,均引自此书。)

里,她坐着看书,半侧着头,那时显得无助、软弱,而不是连岩石也能劈开的样子。

不过,在她坐在照相师桌旁看书之前,她出了什么事,没法说。在她二十九岁之前,关于她我们只知道她生于一八一二年,是商人的女儿,住在曼彻斯特,或附近,此外一无所知。在十九世纪初,一个二十九岁的女人已不再年轻;她有过年轻时期,或已失去。虽然作风不合传统的杰拉尔丁是个例外,但在我们了解她之前那些情况不明的年代里,发生过重大事情,这是不能怀疑的。一个模糊的男性身影在背景里隐约出现——一个不忠实但有魅力的人,曾经教导她,生活是不可靠的,生活是艰难的,生活对于女人来说就是魔鬼。黑黑的一潭经验已经在她后脑里形成,她会在那潭里捞取安慰或对别人的教导。"啊!谈起来太可怕了。我仅仅在离开这极黑的阴暗处那些短暂的休息时讨生活,有两年。"她时常这样叫道。曾经有过这种时候,"像阴沉,平静的十一月份,只有一朵云,但那朵云遮住了整个天空"。她挣扎过,"但挣扎没有用"。她通读过卡德沃思①的著作。在她病倒之前,写过一篇论唯物主义的论文。因为,说来也奇怪,她也超脱,而且爱思考,尽管她为多种情感所折磨。即使在她很悲痛的时候,她也喜欢用关于"物质、精神、生活的本质"的问题让自己苦思苦想。楼上有一个盒子,装满了摘录、摘要和结论。然而,一个女人能得出什么结论?当爱情遗弃了她,她的情人欺骗了她,有什么东西对这个女人有帮助?没有。挣扎没有用;你最好让波浪把你吞没,让那朵云在你头上合拢。因此,她常常手上拿着一件编织的东西,眼睛上罩着绿眼罩,躺在沙发上沉思。因

---

① 拉尔夫·卡德沃思(1617—1688),神学家,剑桥大学柏拉图学说的信奉者。

为她有这样那样的病——眼痛,感冒,无名的疲惫;而且,她在曼彻斯特郊区格林海斯为她弟弟照看房子,那里很潮湿。"一片蔓延的阴冷的潮湿衬托着肮脏,半融化的雪,雾,一片多沼泽的草地"——这是她窗外的景象。她往往不能勉强自己在屋里走动一下。而且,不断受到打扰:有哪位不速之客来吃饭,她不得不马上起来,跑进厨房,自己动手做一只鸡。完事之后,她会戴上绿眼罩,又眯着眼睛看书;因为她很爱看书。她看形而上学的书,看游记,看古书、新书——尤其是卡莱尔先生的很了不起的书。

一八四一年初,她到了伦敦,得到拜访这位大人物的引荐,因为她对他的著作十分钦佩。她会见了卡莱尔夫人。她们准是很快成为密友。过了几个星期,卡莱尔夫人就成了"最亲爱的简"。她们准是什么问题都讨论。她们一定谈过生活、往事、现在,以及在感情上或不在感情上对杰拉尔丁感兴趣的某"几个人"。卡莱尔先生颇有大城市人的风度,才能出众,对生活有很深透的了解,也极鄙视其虚伪,他准是把这个来自曼彻斯特的年轻女人完全迷住了,因为,杰拉尔丁一回到曼彻斯特,立即开始给简写长信,信里回响着,继续着在切恩罗的亲密的谈话。"有个男人,在女人当中获得了更大的成功①,是你希望得到的在举止言谈上最热情而且风雅的情人,他曾经给我说……"她会这样开头。或者她会思考:

> 也许我们女人就是为他们能对这个世界有所贡献而生就的……我们必将继续爱,他们必将继续奋斗,辛苦工作,不久——就恩准我们去死,都一样。我不知道你是否同意

---

① 原文为法文。

这一点,要辩论我也看不见,因为我的眼睛很痛。

对这些看法,可能简多半不同意。简年长十一岁。简不爱对生活的本质进行抽象的思考。简是最刻薄、最实在,头脑最清楚的女人。不过,也许这一点值得注意:随着她丈夫声望的确立,产生了那种旧关系已转移、新关系正在自己形成的不安的感觉。当她最初遇见杰拉尔丁时,便开始觉察到这些妒忌的预兆。杰拉尔丁在切恩罗那些长谈的过程中,无疑得到一定信任,听到一些抱怨,得出一些结论。因为,杰拉尔丁除了是一团感情和敏感,还是个聪明、机智的女人;她独立思考,憎恨她称之为"可敬"的东西,像卡莱尔夫人憎恨她称之为"虚伪"的东西那样深。此外,杰拉尔丁一开始就对卡莱尔夫人有一种最奇怪的感情。她感到"想在某方面属于你的模糊的不明确的渴望"。"你会让我属于你,也这样想到我,会不会?"她一再恳求。"我就像天主教徒想到他们的圣徒那样想到你。"她说道,"……你会笑,但对你我感到太像一个情人,而不像一个女性朋友!"卡莱尔夫人无疑笑了,但她也不能不为这个小女人的爱慕所感动。

因此,一八四三年初,卡莱尔意外地提出,他们应当请杰拉尔丁来小住,对此,卡莱尔夫人像平常那样坦率地考虑一番之后同意了。她考虑到,有一点杰拉尔丁会"很活跃"[1],但是,另一方面,杰拉尔丁太多了又很累人。杰拉尔丁的眼泪热乎乎地滴到你手上;她老看着你;她烦你;她老是感情激动。而且,尽管杰拉尔丁有很出色的好品质,却"天生爱使诡计",这可能使夫妻不和,虽然不是像通常情况那样;而卡莱尔夫人考虑到,她丈夫"有这个习惯",会喜欢她而不喜欢别的女人,"而且他的习惯势

---

[1] 简·韦尔什·卡莱尔《家书》。(下文未注明出处的引文,也出自此书。)

力比热情强得多"。另一方面,她自己不爱动脑筋了;而杰拉尔丁爱谈话,机敏的谈话;既然这个孤独无助地被困于曼彻斯特的年轻女人有种种抱负和爱好,让她到切尔西来也不失为一件好事;于是,她来了。

她二月一日或二日到达,住到三月十一日,星期六。这是一八四三年的事。那栋房子很小,那个仆人也不能干。杰拉尔丁总是待在屋里。她一上午都写信,一下午都在客厅里的沙发上睡大觉。星期天,她穿着低领衣服接待客人。她谈得太多。至于她那出名的才智,"像砍肉的斧头那样锋利,也像那样狭窄"。她谄媚。她哄骗。她不真诚。她调情。她咒骂。没法让她离开。由于恼怒已极,便对她指责起来。卡莱尔夫人几乎不得不把她赶出大门。她们终于分手了。杰拉尔丁上了马车时,泪如泉涌,而卡莱尔夫人的眼睛是干的。她再也看不到她的客人时的确感到非常轻松。然而,当杰拉尔丁坐车走后,她独自一人时并非完全心安理得。她知道,她对自己邀请的客人的态度远非无可指责。她一直"冷淡,发脾气,嘲讽,不顾别人"。首先,她因为把杰拉尔丁当做密友生自己的气。"但愿这后果仅仅是令人厌烦——而不是很严重。"她写道。很清楚,她大发脾气,对杰拉尔丁,也同样对自己发脾气。

杰拉尔丁回到曼彻斯特后,知道出了什么问题。她们俩疏远了,都保持沉默。恶意的流言蜚语传播着,她半信半疑。但是,杰拉尔丁是最不记仇的女人——"她跟人争执时很高尚",卡莱尔夫人自己也承认——而且,即使傻气但伤感,既不自负也不骄傲。首先,她对简的爱是真诚的。不久,为卡莱尔夫人有点生气的评语,她又以"近乎超人的无微不至的关怀和无私",给卡莱尔夫人写信。她担心卡莱尔夫人的健康,并说,她不需要风趣的信,只要告诉关于她的情况的实话,哪怕是乏味的信。因为——可能是其中的一种情况使她作为客人让人受不了——杰拉尔丁在切恩罗住了四个星期之后不能不得出一些结论,要她完全不说出来,不可能。"没有人对你有任何关心,"她写道,"你那份耐性和耐力好得让我厌恶这种美德,你忍耐的后果如何?差点害了你。""对日常生活来说,"她突然叫道,"卡莱尔太伟大。一座狮身人面巨像不能舒舒服服地适应我们客厅生活的安排。"但她毫无办法。"人爱得越深,越感到无能为力。"她说教道。她只能从曼彻斯特看她朋友的五光十色千变万化的生活,并拿它和自己由琐碎事物构成的平淡生活相比;但是,不管怎么样,她不再羡慕简那辉煌的命运,尽管她自己的生活默默无闻。

要不是米迪这家人,她们可能这样漫无目的地冷淡地继续通信——而且"向空间写信,我讨厌透了",杰拉尔丁叫道,"久别之后,人们只给自己写,而不给朋友写"。杰拉尔丁所谓的米迪家和米迪主义,在维多利亚时代有身份的女士的默默无闻的生活中起过很大的作用,即使几乎没有文字记载。这一次,米迪家是两个姑娘,伊丽莎白和朱丽叶,卡莱尔说她们:"俗气,老瞪着眼睛,而且自负,样子呆头呆脑的姑娘。"①敦提的一个校长的女儿,这位可敬的人写过几本关于博物学的论著就死了,留下一个愚蠢的寡妇,很少或没有养家的食物。不知怎的,米迪家不合时宜地,你不妨猜一猜,正好在要吃饭的时候到了切恩罗。但是,这位维多利亚时代的夫人毫不介意——她为了帮助米迪家,

---

① 《简·韦尔什·卡莱尔的书信和备忘录》第1卷第263页,卡莱尔给第60封信作的注释。

不惜给自己带来任何不便。问题马上出现在卡莱尔夫人面前，能为她们做些什么？谁知道哪儿可以安置？谁对有钱人家有影响？杰拉尔丁突然闪过她的心头。杰拉尔丁总希望她能帮上忙。正好可以问一下杰拉尔丁，能不能在曼彻斯特为这姐妹俩找份工作，杰拉尔丁行动之迅速，为她大为增光。她马上"安置"了朱丽叶。不久，她得知另一处安置伊丽莎白的地方。卡莱尔夫人正在怀特岛，她马上为伊丽莎白添置了胸衣、衣裙和衬裙，来到伦敦，带着伊丽莎白穿过伦敦，晚上七点半赶到尤斯顿广场，让她去照顾一位样子慈祥的肥胖老人，盯着把写给杰拉尔丁的信在她的胸衣上别好，才回家，精疲力竭，又很得意，然而，心里老是感到不安，米迪主义的信奉者往往如此。米迪家高兴吗？她们会为她帮忙感谢她吗？几天之后，切恩罗出现了臭虫，不可避免，不管有无理由，这是伊丽莎白的披肩带来的。更糟糕的是，四个月后，伊丽莎白本人来了，因为表明自己"无论干什么，都不合适"，"用白线缝黑围裙"，被温和地责备了几句，便"一头倒在厨房地板上，又踢又嚷"，"其结果，她当然马上被辞退"。伊丽莎白消失了——用白线缝更多的黑围裙去了，又踢又嚷又被辞退——谁知道可怜的伊丽莎白·米迪最终的遭遇如何？她从这个世界上完全消失了，没入妇女宗教团体的黑暗中。不过，朱丽叶还在。杰拉尔丁自己照料朱丽叶。她监管并进忠告。头一家不满意。杰拉尔丁答应另找一家。她到了一位需要女仆的"很顽固的老太太"的客厅。那位很顽固的老太太说，她要朱丽叶给衣领上浆，熨袖口，洗、熨衣裙。朱丽叶丧气了。她叫道，这么多上浆，熨衣服的活，她干不了。虽然夜里已经很晚，杰拉尔丁又去见了那位老太太的女儿。商定衣裙"另找人洗"，只让朱丽叶熨衣领，饰边。杰拉尔丁去跟她自己的女帽商谈好，教她折皱褶,修饰。卡莱尔夫人亲切地给朱丽叶写了信,还寄给她一个包裹。又换了几家,又添了些麻烦,又见了几位老太太,又有几次面谈,这样一直继续到朱丽叶写了一部小说,一位绅士大加赞赏。朱丽叶告诉朱斯伯里小姐,她受到另一位绅士的骚扰,她从教堂回家,他一直跟着她;但她仍然是一个很好的姑娘,人人都夸她,直到一八四九年,这位米迪家最后一人突然杳无音讯,没有举出任何理由。不能怀疑,这掩盖了又一次失败。是那部小说,那位顽固的老太太,那位绅士,那些帽子,那些衬裙,那上浆的活——使她堕落的原因是什么?人们一无所知。"呆头呆脑的人摆脱不了不幸,"卡莱尔写道,"不管怎样帮助,进忠告,注定了要一步步堕入地狱,消失得无影无踪。"[1]卡莱尔夫人尽管尽心尽力,还是不得不承认,米迪主义总是失败。

  不过,米迪主义获得了意外的结果。米迪主义又把简和杰拉尔丁拉到一起。简曾经用许许多多轻蔑的言语嘲笑"这团羽毛绒",拿它让卡莱尔开心,她一贯如此,这时也不能否认她"办这事的热情甚至超过我"。她有绒毛,也有不屈的毅力。因此,在杰拉尔丁把她的第一部小说《佐伊》的稿子寄给卡莱尔夫人之后,她就忙活起来,为她找出版社("因为,"她写道,"当她老了,无亲无故,没有目的,她的处境会怎么样?"),竟获得令人惊奇的结果。查普曼-霍尔出版社马上同意出版这部书,因为,出版社的特约审稿人称,这部书"像铁钳似的把他牢牢抓住"。这部书的出版过程很长。在其进程的每个阶段,都向卡莱尔夫人征求意见。她读过初稿,"简直感到恐惧!那么才气横溢,那么

---

[1]《简·韦尔什·卡莱尔的书信和备忘录》第1卷第263页,卡莱尔给第60封信作的注释。

不顾一切地闯进未知的天地"。不过,她也留下深刻的印象。

> 杰拉尔丁在这里特别显示出她是一个比我过去对她的看法远为深刻、大胆的思考者。这部书里有些最精彩的片段,我相信现在没有一个女人,甚至乔治·桑,能写得出来……不过,这些片段决不能出版——正派不容许。

卡莱尔夫人抱怨道,其中有不正派之处,或者"在宗教方面不够含蓄",这是可敬的社会人士不能容忍的。杰拉尔丁可能同意修改,尽管她承认,她"不适于写这样端正的东西";书重写了,终于一八四五年二月出版。像往常一样,马上引起一片看法对立的喊喊喳喳的议论。有的很热情,其他的感到震惊。"改过自新俱乐部那帮老老少少浪子则为其不正派而发一阵歇斯底里"。出版社有点惊慌;但这一丑闻倒起了促销作用,杰拉尔丁成了一头母狮。

这时,当我们翻阅这三小卷发黄的书时,我们当然想知道,有什么赞同或不赞同的理由,由于什么一时的激怒或赞赏用铅笔作了那个记号,由于什么神秘的情感把现在已变得墨黑的紫罗兰夹在那些写爱情的场面的书页之间。一章一章亲切地,流畅地溜过去。我们在薄雾中看到名叫佐伊的私生姑娘;看到神秘莫测的罗马天主教神父埃弗哈德;看到乡下的城堡;看到躺在天蓝色沙发上的女士们;看到大声朗诵的绅士们;看到用丝线绣心形图样的姑娘们。一场大火。在树林里拥抱,不停的谈话。有异常激动的时刻:那个神父叫道:"但愿我没有出生!"[1]便把教皇要他编辑四世纪神父们的主要著作的译文的信和格廷根大学寄来的装着一根金项链的包裹,一把划拉到抽屉里,因为佐伊

---

[1] 《佐伊》第1卷第220页。

动摇了他的信念。不过,是什么不正派有那么大的刺激性能让改过自新俱乐部的浪子们震惊?是什么才气那么出色能给精明的卡莱尔夫人留下深刻印象?这是无法猜测的。像八十年前的玫瑰那样鲜艳的色彩,已变为暗淡的粉红;种种香味已荡然无存,仅剩下褪色的紫罗兰的一点幽香,一点陈发油味,我们分不出是哪一种。我们叫道,是什么奇迹,几年工夫就能做到!不过,甚至在我们叫的时候,也看到远处也许是那紫罗兰的含意的一点踪影。那种热情,就现代人的说法而论,已衰竭。歇在栖木上的佐伊,克洛西尔德们,埃弗哈德们,已腐朽;但仍然有人与他们同居一室;就是这位不负责任的人,大胆而机敏的女人,即使人们考虑到她受到硬衬布衬裙和胸衣的妨碍;这位荒唐的善感的人,要细说,还病恹恹的,不过,尽管如此,说来奇怪,她还活着。我们时不时听到一句突然厉声说出的话,一个构思微妙的想法。"没有宗教而能行为端正,要好得多!""啊!要是他们真相信他们所讲的道,哪个神父或讲道人,怎么能上床睡觉!""软弱是一种对它不抱希望的唯一的状态。""正当地爱,是人类能做到的最高道德。"她多么憎恨"那些坚实的、貌似正确的男人的理论"![1] 生活是什么?给予我们生活为了什么目的?这种问题,这种信念,仍然在那些在栖木上腐朽的制成标本的人物头脑里掠过。他们已死去,但杰拉尔丁·朱斯伯里还活着,独立,勇敢,荒唐,一页又一页写着,也不停下来修改,而且出版了,讲述她对爱情、道德、宗教及两性关系的看法,也许有谁听得见;嘴上还叼着雪茄。

在《佐伊》出版之前什么时候,卡莱尔夫人就已经把她跟杰拉

---

[1] 《佐伊》第2卷第71至72页;第68页;第3卷第4页;第2卷第261页;第1卷第220页。

尔丁生气的事忘了,或克服了,一则因为,她在扶助米迪家的义举中十分热心;一则因为,杰拉尔丁下了一番功夫,她"几乎被说服,又抱那种幻想,认为她对我有一种奇怪的、热情的……不可思议的吸引力"。不仅吸引她恢复了通信——一八四四年七月,她在利物浦附近的西福思·豪斯又跟杰拉尔丁住在一起,尽管她曾发誓不再见她。没有过多久,卡莱尔夫人关于杰拉尔丁爱她的力量的"幻想",得到证实,不是幻想,而是可怕的事实。一天早上,她们俩发生了小小的争执;杰拉尔丁生了一天闷气,晚上,杰拉尔丁去卡莱尔夫人的卧室闹了一场,"真让我吃惊,这不仅揭露了杰拉尔丁,也揭露了人的本性!一个女人对另一个女人竟那样疯狂,像情人那样妒忌,我从来没有想到过"①。卡莱尔夫人愤怒,痛恨,又轻蔑。卡莱尔夫人把这次吵闹写了一大篇,准备给她丈夫开心。过了几天,她当众申斥杰拉尔丁,说道:"真奇怪,她当着我的面,整个晚上跟'另一个男人'②谈情说爱,她竟期望我对她尊重些!"引起大伙一阵阵大笑。斥责一定很严厉,受羞辱也一定很痛苦。但杰拉尔丁不可救药。一年后,她又生闷气,又发怒,宣称她有权发怒,因为"她比世界上所有其他的人更爱我"③;卡莱尔夫人站起来,说道:"杰拉尔丁,等你的言谈举止像一个有身份的女人……"④说罢离开房间。接着,又一阵哭,又连连道歉,答应改正。

然而,虽然卡莱尔夫人责骂、讥笑,虽然她们疏远了,虽然她们有一个时期停止写信,她们总是再次相聚。很清楚,杰拉尔丁感到简在多方面都比她聪明,更好,更强壮。她依靠简。她需要

---

① 《简·韦尔什·卡莱尔的书信和备忘录》第1卷第143页。
② 同上,第1卷第146页。
③④ 同上,第1卷第163页。

简的帮助,才不致陷入困境;因为简从不陷入困境。尽管简比杰拉尔丁明智、聪明得多,不过有时候,这两个当中傻里傻气、不负责任的那位也当顾问。她问道,为什么把你的时间浪费在补旧衣服上?为什么不干那些能真正运用你的精力的事?她建议她写作。因为,简那么深刻,有远见,杰拉尔丁深信她能写一些会对"尽她们非常复杂的义务和有困难的"妇女有帮助的东西。她对女性负有责任。但是,那位勇敢的女人继续说道,"别向卡莱尔先生寻求同情,别让他给你泼冷水。你必须尊重你自己的工作,和你自己的动机"——简不敢接受杰拉尔丁献给她的新书《异父姊妹》,怕卡莱尔先生反对,如果她听从这一忠告,会干得很出色。这个小女人在某些方面是这两个当中更大胆更独立的一个。

而且,她有一种简所没有的素质,尽管简才能出众——那就是诗的要素,一点思考的想象力。她浏览古书,还把描写阿拉伯的棕榈树、樟树的富于浪漫情调的片段抄下来寄出去,却很不协调地摆在切恩罗的早餐桌上。当然,简的才能正好相反;它是积极、直接和实际的。她的想象力专注于人们。她的书信那无比出色之处,要归功于她那像老鹰扑食似的头脑,一下扑到事实上。什么也逃不过她的注意。她能透过清澈的水,看到水底的石块。她却看不到不可捉摸的东西;她对济慈的诗嗤之以鼻;苏格兰乡村医生的女儿那份狭隘,那份拘谨,还附在她身上。杰拉尔丁虽然远没有那么盛气凌人,有时心胸更开扩。

这种意气相投和反感用一种能保持永久的有伸缩性的纽带把这两个女人绑在一起。维系她们的纽带无论伸展多长,都不会断。简知道杰拉尔丁有多傻;杰拉尔丁领教过简的责骂有多厉害。她们学会了相互容忍。自然,她们又争吵起来;但现在她们的争吵有所不同；那是必然会和好的争吵。一八五四年，杰拉尔丁的弟弟结婚之后，她搬到伦敦，按卡莱尔夫人自己的心意，要搬到卡莱尔夫人附近。一八四三年，决不会再成为她的朋友的这个女人，现在是世界上她最亲密的朋友。她要住在两条街远的地方；也许两条街是隔开她们的适当的距离。感情上的友谊，离远了则老有误会，住在一起又苛求得无法忍受。不过，当她们住在那个角落时，她们的友谊扩大了，单纯了；成了自然的交往，它的微波和它的平静都基于亲密的深度。她们一起到处逛一逛。她们去听《弥赛亚》；就特点而论，杰拉尔丁听到美妙的音乐哭了，而简则竭力制止自己去摇晃杰拉尔丁，不让她哭，一边因为看到合唱演员难看，又制止自己哭起来。她们到诺伍德去游览，杰拉尔丁把一块绸手绢和一个铝制胸针（"巴洛先生送的爱情信物"①）丢在旅馆里，把一顶新绸阳伞丢在候车室。简还怀着讽刺的满意注意到，杰拉尔丁想省钱，买了两张二等车厢票，这同买一张头等车厢的来回票花的钱，正好一样。

在这期间，杰拉尔丁躺在地板上，从自己的骚乱的经验中，概括、思考并试图明确阐述某种人生的理论。"真恶心"（她的语言往往易于激烈——她知道，她经常"违犯简关于趣味高尚的看法"），在很多方面，女人的地位真恶心！她自己如何致残，发育不全！她对男人有统治女人的权力多么愤怒！她很想踢某些绅士几脚——"那些说谎的虚伪的混蛋！好吧，骂也没有用——只不过，我生气，骂一下心里才痛快。"

而且，她考虑到简，她自己，出色的才能——无论如何，简有出色的才能——但没有什么可见的成果。然而，除了她生病的

---

① 《简·韦尔什·卡莱尔的书信和备忘录》第 2 卷第 234 页。

时候,

我不认为,以后有人会说你或我是失败者。我们是尚未被承认的妇女发展程度的标示。到目前为止,这些标示还没有现成的传播渠道,不过,我们仍然观察过,尝试过,发现目前用于妇女的清规戒律,决不能约束我们——这需要更好更有力的什么东西才行……在我们之后,还有妇女,她们会更接近妇女天性的充分发展的高度。我认为自己仅仅是这种思想,是妇女内在的某种更高的品质和可能性的萌芽,而我那些反常行为、错误、不幸和荒唐,仅仅是一种有缺憾的形态,一种不成熟的发育的结果。

她这样立论,这样思考;卡莱尔夫人一边听,一边笑,一边反驳,不过,无疑是抱着同情而不是讥笑的态度:她可能希望杰拉尔丁说得更准确些;她可能希望她说得温和些。卡莱尔随时会进来;如果说卡莱尔憎恨什么人,那就是像乔治·桑那一类意志坚强的女人。然而,她不能否认,在杰拉尔丁所阐述的看法里,有真理的成分;她一直认为,杰拉尔丁是"天生不达目的决不罢休的脾气"。杰拉尔丁决不是傻瓜,不管外表如何。

不过,杰拉尔丁想过什么,说过什么;她如何度过上午;她在伦敦冬天的漫长的夜里做过什么——事实上,构成她在马卡姆广场生活的一切情况——我们所知甚少,也不一定可靠。因为,恰当地说,简的亮光使杰拉尔丁的更苍白更闪烁不定的火焰黯然失色。再也没有必要给简写信。她在那家进进出出——时而为简写封信,因为简的指头肿了,时而拿一封信上邮局,但像轻率、浪漫的人那样,忘了寄信。当我们翻阅着卡莱尔夫人的书信时,从这两个不相容却深深依恋的女人的交往中,似乎出现轻轻哼唱的家庭生活的声音,如小猫呜呜叫或茶壶的嗡嗡响。这样过了几年。终于到了一八六六年四月二十一日,星期六,杰拉尔丁要去帮简准备茶会。卡莱尔先生在苏格兰,卡莱尔夫人希望在他不在时招待一下那些仰慕者,尽一尽必要的礼数。杰拉尔丁竟然为此打扮一番,正在这时,弗劳德先生突然来到她的住处。他刚得到切恩罗送来的口信,说"卡莱尔夫人出了事"。杰拉尔丁马上披上披风。他们匆匆赶到圣乔治医院。弗劳德写道,他们在那里看到卡莱尔夫人,美丽,衣着如常,

> 仿佛下了四轮马车之后在床上坐下,随即半靠在床上睡着了……那极妙的嘲讽,那与嘲讽交替出现的哀愁的温柔,都消失了。那容貌肃穆,安详而镇静……〔杰拉尔丁〕说不出话。①

的确,我们也不能打破这寂静。寂静加深。万籁俱寂。简去世后她即迁往塞文欧克斯。独自在那里住了二十二年。据说,她已失去那份活跃。不再写书。她得了癌症,痛苦不堪。她在临终的床上开始按简的意愿撕毁简的信,她去世前,把全部书信,除了一封,都撕毁了。正如她的生活在默默无闻中开始,也在默默无闻中结束。我们仅仅熟悉她中间几年的情况。不过,我们还是别对"熟悉她"太乐观。如杰拉尔丁自己提醒我们,熟悉是一门很难的技术。

啊!亲爱的(她给卡莱尔夫人的信中写道),如果你和我都淹死了,或死了,如果哪位高明人士要写我们的"生平和错误",我们会成为什么样子?一位"忠实的人"会把我

---

① J. A. 弗劳德《托马斯·卡莱尔:在伦敦的生活》第2卷第313页。

们写得乱七八糟，跟我们现在或过去的真实情况大不相同！

我们听到从布朗普顿墓地的摩根夫人墓穴里她安息的地方，传来她的嘲弄的回声，虽不合文法，又是口语，但跟往常一样，其中带着真理的清脆声。

石永礼 译

奥罗拉·利

从一种可能使布朗宁夫妇开心的时髦的具有讽刺意味的情况看来,他们本人现在的知名度可能远比他们历来在文学上的知名度高。一对热恋的情人,鬈发,脸上留胡子,受压,大胆反抗,私奔——许许多多作这种打扮的人一定知道而且喜欢布朗宁夫妇,虽然从未读过他们的一行诗。多亏我们写回忆录、出版书信,和坐着照相的现代风气,那批有才华,很活跃的作者,不仅照旧存活于文字,本人也存活下来;不仅由于他们的诗,也由于他们的帽子而著名;照相术对文学手法造成多大的损害,还需评估。在我们能读到一个诗人的生平时,我们读他的诗会读到什么程度,这是摆在传记作者面前的一个问题。同时,谁也不能否认布朗宁夫妇能引起我们的同情,引起我们的兴趣的力量。也许美国大学的两位教授每年对《杰拉尔丁小姐的求爱》[①]看上一眼;但是,我们都知道,巴雷特小姐如何躺在她的沙发上;她如何在九月的一天早上逃离温波尔街那栋黑暗的房子;她如何迎接健康、幸福和自由,而罗伯特·布朗宁在那个拐角处的教堂里。

不过,命运一直未善待作为作家的布朗宁夫人。没有人读

[①] 出版于1844年。

她的诗,没有人讨论她的诗,没有人为安排她的地位操心。有人仅仅为了探索她的没落而把她的声誉和克里斯蒂娜·罗塞蒂的声誉作对比。克里斯蒂娜·罗塞蒂在英国女诗人当中不容反驳地高居首位。伊丽莎白在世时她那么大受欢迎,却越来越远地落在后面。那些入门书,傲慢地把她排斥在外,声称,她的重要性"现在仅成为历史上的。无论教育或跟她丈夫的交往,对她在文字的价值和形式感方面的教导,都未能成功"①。简言之,在文学的大厦里安排她的唯一地方,是在楼下仆人住的下房,跟赫门兹夫人、伊莱扎·库克、琼·英格洛、亚历山大·史密斯、埃德温·阿诺德,以及罗伯特·蒙哥马利②在一起;她把陶器碰得乒乓响,在刀尖上吃豆子,大把大把地吃。

因此,如果我们从书架上取出《奥罗拉·利》,与其说是为了阅读,屈尊俯就地赏玩这一从前时髦的纪念物,不如说为了玩一玩祖母的斗篷的穗边,赏玩曾经摆在客厅桌上作装饰的那些泰吉·马哈陵的石膏模型。但对维多利亚时代的人来说,这本书无疑很宝贵。到一八七三年,《奥罗拉·利》印了十三版。从该书的献词判断,布朗宁夫人并不害怕说,她非常重视它——她称它为,"我的著作中最成熟的一部,而且是融入了我对人生和艺术的最高信心的一部"。她的书信表明,多年来她一直想写这部书。在她跟布朗宁初次相遇时就在考虑了,她想写这部书的意图形成了这对情侣很高兴共有的关于他们写作的最初那些信心。

---

① 斯托普福德·A.布鲁克《670—1832年的英国文学》第173页。
② 费利西亚·多萝西·赫门兹夫人(1793—1835),《站在燃烧的甲板上的男孩》及其他流行诗歌的作者……(以下简介均为这一类作者,从略。)

……目前,我的主要意图〔她写道〕是写一种诗体小说……冲进惯例,习俗当中,闯入客厅之类"天使不敢涉足的地方";于是,没有假面掩盖,面对面跟时代的人性相见,把人性的真实明明白白讲出来。这是我的意图。①

但是,由于后来才明白的原因,在这出逃和幸福的令人惊异的十年中,她一直在为她的意图作积累;一八五六年,这部书终于出版时,她很可能感到,她对它倾注了她必须给予的最好的东西。这积累和引起的渗透,也许和等待我们的惊喜有关。无论如何,我们看了《奥罗拉·利》头二十页之后,不能不发觉,我们马上被那个古代的水手抓住,因为不知道什么原因,他在一本书而不是另一本书的门廊前徘徊不去;当布朗宁夫人在九卷的无韵诗里倾诉奥罗拉·利的故事时,我们不由得像三岁的孩子那样听着。速度和活力,坦率和完全自信——就是这些品质把我吸引住。由于受其控制,我们得知,奥罗拉的母亲是意大利人,"她那双罕有的蓝眼睛,她才四岁时,就闭上,再也看不见她了"②。她的父亲是"一个严厉的英国人,在家攻读学院的学问、法律,以及跟教区居民谈话度过枯燥的一生之后,被不知什么热情所席卷",但也死了,便把这孩子送回英格兰,由一位姑母抚养。出自名门利氏家族的这位姑母,穿着黑衣服,站在她的乡间邸宅门厅的台阶上接她。她那有点狭窄的前额被斑白的棕发束得紧紧的,有一张紧闭的温和的嘴;眼睛没有颜色;脸颊像压在书里的玫瑰,"与其说为了好玩,不如说为了怜悯而保存的——如果

---

① E. B. 巴雷特致罗伯特·布朗宁,1845 年 2 月 27 日,《罗伯特·布朗宁和伊丽莎白·巴雷特书信集》。
② 《奥罗拉·利》第 1 卷第 29 至 31 行。(下文未注明出处的引文,均引自本书。)

说不再开了,也不再褪色"。这位夫人过着平静的生活,把她基督教徒的才能用于织长袜,缝胸衣,"因为我们毕竟是一个家族,要用同一块法兰绒"。在她的监护下,奥罗拉忍受着人们认为适宜于女人的教育。她学过一点法文,一点代数;缅甸帝国法律;哪几条可通航的河流与拉腊河汇合;公元五年克拉根福进行过什么人口调查;也会画衣服披得雅致的海中女神,会抽玻璃丝,会做鸟的标本,会做蜡花。因为这位姑母喜欢女人要有女人气。有一天晚上,她绣十字,由于选错了丝线,绣了一个粉红色眼睛的牧羊女。热情的奥罗拉叫道,在这种妇女教育的折磨下,有些女人死了,有些憔悴了;少数像奥罗拉那样"跟精神世界有关系"的女人,活下来,但举止要端庄,对她们的表兄弟有礼貌,听牧师讲道,倒茶。奥罗拉幸而有间小屋。糊了绿色墙纸,铺了绿色地毯,还有绿色帐幔,仿佛要跟英国乡下的乏味的绿色原野相称。她在这里睡觉;在这里看书。"我发现了一间顶楼屋的秘密,那里放着有我父亲名字的箱子,一大箱一大箱堆得高高的,从那里偷偷地进进出出……像一只灵活的小老鼠在一个乳齿象的肋骨之间。"她不断阅读,阅读。这只老鼠的确(布朗宁夫人的老鼠就是这样)飞走了,翱翔于云天,因为,"不如说,那时我们欢欣鼓舞得忘了自己,心灵冲前地一头扎进书的深处,为它的美和真知灼见而深受感动——那时,我们才从书上获得真正的益处"。于是,她不断阅读,直到她表兄罗姆尼来,跟她去散步,或者,那位画家文森特·卡林顿敲敲窗子,"他认为,你含蓄地画出心灵,才算把身体画好,人们并不因此认为他异想天开"。

对《奥罗拉·利》第一卷作这样草率的概括,对它当然不公平;不过,尽管我们按照奥罗拉的忠告,心灵冲前,一头扎进去,大口吞下原著之后，发觉我们陷入困境，必须作一些尝试，把许许多多印象清理一下。其中第一种，也是最普遍的印象，是感到作者在场。通过奥罗拉这个人物的声音，我们听到伊丽莎白·巴雷特·布朗宁的境遇，特点。布朗宁夫人像她不能控制自己一样，不能隐藏自己，这无疑是艺术家有缺憾的标志，但也是生活过分影响艺术的标志。在我们读过的篇章中，奥罗拉这个虚构的人物似乎一再阐明伊丽莎白这个真人。必须记住，她想到写这部诗时，是在四十年代初，那时女人的写作和女人的生活不自然地紧密相关，因此，即使最严厉的评论家，如果他注意阅读，就不可能不常常接触作者本人。大家知道，伊丽莎白·巴雷特的生活，具有影响最真实而独特的才能的性质。她的母亲在她幼小时即去世；她最爱的哥哥淹死；她的身体衰弱；由于她父亲的专横，她被禁闭在温波尔街一间卧室里，几乎像修道院似的与世隔绝。不过，还是不要重述那些众所周知的事实，最好读一读她亲口叙述的那些事实对她的影响。

为了一种强烈的感情，我仅仅在内心，或忧郁地过日子。在我由于生病与世隔绝之前，我仍然与世隔绝，世界上最年轻的女人当中对社会的阅历与了解，不如现在已说不上年轻的我的人不多。我在乡下长大——我没有社交的机会，一心一意看书，读诗，体验沉思冥想……时间这样过去，过去——后来，在我生病之后……再也没有希望（有一个时期看来是这样）迈出一间屋的门口；那么，我就痛苦地思考……我茫然地站在我要离开的这座圣殿里——我没有见识过人性，对我来说，世上的兄弟姐妹不过是一些名字，我没有见过大山或河流，其实什么也没有见过……你也知道，这样无知对我的写作有多么不利！要是我还这样生活下

203

去，还没有逃离这与世隔绝的地方，你为什么没有发觉我在特别不利的条件下工作——我有点像个盲诗人？当然，有一定的补偿。我常常体验内心生活，由于自我意识和自我分析的习惯，我从整体上对人性作了许许多多猜测。但是，作为一个诗人，我真想拿这些笨重的、冗长的和无助的书本知识，换取一些关于生活和人的经验，换取……①

她点了几个点，便中断了，我们可以趁她暂停再来讨论《奥罗拉·利》。

她的生活对她作为一个诗人造成了多大的损害？不能否认，极大。因为，当我们翻阅《奥罗拉·利》或《书信集》时——往往彼此回应——很清楚，在这部写真实的男女的快速而混乱的诗里自然表达出来的心灵，不是得益于孤独的心灵。一个充满感情的，一个学者的，一个苛求的心灵，可能利用与世隔绝和孤独以完善它的能力。丁尼生仅仅要求在乡间深处与书为伴。但是，伊丽莎白·巴雷特的心灵是活跃的、世俗的与讽刺的。她不是学者。书对于她，不是目的本身，而是生活的代用品。她匆匆阅读，是因为不许她到草地上跑动。她竭力钻研埃斯库罗斯②或柏拉图，是因为她不可能跟活着的男女辩论政治。她生病时最爱看的书是巴尔扎克、乔治·桑及其他"不朽的不守礼法者"，因为"他们在我的生活中多少保持了那种特色"③。当她终于逃离那个牢笼时，没有比她投入当时的生活那份热情更引人注目。她爱坐在咖啡馆里观看过往行人；她喜欢辩论、政治

---

① E.B.巴雷特致罗伯特·布朗宁,1845 年 3 月 20 日。
② 她翻译过古希腊大悲剧作家的《被缚的普罗米修斯》。
③ 伊丽莎白·巴雷特·布朗宁致约翰·凯尼恩,1848 年 5 月 1 日。

及现代世界的斗争。她对那位媒体休谟先生的理论或法国皇帝拿破仑的政治不大感兴趣,更不要说历史或遗迹,甚至意大利的历史和意大利的遗迹。当她的头脑关注真实情况时,意大利的画和希腊的诗,在她心里引起一种不得体的传统的热情,与她原来独立的头脑形成奇怪的对比。

她天生的爱好既然如此,那么,即使在病房深处,她也关注作为诗的一种主题的现代生活,就不足为奇了。她聪明地等待,等到她的出逃给她一些知识和比例。不过,多年的与世隔绝对她作为一个艺术家造成了不可弥补的损害,这是不容怀疑的。她被隔离之后,便猜测外边的情况,也不可避免地扩大室内的情况。失去弗拉什那条小狗对她的影响,如同失去孩子可能对另一个女人的影响一样。常春藤拍打窗玻璃,成了树木在狂风中摔打。一切声音都被扩大了,一切事情都被夸大了,因为,那病房太寂静,温波尔街极单调。当她终于能够"闯入客厅之类的地方,没有假面掩盖,面对面跟时代的人性相见,把人性的真实明明白白讲出来"时,她太虚弱,经不起这种震惊。平常的日光,一般闲谈,人们普通的交往,都使她精疲力竭、狂喜和眼花缭乱,陷入这样一种状态,她看得太多,感受太多,以致她完全不知道她感受到什么,或看到什么。

因此,《奥罗拉·利》这部诗体小说,不是一部杰作,虽然它可能成为杰作。或者不如说是一部在萌芽的杰作;一部尚处于出生前等待创造力作最后一次努力使其出世的时期的、才气四溢起伏不定的作品。它既令人鼓舞又令人讨厌,既笨拙又雄辩,既奇形怪状又精美,时而使你十分感动,时而使你迷惑;不过,它仍然博得我们的爱好,引起我们的尊敬。因为,我们阅读时就明白了,无论布朗宁夫人有什么缺点,她是那种罕见的作家,他们在不依赖他们的私生活,并要求撇开个性考虑的想象的生活里,大胆而无私地冒险。她的"意图"尚存活;她的理论的益处在很大程度上弥补了她在实践中的缺憾。根据第五卷奥罗拉的论据节略,其理论大意如下。她说道,诗人真正的工作,是写他们自己的时代,而不是查理曼大帝的时代。更强烈的激情发生于客厅,而不是罗兰和他的武士们覆没的荆棘谷。①"畏避现代的光泽面、外衣或衣裙的荷叶饰边,而大喊大叫要求古罗马的长袍和如画的景色,是不可避免的——也是愚蠢的。"因为有生命的艺术描写,记录现实生活,我们真正知道的唯一生活是我们自己的生活。不过,她问道,写现代生活的诗能用什么形式?不可能用戏剧,因为奴颜婢膝的温顺的戏才有获得成功的机会。再说,关于生活我们(1846)②要说的话,不适于"舞台、演员、提词人、煤气灯和服装;我们的舞台现在是心灵本身"。那么,她能怎么办?这个问题很难,演出必然力不从心;不过,至少她写每一页都费尽心血,至于其他"我还是少考虑形式和外表吧。信任心灵吧……让火烧下去,让熊熊的火焰自己成形吧"。于是,那火燃烧着,火焰冒得高高的。

用诗写现代生活的愿望,不限于巴雷特小姐才有。罗伯特·布朗宁说,他一生都有这个雄心。科文特里·帕特莫尔的《屋里的天使》和克拉夫的《棚屋》③都是这种尝试,比《奥罗拉·利》早几年。这是很自然的。小说家用散文得意扬扬地写

---

① 见法国古代的英雄史诗《罗兰之歌》。
② 1846年,是伊丽莎白·巴雷特和罗伯特·布朗宁结婚的年份;可能沃尔夫本想写"1856",这部诗的献词所署的年代;也可能是这部诗完成的年代。
③ 科文特里·帕特莫尔的《屋里的天使》第一部分发表于1854年(匿名),以下的部分发表于1856年、1860年和1862年。A. H.克拉夫的《托伯纳-沃利克的棚屋》(1848)。

现代生活。在一八四七至一八六〇年间,《简·爱》《名利场》《大卫·科波菲尔》与《理查德·费弗莱尔》很快接踵而至。①诗人们很可能和奥罗拉·利一起感到,现代生活有一种激情,有它自己的意义。为什么应该让小说家独享这些战利品?为什么应该强迫诗人回到查理曼大帝和罗兰的遥远的时代,回到穿古罗马长袍、景色如画的时代,既然农村生活、客厅生活、俱乐部生活和街道生活的幽默和悲剧,齐声高呼要求庆祝?诗用以写生活的旧形式——戏剧——的确已经过时;但是,难道没有能够代替它的其他形式吗?由于深信诗的神奇力量,布朗宁夫人尽可能思考,抓取真实的经验,于是,她终于以九卷无韵诗向勃朗蒂们和萨克雷们提出挑战。她用无韵诗歌唱肖尔迪奇和肯辛顿,歌唱我的姑母和牧师,歌唱罗姆尼和文森特·卡林顿,歌唱玛丽安·厄尔和豪爵士,歌唱时髦的婚礼和淡褐色的郊区街道,歌唱女帽、颊须、四轮马车和火车。她叫道,诗人能写这些,跟写武士和夫人、壕沟、吊桥及城堡宫廷一样好,但他们行吗?当诗人侵入小说家的领域,给我们的不是史诗或抒情诗,而是一个故事,讲的是维多利亚女王时代中期,许多人的活动和变化,以及受到种种利益和热情的激励的生活时,让我们看看这位诗人会遇上什么情况。

首先要有那个故事;必须讲的一个故事;这位诗人必须设法把有人请主人公吃饭这一必要的信息传达给我们。这就是小说家会尽可能平静平淡地传达所作的描述;例如,"正当我很忧愁地吻她的手套时,送来一封便笺,说她父亲致意,请我第二天与

---

① 《简·爱》(1847),夏洛特·勃朗蒂。《名利场》(1847—1848),W. M.萨克雷。《大卫·科波菲尔》(1849—1850),查尔斯·狄更斯。《理查德·费弗莱尔的苦难》(1859),乔治·梅瑞狄斯。

他们共进晚餐"。这无伤大雅。而诗人得这样写:

> 我那么悲伤,正吻着她的手套之际,
> 　我的仆人送上她的短笺,
> 　说爸爸吩咐她代为致意,
> 　请我次日与他们共进晚餐!①

真是荒唐。把简单几句话写得装腔作势,还加强语气,显得可笑。再说,诗人会怎么处理对话?布朗宁夫人说过,我们的舞台现在是心灵,如她这时所表明的,在现代生活中,舌头已代替了剑。正是用谈话阐明关键时刻人物之间的冲突。但是,如果诗试图按照口头语来写,便受到重重阻碍。不妨听一听罗姆尼在感情激动时向他的旧情人玛丽安谈到她跟别的男人生的那个婴儿所说的话:

> 愿上帝像我待他那样视我如子,
> 　若我偶然让他有孤儿的感觉,
> 　也照样遗弃我。我要带上这个孩子
> 　跟我共命运,在我膝上小睡,
> 　在我脚旁尽情欢闹,
> 　在公路上拉着我的指头……

等等。简言之,罗姆尼像任何一个伊丽莎白时代的主人公那样慷慨激昂,滔滔不绝地讲一大篇,尽管布朗宁夫人曾经从现代的起居室那么傲慢地对它们发出警告。无韵诗表明是活的语言的最无情的敌人。被诗的滚滚浪涛托起的谈话,变高了,讲究修辞,充满感情;既然排除了情节,谈话必然不断地谈下去,这时,

---

① 科文特里·帕特莫尔的《屋里的天使》第5章第2节。

读者的头脑在单调的节奏影响下发僵,呆滞。布朗宁夫人随着她的节奏的韵律而不是她的人物的情感,不由得开始概括,高谈阔论。迫于她的表达工具的性质,小说家在小说中用以一点一点塑造人物的较细微、较微妙、较隐蔽的情感的差异,她都置之不顾。变化,发展,一个人物对另一个人物的影响——全抛到一边。这部诗成了长篇独白,我们知道的唯一的人物,给我们讲的唯一的故事,是奥罗拉·利本人这个人物和故事。

因此,如果布朗宁夫人所说的诗体小说的意思,是这样一部书,其中精细地揭示性格,揭露许多人内心的关系,稳定地展开故事,那么,她完全失败。不过,如果,更确切地说,她是想给我们对生活的总的感觉,对这些人的感觉,他们是明白无误的维多利亚时代的人,为解决他们自己的时代的问题而奋斗,都由于诗的火焰而生辉,而强烈,紧凑,那么,她获得了成功。由于她对社会问题强烈的关心,她作为艺术家和女人的冲突,她渴望获得知识和自由,奥罗拉·利是她的时代的女儿。罗姆尼的确也是一个维多利亚时代中期的有很高理想的绅士,他对社会问题进行过深刻的思考,不幸的是,他在希罗普郡建立了法伦斯泰尔成员住宅区①。那位姑母,那些椅背套,奥罗拉逃离的那座乡间邸宅,真实得足以如今在托特纳姆·考特街卖得高价。像特罗洛普或盖斯凯尔夫人②的任何一部小说那样,确实抓住了觉得像维多利亚时代的人的那些更广阔的方面,也给我们留下了那样生动的印象。

如果我们把散文小说和诗体小说作比较,的确,胜利决不完全属于散文。这部诗作的一页又一页的叙述中,有十二处小说

---

① 法国空想社会主义者傅立叶想建立的社会主义社会的基层组织。
② 安东尼·特罗洛普(1815—1882);伊丽莎白·盖斯凯尔(1810—1865)。

家会分别平铺直叙的场景被压缩为一处,一页页深思熟虑的描写被熔为一根单线,我们翻阅时不禁感到这位诗人超过了散文作者。她的诗的内容之充实两倍于散文。如果说它没有在冲突中展现人物,而是把他们剪下来,以类似漫画家的夸张手法加以概括,这些人物也有一种提高的象征的意义,这是用渐进的手法的散文不能与之匹敌的。事物的总的外貌——市场,日落,教堂——由于诗的浓缩和省略,颇为出色,也有连续性,这是对散文作家和他慢慢积累精心描写的细节的嘲笑。由于这些原因,《奥罗拉·利》,尽管有种种不足之处,仍然是一部活着的有其存在价值的书。当我们想着贝多斯或亨利·泰勒爵士的剧本①,它们尽管很美,却多么冷落,在我们这个时代也很少有人打搅罗伯特·布里奇斯的古典戏剧的安眠,我们可能会怀疑伊丽莎白·巴雷特受到真正天才的灵机一动的鼓舞,才冲进客厅,说道,这里,我们生活和工作的地方,才真正适合诗人。无论如何,她的勇敢已在她自己的事例中证明是正当的。她那不雅的品位,她那扭曲的机智,她的挣扎,她的攀爬,以及轻举妄动的急躁,在这里有余地任它们折腾得精疲力竭,也不致造成致命伤;而她那充沛的闯劲,她那出色的描绘力量,她那精明而刻薄的幽默,却以她自己的热情感染我们。我们一会笑,一会抗议,一会抱怨——这真荒唐,这不可能,我们再也不能忍受这种夸张——然而,我们仍然受其吸引,直到读完。一个作者还能要求什么?不过,对于《奥罗拉·利》我们所能给的最好的赞美是,它让我们感到迷惑不解,为什么它没有继承人。的确,那街道,那客厅,

---

① 托马斯·洛弗尔·贝多斯(1803—1849),以《死亡笑话集》著名,这是一部以伊丽莎白时代风格写的戏剧。亨利·泰勒爵士(1800—1886),写过多种诗剧,最著名的是《菲利普·范·阿特维尔德》。

都是有希望的主题;现代生活值得诗人写。但是,伊丽莎白·巴雷特·布朗宁从卧榻跳起来冲进客厅时扔下的速写还未完成。由于诗人的保守或胆怯,仍然把现代生活的重要战利品留给小说家。我们没有乔治五世时代的诗体小说。

　　　　　　　　　　　　　　　　石永礼 译

伯爵的侄女

　　小说有一个方面具有那么微妙的性质，按其重要性，对它还谈得不够。人们应该忽视阶级差别，保持沉默。这个人生下来应该跟另一个人一样；然而，英国小说如此沉浸于高低起伏的社会等级之中，如果没有阶级差别，它就无法辨认。当梅瑞狄斯在《奥普尔将军和坎珀夫人》里写道，"他派人送信说，他马上去侍候坎珀夫人，便立即去打扮。她是伯爵的侄女"，所有真正的英国人都毫不犹豫地接受这一叙述，而且知道梅瑞狄斯说得对。处于那种境遇的将军，的确会把他的外衣多刷几下。因为，虽然这位将军可能和坎珀夫人的社会地位相当，我们却得知并不相当。他在空无一物的地上接受她的等级的冲击。没有伯爵爵位、准男爵爵位或爵士的头衔保护他。他仅仅是一个英国绅士，还是穷绅士。因此，即使在现在的英国读者看来，他去见那位夫人之前应该"去打扮"，毫无疑问是适宜的。

　　假定社会差别已经消失，没有用。每个人都可以声称他不知道有这些限制，而且他住的那个隔间允许他全世界都可以自由来去。不过，这是幻想。夏天逛大街的最闲散的人自己就会看见那个女工的披肩在那些成功者的绸围巾当中挤过；他看见女店员把鼻子贴在汽车的玻璃上；他看见容光焕发的年轻人和令人敬畏的老年人在等待里面准许觐见乔治国王的召唤。也许没有仇恨,但不相往来。我们被圈着,被分开,被隔离。我们直接在小说这面镜子里看到我们自己,我们知道,就是这样。小说家,尤其是英国小说家,知道似乎乐于知道,社会是一套彼此隔开的玻璃盒子,每个盒子住着有自己特殊的习惯和品质的一群人。他知道,有伯爵,伯爵有侄女;他知道,有将军,而且将军在拜访伯爵的侄女之前要刷一刷外衣。但这不过是他所知道的入门知识。因为,梅瑞狄斯在短短几页中就让我们知道,不仅伯爵有侄女,将军也有表兄弟;表兄弟还有朋友;朋友还有厨子;厨子还有丈夫;将军的表兄弟的朋友的厨子的丈夫,是木匠。这些人当中的每一个人都住在他自己的玻璃盒子里,具有小说家必须考虑的特性。表面上看来,中产阶级似乎一片平等,老实说,绝无此事。把一个个男人,一个个女人分开的奇特的纹理和条纹贯穿整个社会本体,被太虚无缥缈、不能用简陋如称号的东西区别的神秘的特权和无能力阻碍了,打乱了人类交往的大事。我们小心地穿过从伯爵的侄女到将军的表兄弟的朋友这些等级之后,我们仍然面临一个深渊;面临一条鸿沟;工人阶级在那一边。像简·奥斯丁那样,判断力和鉴赏力俱佳的作者,也不过往鸿沟那边看一眼;她局限于她自己特殊的阶级,发现其中千差万别。但对于像梅瑞狄斯那样活跃、好奇、好斗的作者来说,探索的诱惑无法抗拒。他在社会的等级上跑上跑下;他敲响一种钟声与另一种钟声相对照;他坚持认为,伯爵和厨子、将军和农民要大声为自己说话,要在英国文明生活的极为复杂的喜剧里扮演他们的角色。

他自然要试一试。受喜剧精神影响的作者敏锐地品味着这些差别;这些差别给予他可抓住的东西,可玩弄的东西。英国小说,如果没有伯爵的侄女和将军的表兄弟,就会成为一片干旱的荒野。它会像俄国小说。它不得不依靠无限广阔的心灵,依靠人的兄弟情谊。像俄国小说一样,它会缺少喜剧。不过,在我们认识到我们对伯爵的侄女和将军的表兄弟欠着这样大的情时,我们往往也会怀疑,我们从这个讽刺那些残缺的优势的剧里得到的乐趣,是否完全值我们所付的代价。因为这代价很高。小说家的负担太重。梅瑞狄斯在两个短短的故事里勇敢地试图沟通所有的鸿沟,试图一举处理六个不同的层面。他一会是伯爵的侄女的代言人,一会是木匠老婆的代言人。不能说他的勇敢的尝试完全成功。人们感到(也许没有根据),伯爵的侄女的血统并不完全像他所写的那样总是尖酸刻薄。也许贵族并不像他从他的角度描写的那样总是高傲、粗鲁与怪癖。然而他的大人物比他的小人物更成功。他的厨子太成熟,浑圆;他的农民太红润,粗俗。他把精力和元气、把挥拳头和拍大腿,写得过火了。他离他们太远,不能轻松地写他们。

因此,小说家,尤其是英国小说家,似乎得了无能力症,别的艺术家都没有病到这种程度。他的写作受到出身的影响。他注定了仅仅熟悉因而理解地描写属于他这个社会阶级的那些人。他不能逃离他在那里成长的盒子。纵观全部小说,我们看到狄更斯的小说里没有绅士,萨克雷的小说里没有工人。人们要称呼简·爱为夫人还犹豫不决。人们不可能认为奥斯丁小姐的伊丽莎白和爱玛那一类人物是别的身份。要寻找公爵或垃圾工,那是徒劳——我们怀疑,在小说里什么地方能找到这类处于两个极端的人物。因此,我们得出悲哀而又着急的结论,不仅小说过于贫乏,我们也大受阻碍——因为,小说家毕竟是了不起的翻译家——不能了解社会上层或底层的情况。我们没有可以得到的证据,借以猜测国家的最高的人物的思想感情。国王有什么感受?公爵有什么想法?我们不知道。因为国家的最高人物很少写过什么,从未写他们自己。我们决不会知道在路易十四本人看来路易十四的宫廷像什么样子。看来,英国贵族将不复存在,或与普通人民融成一片,没有留下他们自己的任何真实的画像,这的确可能。

我们对工人阶级也无知,相对而言,我们对贵族的无知算不了什么。英国和法国的贵族家庭总喜欢请名人吃饭,因此,萨克雷、狄斯累利和普罗斯特这类作家很熟悉贵族的时髦生活方式,有充分根据写这种生活。然而,遗憾的是,生活被这样框住,文学上成功总是意味着在社会等级中上升,决不是下降,很少意味着广泛流传,这却让人称心得多。上升的小说家决不会去跟水管工和他的老婆喝酒,吃海螺,受这份厌烦。他的书决不会使他跟卖猫吃的肉的人联系,或者开始和在英国博物馆门前卖火柴和皮靴带的老太太通信。他发财了;他成为可尊敬的人物;他买晚礼服,和地位相当的人一起吃饭。因此,成功的作家以后的作品,如果有什么不同,那是在社会等级中略有上升。我们得到成功者和显贵们的画像有越来越多的趋势。另一方面,让莎士比亚时代那些抓老鼠的人和旅店马夫完全退场,或者成为,让人厌恶得多的东西,怜悯的对象,稀罕物的样品。他们可用以衬托富人。他们可用以指出社会制度的邪恶。他们不再仅仅是他们自己,像乔叟当年写的那种样子。要工人用自己的语言写他们自己的生活,似乎不可能。像搞写作这种教育,意味着,使他们自觉,或者说阶级觉悟,或使他们脱离他们自己的阶级。作者在匿名的隐蔽下写作最快乐,匿名是只有中产阶级才有的特权。作家出身于中产阶级,因为只有中产阶级进行写作才像种地和盖房子那样自然,习以为常。因此,拜伦成为诗人必然比济慈难;公爵能成为伟大的小说家,如同站柜台的能写出《失乐园》一样,无法想象。

不过,情况在变化;阶级差别并非始终像现在那样牢固稳定。伊丽莎白时代在这方面的伸缩性要比我们这个时代大得多。另一方面,我们远不像维多利亚时代的人那样墨守成规。因此,我们很可能处于即将发生前所未见的大变化的时候。大约在另一个世纪,这些差别都可能无效。我们现在所认识的公爵和农业工人可能像老鸨和野猫那样完全消失。奥普尔将军(如果还有将军)去拜访伯爵(如果还有伯爵)的侄女(如果还有侄女)就不会刷他的外衣(如果还有外衣)。不过,英国小说如果没有将军、侄女和伯爵,也没有外衣,那会出现什么情况,我们无法想象。它可能改换它的人物,那我们再也不认识它了。它可能灭绝。我们的后代可能像我们写诗剧那样很少写小说,也像写诗剧那样归于失败。真正民主时代的艺术会成为——什么艺术呢?

石永礼 译

乔治·吉辛

"你知不知道在伦敦有人走街串巷叫卖石蜡油？"乔治·吉辛一八八〇年写道。这句话因为是吉辛的，所以能唤起一个浓雾中四轮出租马车的世界，衣衫不整的女房东、挣扎度日的文人、家境贫困的折磨、阴暗的里弄、简陋灰黄的礼拜堂。但同时，在这些悲惨景象之外，我们还看到大树冠盖的高地、帕台农神庙的立柱、罗马的山丘。因为吉辛是那种不完美的小说家，从他的书中可以看到作者的生活，只是略微被虚构人物的生活所掩盖。与这类作家，我们会建立一种私人的而不是艺术的关系，通过作家本人的生活而不是通过作品去接近他们。吉辛的书信有性格，但很少被风趣和才华的光芒照亮。读起这些书信时，感觉就像在填完一幅我们阅读《民众》《新穷士街》和《地狱世界》时就开始描摹的图画。

可是这里也有大量的空白，还有许多地方仍是一片黑暗。许多信息没有透露，许多事实不可避免地被省略。吉辛家境很贫困，童年时父亲就去世了，家里孩子很多，只能勉强拼拼凑凑学一点文化。他姐姐说，吉辛酷爱学习，喉咙里卡着尖锐的鱼刺仍会匆匆赶去学校，生怕耽误上课。他会从一本名叫《奥秘》的小书中抄下丁鲷、鳎鱼和鲤鱼产卵的惊人数目，"因为我觉得这是一个值得注意的事实"。她记得他对智慧有一种"无上的崇敬",记得这位额头高而白净、眼睛近视的高个男孩怎样坐在她旁边,耐心地帮她补习拉丁语,"一遍一遍地反复讲解,没有一点点不耐烦的样子"。

在一定程度上,也因为他崇敬事实并且似乎没有营造印象的才能(他的语言比较贫乏,没有比喻色彩),令人怀疑他选择小说家的职业是否合适。外面是偌大的世界,有着丰富的历史与文学,邀请他把它收入脑海。他热切渴望,他智力活跃,然而他必须坐在出租屋里编小说,描写"诚挚的青年们,可以说是在我们文明新时期的曙光中努力,争取改善和提高"。

但小说艺术有无限包容性。一八八〇年左右,当一位作家希望成为"进步激进党的喉舌",决心在小说中展示穷人的悲惨处境和丑恶的社会不公,它很乐意把这位作家收入自己的队伍。也就是说,小说艺术已愿意认可这种书是小说。但值得怀疑的是这种小说会不会有人读。史密斯·埃尔德的审稿人一语中的,吉辛先生的小说"太苦了",他写道,"不会讨普通小说读者喜欢,所写场景也不会吸引穆迪先生图书馆的光顾者"。于是,吃着小扁豆当正餐,听着人们在依士灵顿的街头叫卖石蜡油,吉辛自己承担了出版费用。就是在那时他养成了早上五点起床的习惯,因为要跋涉半个伦敦去赶在早餐前辅导M先生。M先生经常捎信来说他有事,于是现代穷士街的惨淡生活实录中又添上了一页,我们面对着又一个在文学中已经多如牛毛的问题。作家吃了小扁豆,他五点钟起床,他步行穿过伦敦,他发现M先生还躺在床上,于是他挺身而出为真实的生活说话,宣布丑就是真,真就是丑,这就是我们所知道和需要知道的一切。可是有迹象表明小说讨厌这样的方式。用对自己苦难的强烈感受,用镣镣铐入四肢的切肤之痛,去刺激自己对于一般生活的感受,就像狄更斯所做的那样,从幼年生活环境的黑暗中塑造出米考伯和甘普太太那样有光彩的形象,那是令人钦佩的。但用个人的困苦去把读者的同情和好奇心吸引在你的私人情况上,那就是灾难性的了。想象力在推到最广的时候才最自由,当被局限于一个需要同情的具体个案时,它就会变得狭小而私人化。

然而,把作者与他笔下人物融为一体的同情是一种极其强烈的情感,它让一页页文字得到赞许;它让艺术价值可能平平的东西获得了一个新的、或许一时还更加锐利的优势。我们心里说,比芬和里尔顿晚饭吃的是黄油面包和沙丁鱼,吉辛也一样;比芬的大衣当掉了,吉辛的也是;里尔顿星期天不能写作,吉辛也不能。我们忘了究竟是里尔顿喜欢猫,还是吉辛喜欢手摇风琴。可以肯定,里尔顿和吉辛都在二手书摊上买了吉本的著作,在浓雾中一本一本地拖回家去。我们不断地发现一个又一个相似点,每找出一个,便有一种小小的胜利感油然而生,仿佛读小说是一种智力游戏,我们面前的挑战就是找到作者的面孔。

所以,我们对吉辛的了解是在哈代或乔治·爱略特那里无法获得的。伟大的小说家们游刃有余地出入于笔下人物之间,使之赋有一种似乎是我们大家所共有的东西。吉辛则保持孤立,自我中心。他是那种耀眼的强光,边缘之外的一切都是迷蒙幻影,但与这强光混在一起的还有一道极具穿透力的光线。尽管他视野狭窄,感受力单薄,但吉辛却是极少数相信脑力的小说家之一,他让笔下的人物思考。这些人物因而与大多数虚构男女的姿态不同。麻烦的情欲层次被稍稍推开,社交中的势利不复存在,对金钱的渴望几乎全是为了买黄油面包,爱情本身也退居第二位。但大脑在运转,光是这一点就给我们一种自由感,因为思考也就是变得复杂，就是溢出界限，不再是一个"角色"，而是把个人的生活融入政治、艺术或思想的生活中去，把关系部分地建立在这些东西上面，而不只是基于性欲。生活中非个人化的东西在构图中获得了应有的地位。"为什么人们不写生活中真正重要的东西呢？"吉辛让他笔下的一个人物感叹道，随着这一声出人意料的呐喊，小说那讨厌的负担从肩头滑落。我们能不能讲点别的事情，不要只讲恋爱（虽然那很重要），或是跟公爵夫人共进晚餐（虽然那也很吸引人）？在吉辛这里能隐约看出达尔文诞生过，看出科学在发展，看出人们读书看画，看出从前有一个地方叫希腊。正是这些意识使得他的书读起来这么吃力；正是这些使得他的书不能"吸引穆迪先生图书馆的光顾者"。书中那特有的冷峻来自于这一事实：苦难最深重的人们能够把他们的苦难变成理性人生观的一部分，感觉消逝后思想依然存在。他们的不幸代表了某种比个人困厄更持久的东西。于是，每当读完一本吉辛的小说，我们带走的不只是一个人物，一个事件，而是一位深思的人在评论他所看到的生活。

然而，吉辛总是在思考，所以他总是在改变。他对我们的大部分吸引力也就在于此。年轻时他认为自己可以写书来揭露"我们整个社会制度中那些骇人听闻的不公平"。后来他的观点改变了，或许是由于这工作无法完成，或许是其他趣味在把他拉向别处。他渐渐感到并且最终相信，"我们所知道的唯一绝对有价值的东西就是艺术的完美……艺术家的作品……是世界上健康的源泉"。所以如果一个人希望改善世界，他必须（矛盾地）退而隐居，在孤独中花更多时间把自己的语句打造得炉火纯青。吉辛认为写作是一项难度极大的工作，也许在生命尽头他才会"写出一页语法像样、内容和谐的东西"。有时他做得很

出色。例如,他描述伦敦东区的一个公墓:

这里,在人们害怕的东区的荒芜边界上,徘徊在坟墓间就像与没有眼睛的死亡符号携手同行。精神在卑贱命运的冰冷重压下沉沦。这里躺着那些生来劳苦的人,当被劳苦消耗到极限时,只需要放弃他们那口无用的呼吸,消失在虚空。他们没有白天,只有冬天那种短暂的微明,前面是黑夜,后面也是黑夜。他们没有什么追求,入土后也没有被怀念的希望,子女们都疲惫得惯于遗忘。庞大人群中一个个没有特征的分子,这群人辛辛苦苦只是为了生存,父亲,母亲,孩子,每个人的名字只是一声发不出的哭喊,乞求着命运不肯给予的温暖与爱意。狂风在狭小的出租屋上方呼号,贫瘠的沙土地,雨下得多快就被吸收多快,正象征着这茫茫的世界,在吸噬他们劳动的同时立刻吸干他们的生命。

一次又一次,这类描写段落像坚固有形的石板一样,在小说中一页页的凌乱杂物中格外引人注目。

实际上,吉辛从未停止自我教育。贝克大街上的火车在他的窗下喷吐蒸汽,楼下的房客把他的屋子吵炸了,女房东傲慢无礼,杂货店老板拒绝把糖送上门,他只好自己去取,浓雾呛进他的喉咙,他感冒了,三星期没跟任何人说话,但还必须勉力驱笔一页一页地写下去,在一个个家庭灾难之间痛苦地摇摆——这一切沉闷单调地持续着,而他只能将其归咎于自己的性格。尽管如此,帕台农神庙的立柱、罗马的山丘依然耸立在阵阵浓雾和尤斯顿路的煎鱼店之上。他决心去希腊和罗马看一看。他果然踏上了雅典的土地,他看到了罗马,去世之前还在西西里读了修昔底德。生活在他周围改变,他对生活的评论也在改变。从前的那种悲惨、浓雾和石蜡油、醉酒的女房东,也许并不是唯一的现实。丑并不是全部的真,世界上还有一丝美的成分。往昔以其文学与文明充实着现在。不管怎样,他将来的书要写托提拉时代的罗马,而不是维多利亚女王时代的依士灵顿。他在长期思考中达到了一个新的高度,"必须区分两种智慧",不能只崇拜理智。可惜,还未能在思想地图上标出他所达到的那一点,这位与他笔下人物有那么多共同点的作家就像埃德温·里尔顿一样撒手人寰了。"耐心,耐心。"弥留之际他对站在身旁的朋友说。——不完美的小说家,但却是一个极有教养的人。

马爱新 译

乔治·梅雷迪思的小说

二十年前[本文写于一九二八年一月]，乔治·梅雷迪思的名声如日中天，他的小说经历了重重困难才赢得了这种知名度，其声誉因为所征服的障碍而显得尤为辉煌。然后，人们发现这些精彩作品的创作者本人也是一位精彩的老人。博克斯山的访客们反映说，走上那所郊区小屋的车道，屋里那个洪钟一般、带着回音的嗓门就让他们激动起来。小说家坐在客厅那些通常的小摆设中，看上去就像欧里庇得斯的一尊胸像。年岁把那张精致的面庞刻上了风霜与棱角，但高鼻子依然敏锐，蓝眼睛依然犀利而带着讽刺。尽管他深陷在一张扶手椅中一动不动，神态却仍然刚健活泼。是的，他几乎已经全聋了，但对于一个思维快得几乎让他自己应接不暇的人来说，这是最微不足道的毛病。听不见别人对他说什么，他可以全心全意地享受独白的乐趣。也许，听众是文雅还是纯朴都无关紧要。能够取悦公爵夫人的赞美之词以同样的礼节献给一个孩子，他对二者都无法讲日常的简单语言。但那种精心打磨、人工雕琢的语言，那高度结晶的语句和高高堆砌的比喻，始终在欢笑的浪潮上漂流起伏。他的笑声环绕在他的语句周围，仿佛他本人也在享受它们那幽默的夸张。语言大师在他的词语的元质中拍打嬉戏、俯冲游弋。传说就这样滋长,乔治·梅雷迪思坐在博克斯山下一所郊区小屋中,顶着希腊诗人的头颅,用几乎在公路上就能听到的洪音,滔滔不绝地倾吐诗歌、讽刺和智慧。这种名声使他那些精彩迷人的著作显得更加精彩,更加迷人。

但那是二十年以前。而今,他那演说者的声名不可避免地黯淡了,他那作家的声名似乎也笼上了疑云。现在看来,他的影响在任何后继者身上都并不明显。当其中一位凭自己的作品赢得了被人洗耳恭听的资格,并恰好对这个问题表达自己的看法时,他给出的评价并不高。

  梅雷迪思不再享有他二十年前的盛名了[福斯特先生在《小说面面观》中写道]……他的哲学不大经得住时间的考验。他对多愁善感的猛力攻击……令这一辈人感到厌倦。当他严肃高尚时,却伴随着一种刺耳的杂音,一种令人难受的专横……那种做作、那种从不令人愉快并且现在被批判为空洞的说教,那种把本乡本县当成整个宇宙的自命不凡,难怪梅雷迪思如今躺在低谷里。

当然,这批评并未打算成为最终评价。但在聊天式的直率中,它相当准确地概括了梅雷迪思这个名字唤起的感觉。总体结论似乎是,梅雷迪思没有经得住时间的考验。不过,百年纪念的价值就在于,它让我们有机会把那种缥缈的感觉实在化。议论加上半已磨去的回忆,渐渐形成了一片雾霭,使我们看不清楚。重新打开那些书,像第一遍那样去阅读,努力把它们从名声和意外因素的垃圾中拨出来——这或许是我们在一个作家百年诞辰时能够送给他的最合适的礼物。

第一部小说往往是不加戒备的,作者会显示出自己的天赋,而不知道怎样最有利地去发挥它们。不需要何等慧眼便看得出作者是一个新手:风格极不均衡,他时而缠结成一个铁疙瘩,时而又平摊成一张薄饼。他似乎还举棋不定,讽刺性评论与冗长的叙述交替出现,他从一种态度摇摆到另一种。实际上,整个结构都似乎有点摇摇不稳。裹着斗篷的从男爵、郡县望族、祖先的家业、在饭厅里发表警句的伯伯、轻盈招展的贵妇、拍着大腿的快乐农夫,全都从一个称为《朝圣凭证》的胡椒粉瓶子中慷慨地(尽管或许是阵歇性地)洒出来——多么古怪的混合啊!但这古怪不是表面的,不仅仅是因为络腮胡子和无边女帽已经过时:它的根子更深,在于梅雷迪思的意图,在于他希望取得的效果。显然,他煞费苦心地摧毁小说的常规形式,他没有试图去保存特罗洛普和简·奥斯丁那种清醒的现实,他摧毁了我们习惯于攀登的所有常用阶梯。如此刻意的行为是有目的的,那种对常规的蔑视、那种风度与优雅,那种夹着大量"先生""女士"的礼貌对话,都是为了营造出一种不同于日常生活的气氛,为关于人类舞台的崭新感觉做好铺垫。皮科克也同样主观随意(梅雷迪思从他那里学到了很多),但他要求我们做出的假设显然是有价值的,因为我们愉快自然地接受了斯基奥纳先生和其他等等。梅雷迪思《理查德·费弗雷尔》中的人物却与其环境格格不入。我们立刻会叫起来,他们多么不真实,多么不自然,多么不可能啊。那从男爵和男管家、男女主人公、好女人和坏女人,都只是些类型标本。那么,他牺牲了遵循现实常理的诸多好处——放弃了阶梯和灰泥,又是为了什么呢?读下去就会看出,他不是对于人物的复杂性,而是对精彩场景有一种敏锐的感觉。在这本处女作中他营造了一个又一个场景,我们可冠以抽象的名称——青春年华、爱的诞生、自然之力。我们乘着狂想曲式散文的迅疾神蹄越过各种障碍向它们驰去。

　　抛开那些制度！抛开腐朽的世界！让我们呼吸神奇岛上的空气！金色的草甸，金色的溪流，松树的枝干都镀有纯金。

我们忘记了理查德是理查德，露西是露西，他们是青春，世界流动着熔化的纯金，作者是狂想家，是诗人。但至此还没有说尽这本处女作中的所有成分，我们必须考虑作者本人，他头脑中塞满各种思想，渴望辩论。他笔下的男孩女孩可能有闲暇在草地上摘雏菊，呼吸的空气中却充满智慧的问题与评论，尽管他们可能并未察觉。在不少场合，这些不调和的成分间关系紧张几近崩裂。作者似乎同时有二十种想法，书中从头到尾充满这种裂纹。可它却奇迹般地依然合在一起，当然不是靠人物刻画的深度和独到性，而是靠思想力量和抒情强度。

所以，我们的好奇心被勾起来了。让他再写一两本书，走出自己的节奏，对粗糙之处加以控制，然后我们再打开《哈利·里士满》看看效果如何。在所有可能发生的情况中，这无疑是最奇怪的：一切不成熟的痕迹都荡然无存，但与此同时，那个勇于冒险的不安分心灵也无影无踪了。故事顺着狄更斯踏过的那种自传式叙述道路平稳滚去，一个男孩在说话，一个男孩在思考，一个男孩在冒险。毋庸置疑，作者因此而控制了冗赘，修剪了他的语言。风格是再利索不过，平滑流畅，没有一丝的纠结。让人觉得斯蒂文森想必从这种轻快的叙述中得到了许多启发，它词句灵巧精当，能于短短一瞥间准确捕捉可见之物。

　　扎入深绿的树叶中，闻着木柴的烟味；清早醒来，世界一片光明，你站在高处，眺望一座座山峦，能看到明天早晨，后天早晨,一个又一个早晨;在某一个清晨,世上最亲的那个人在你醒来之前突然来到身边:我想这是一种天堂的至乐。

写得很漂亮,但有一点不自然,他好像听到自己说话的声音。怀疑开始产生、萦绕,最后落在书中人物身上(像在《理查德·费弗雷尔》中一样)。这些男孩不真实,就像果篮顶上的那只样品苹果一样不真实。他们太单纯,太潇洒,太富于冒险精神,不像是大卫·科波菲尔那种。他们是样板男孩,是小说家的标本;我们再次看到梅雷迪思写作思想的极端因袭性,而且恰恰是在以前同样的地方,这一点令人惊讶。他尽管那么大胆(或许没有他不会冒的险),却又屡屡满足于一个现成廉价的人物形象。然而,正当我们觉得那些青年男士太光鲜,他们的那些冒险经历也太轻巧时,浴池中浅浅的幻想之水没过头顶,我们跟里士满·罗伊和奥蒂利亚公主一起沉入了奇幻传奇的世界,一切都合为一体,我们可以毫无保留地让自己的想象力与作者配合。这种服从首先是令人愉快的,它在我们的鞋跟上安了弹簧,熔化了我们心中冷淡的怀疑,让世界在我们眼前呈现清晰透明的光彩。这感觉不需要证明,当然也不能接受分析。梅雷迪思能激发这样的时刻,证明他有超乎寻常的本领。但这是一种反复无常、极不连贯的本领,许多页读来费力而痛苦,一句又一句都擦不出半点火花。而正当我们要把书扔掉时,火箭呼啸升空,整个画面顿时一片通明。多年之后,我们还会因为那突然的绚烂而记得这本书。

如果这种间歇闪现的光彩是梅雷迪思的独到之处,那就值得更仔细研究一下。也许我们首先会发现的一点是,那些炫目而难忘的画面是静止的,是映照而不是发现;它们并没有提升读者对人物的认识。重要的是,理查德和露西、哈利和奥蒂利亚、克拉拉和弗农、博尚和勒内被精心置于适当的环境中——游艇上、樱花树下、河岸边,风景总是变成情感的一部分,大海、天空或树林被用来象征人物感到或看到的东西。

> 天空是青铜色的巨大的熔炉穹顶。一道道光影的波痕像缎子一般华丽。那天下午蜜蜂嗡嗡预报着雷雨之声,听来令人为之一爽。

这里描写的是一种心理状态。

> 这些冬日的早晨是神圣的,静静流淌,悄无声息,大地似乎还在等待。一只燕雀啁啾,掠过细长湿润的枝条,山坡透出葱茏,处处轻雾迷蒙,处处充满期待。

这里描写的是女人的面庞。但只有某些心理状态和某些面部表情可以用画面来描述——只有精致到单纯的,并且因此不能接受分析的那些才可以。这是一种局限,尽管我们能在片刻的高光中看到这些人物,光彩照人,但他们不会改变或成长,光线暗淡下去,把读者留在黑暗中。我们对梅雷迪思笔下人物没有一种直觉认识,不像对司汤达、契诃夫和简·奥斯丁的人物一样。那种直觉认识让我们对人物如此熟悉,以至于几乎可以省却"重大场景"。小说中一些最感人的场景也是最安静的。我们被九百九十九处细微的笔触轻轻感染,等到第一千处出现时,虽然也和其他那些一样轻微,但效果却是无与伦比的。梅雷迪思就没有这样的笔触,只有重锤敲打,因此我们对他那些人物的认识是片面的、突发性的、断断续续的。

所以,梅雷迪思不属于那种伟大的心理学家,他们不露痕迹、耐心细致地摸透心灵里里外外所有的纤维,使一个人物与另一个人物显出精微的差别,完全区分开来。他属于一类诗人作家,把人物与情感或思想融为一体,用象征和抽象的手法。然而——或许这就是他麻烦的地方,他不是像艾米莉·勃朗特那样彻底的诗人小说家,他没有把世界沉浸在一个心灵中。他的心灵过于自省,过于复杂,无法长久保持在抒情状态。他不仅歌唱,还会解剖。即使在最抒情的场景中,也有一丝嘲讽像细细的鞭子环绕着那些语句,嘲笑它们的放纵。再往下读,我们会发现那种戏谑的精神,当它占据主导地位的时候,世界被鞭打成了完全不同的模样。我们刚说梅雷迪思主要擅长场景描写,那个自我主义者立即来修正这一理论。这里不再有那种迅疾匆忙,越过障碍带我们驰向一个又一个情感高峰。这里需要论证,论证需要逻辑。威洛比爵士——"巨大的男性原型",被放在稳定的光焰前缓缓转动,任何一丝抽搐都逃不过这审视和批评的照射。也许应当承认,对象是个蜡像而不是血肉之躯,不过梅雷迪思同时也给了我们一个极大的恭维,这是小说读者不大习惯的。他似乎在说,我们是文明人,在一起观看人际关系的喜剧。人际关系非常有意思,男人女人不是猫和猴子,而是体型更大、活动范围更广的生灵。他设想我们能够对自己同类的行为产生不带私利的好奇。小说家难得会给予读者这样的恭维,所以我们先是有些困惑,继而感到欣喜。实际上,他的喜剧精神远比他的抒情精神更有穿透力,是这位女神从他的文风中披荆斩棘开出一条清晰之路,是她一次次地令我们惊讶于她观察之深刻,是她造就了梅雷迪思世界的高贵、严肃与活力。我们不禁想象,要是梅雷迪思生活在一个习惯于喜剧的时代或国度,他也许根本不会染上那种思想高深之状,正如他指出的那样,那种玄奥严肃的神态需要用喜剧精神去矫正。

可是在许多方面,那个时代(假设我们能够评判那种无形的东西)对梅雷迪思不利,或者更准确地说,是不利于他在我们当前的时代(一九二八年)取得成功。他的说教显得太刺耳、太乐观,也太肤浅,过于突出。当哲学不是消化在小说里,当我们可以把这段语句用铅笔画出,把那条劝诫剪下来,整个贴到一个系统中,那么可以有把握地说,这哲学或这小说有问题,或二者都有问题。最重要的是,他的说教太喋喋不休,他无法抑制自己的意见,哪怕是为了聆听最深奥的秘密。小说中的人物最讨厌的莫过于此。他们似乎抗议道,如果我们的存在只是为了表达梅雷迪思先生的世界观,那我们宁可不存在。于是他们便死去了。一部充满死人的小说,即便它同时充满深刻的智慧和高尚的教诲,还是没有达到小说的目的。但这里我们又涉及一个可能会让当代人比较同情梅雷迪思的问题。当他在上个世纪七十和八十年代进行创作时,小说已经达到了一个只有前进才能生存下去的阶段。可以说,在两部完美的小说——《傲慢与偏见》和《阿灵顿小屋》之后,英国小说必须从那种完美之中摆脱出来。就像英国诗歌必须从丁尼生的完美中摆脱出来一样。乔治·爱略特、梅雷迪思和哈代都是不完美的小说家,主要因为他们坚持加入某些成分,思想和诗歌,而这些与最完美的小说或许是不相容的。另一方面,如果小说保持了简·奥斯丁和特罗洛普的那种形态,那么到这时小说也已经死亡。因此,梅雷迪思作为伟大的创新者应当受到我们感激,引起我们的兴趣。我们之所以对他有许多怀疑,不能对他的作品形成明确的看法,主要就是由于它是试验性的,包含着一些不能和谐相融的成分——各种成分相互冲突,有凝聚作用的那个成分偏偏缺失。所以阅读梅雷迪思时,为了达到最佳效果,我们应该适当体谅并放宽标准。不应期望传统风格那种完美宁静,不应期望耐心平淡的心理描写取胜。相反他宣称,"我的方法是先给读者一些铺垫,为关键时刻的人物展示做准备,然后在激烈的场景下,以最丰满的血肉和思想将其展示出来"。这说法常常得到证实,一幅幅画面烟花般绚烂地在人的脑海中升起。他会把笑写成"把肺活量发挥到极致",把缝纫写成"品味针线的轻快精妙",如果我们对这种舞蹈教师式的华丽技巧有些恼火的话,应当想到这种语句是在为"激烈的场景"做铺垫。梅雷迪思在营造一种氛围,让我们能够自然而然地进入一种高度强烈的情绪状态。在现实派小说家(如特罗洛普)陷入单调乏味的地方,抒情派小说家(如梅雷迪思)变得华丽矫情。当然,这种矫情不仅比单调更加耀眼,而且是一种更大的罪过,违反了散文体小说的冷静特质。如果梅雷迪思干脆放弃小说而致力于诗歌,或许倒是一个恰当的选择。不过,我们必须提醒自己,也许错在我们。长期咀嚼被翻译变得中性和消极的俄国小说,深深沉迷于法国人心理的曲曲弯弯,也许已经让我们忘记了英国语言天生繁茂丰盛,英国性格充满幽默和怪僻。梅雷迪思的华丽有着悠久的传统背景,我们不能避开所有莎士比亚的记忆。

这种问题和条件在阅读时涌入我们的脑海,或许可以证明我们既不是近到能被他迷住,又还没远到能看清他的真实比例。因此,要下定论比通常更加不切实际。但就是现在我们也可以证明,阅读梅雷迪思就是感觉一个丰富而强健的心灵,听到一个洪钟一般嗡嗡共鸣的声音,带着那独特鲜明的口音,即便时空的屏障已经厚到不可能听清楚他在说什么。在阅读时,我们仍然感到面前像是一位希腊神灵,即便他被别墅客厅中无数的装饰品包围着。他或许对人类声音的低音部分充耳不闻,但谈吐却才华横溢；他或许刚硬而静止，却又奇迹般地活泼敏捷。这位杰出而不安定的人物应当跻身于大怪人的行列，而不是大师的行列。我们可以推测，他将间歇性地被人阅读，被遗忘、发现，发现、遗忘，就像多恩、皮科克和杰拉德·霍普金斯一样。但只要还有人读英国小说，梅雷迪思的小说必然会时不时地浮出水面，他的作品必然会被人争议和讨论。

马爱新 译

"我是克里斯蒂娜·罗塞蒂"

十二月五日[一九三〇年],克里斯蒂娜·罗塞蒂将庆祝她的百年诞辰,更确切地说,是我们将为她庆祝。这或许还会带给她不小的苦恼,因为她是最害羞的女子之一,被人谈论(我们当然要谈论她)会让她极其不舒服。但此事不可避免,百年诞辰是躲不过去的,我们必须谈论她。我们要阅读她的生平,阅读她的文字,还要研究她的肖像,思考她的苦恼(她有很多种苦恼),并抖抖写字台的抽屉——大多数都是空的。让我们从传记开始吧,还有什么比这更有趣呢?众所周知,传记的魔力是不可抵挡的。一打开桑达斯小姐那本严谨而令人满意的作品(《克里斯蒂娜·罗塞蒂传》),那种古老的幻觉就将我们笼罩。过去的场景和人物都奇迹般地封闭在一个魔术匣里,我们只需要观看聆听,聆听观看,那些小人(他们都是比原型缩小了的)很快就会开始活动说话。当他们活动时,会被我们布置成各种他们所不知道的图样,而这些人在世时都认为自己可以随便去哪儿;当他们说话时,话语也会被我们读出许多种他们未曾想到的含意,而这些人在世时都认为自己是想到什么就说什么。一旦你进入传记中,一切都不一样了。

这里是波特兰区哈勒姆街,时间是一八三〇年前后。这里住着罗塞蒂一家,意大利移民家庭,有爸爸妈妈和四个小孩。街区样式老旧,家庭相当贫困,但贫困没有关系,因为罗塞蒂一家是外国人,不大在意普通英国中产阶级家庭的习俗。他们生活在自己的圈子里,按自己的趣味穿衣打扮,款待意大利侨民,其中有街头手风琴师和其他落魄的同胞。他们靠教书、写作和其他零活为生。克里斯蒂娜渐渐从家庭群体中分离出来,她显然是一个文静而善于观察的孩子,脑子里已经确定了自己的生活方式——她要写作,但她也更加钦佩长辈们较强的能力。我们很快就让她身边围上了几个朋友,并赋予了她几个特征。她讨厌宴会,她穿着随便,她喜欢哥哥的那些朋友,喜欢那青年艺术家和诗人的小团体,他们要改造世界。她觉得这很有趣,因为她虽然文静,却也满脑子奇思异想,喜欢拿那些自命不凡的人开玩笑。她虽然想当诗人,却很少青年诗人那种虚荣和刻意。她的诗似乎是整个在她脑海中自然形成的,她不大担心别人对它们的评论,因为她自己心知它们是好的。她还非常富有赞美的能力——比如赞美她的母亲,安静、聪慧、单纯而真挚;还有她的姐姐玛丽亚,对绘画和诗歌不感兴趣,但正是因此而或许在日常生活中更果敢有力。例如,玛丽亚总是不肯去参观大英博物馆的木乃伊室,因为她说,复活之日可能突然来临,如果死尸不得不在游客的注视下醒来获得永生,那会非常不体面——这是克里斯蒂娜从未想到的,但在她看来很令人钦佩。当然,匣子外面的我们会哈哈一笑,但克里斯蒂娜在匣子里,感受着它的全部热度和电流,她觉得姐姐的行为配得上最高的崇敬。其实,如果观察再仔细一点,我们会看到那个又黑又硬的核状物,已经在克里斯蒂娜·罗塞蒂的生命中心形成。

那当然就是宗教。当她还是个小女孩时,她毕生对灵魂与上帝之间关系的那种关注就已经进驻心中。她六十四年的光阴表面看来可能是在哈勒姆街、恩兹利花园、托灵顿广场度过,实际却是住在一个奇妙的区域,灵魂在努力追寻着看不见的上帝——在她这里是一位阴沉的、严厉的上帝,这位上帝说世上一切欢愉都令他厌恶。剧院可恶、歌剧可恶、裸体可恶——女友汤普森小姐画了裸体的人像时,只好对克里斯蒂娜说那是仙女,但克里斯蒂娜看穿了这种谎言。克里斯蒂娜生命中的一切都源自中心那个痛苦而强烈的内核。信仰控制着她生活中最小的细节,它告诉她下象棋是错的,但玩惠斯特牌和克里比奇牌就不要紧。而且,它还干预了她心中最重大的一个问题。有位名叫詹姆斯·柯林森的画家,她爱詹姆斯·柯林森,他也爱她,可他是罗马天主教徒,所以她拒绝了。画家为迁就她加入了英国国教,她这才接受他。可他是个圆滑的人,摇摆不定,又退回到罗马天主教。克里斯蒂娜取消了婚约,尽管这令她心碎并永远给她的生活蒙上了阴影。多年之后,另一个看起来基础更牢靠的幸福机会出现了,查尔斯·凯莱向她求婚。这位深奥博学的先生漫不经心地在世界上游荡,把福音书翻译成易洛魁语,在宴会上问聪明的女士"是否对墨西哥湾流有兴趣",还送给克里斯蒂娜一个泡在酒精里的鳞沙蚕作为礼物。可惜啊,他不出所料是个自由思想家。于是也被克里斯蒂娜拒之门外。虽然"没有哪个女人曾经更刻骨铭心地爱过一个男人",但她不能做一个怀疑论者的妻子。她喜欢"傻乎乎和毛茸茸的"——袋熊、蟾蜍和鼠类,把查尔斯·凯莱称为"我那只最盲目的秃鹰,我那只特别的鼹鼠",可是却不肯让鼹鼠、袋熊、秃鹰或凯莱进入她的天堂。

我们可以一直这样看下去,听下去。封在匣子里的过去有无限陌生、乐趣和奇异。但正当我们在寻思下面要探索这片特殊天地中的哪个角落时,主人公出来干预了。就好像一条金鱼,我们正在观看它无意识地游动回旋,在芦苇间钻进钻出,在石头旁绕来绕去,不料那金鱼突然冲向玻璃箱壁,把它撞破了。事情发生在一场茶会上。克里斯蒂娜去参加弗丘·特布斯夫人举办的茶会,那里不晓得发生了什么——也许是对于诗歌说了些茶会式的随便、轻佻的话,反正——

  突然有个娇小的黑衣妇人从座位上站起来,款款走到屋子中央,庄严地宣布:"我是克里斯蒂娜·罗塞蒂!"说完便返回座位上。

就是这一句话把玻璃打碎了,是的〔她似乎说〕,我是个诗人。你们这些装模作样地庆祝我百年诞辰的人,比泰布斯夫人茶会上那些无聊的闲人好不到哪儿去。你们在这儿唠叨些无关紧要的琐事,抖开我写字台的抽屉,拿木乃伊、玛丽亚和我的罗曼史取乐,其实我愿意让你们知道的东西都在这儿。看看这本绿色的书,它是我的作品集,只要四先令六便士。读读吧。说完她便回到座位上。

这些诗人是多么绝对和不随和啊!他们说诗歌与生活无关。木乃伊和袋熊、哈勒姆街和公共马车、詹姆斯·柯林森和查尔斯·凯莱、鳞沙蚕和弗丘·特布斯夫人、托灵顿广场和恩兹利花园,甚至宗教信仰的迷念,都是无关的、外部的、多余的、不真实的。只有诗歌才重要。诗歌的好坏才是唯一有意思的问题。但我们或许应该指出(即便只是为了赢得时间),诗歌的这个问题是最棘手的。自古以来关于诗歌就没说出过多少有价值的东西。同时代人的判断几乎总是错的,例如,克里斯蒂娜·罗塞蒂全集中的大多数诗歌都被编辑拒绝过。在许多年中,她每年写诗的收入只有十英镑左右。而她讽刺地提到,琼·英奇洛的作品却印了八版。当然,在她同时代的人中,也有一两位诗人和一两位评论家的判断是值得尊崇的。可是他们从同一些作品中得到的是多么迥异的印象——他们判断的标准多么不一样!例如,斯温伯恩读到她的诗时感叹:"我一直认为诗歌中还未曾写出过更光辉者",他接下去评点她的《新年颂歌》说:

> 仿佛被火焰映得透亮,仿佛沐浴着太阳的光芒,仿佛和着退潮时大海乐音的韵律和弦,那是竖琴和风琴无法奏出的乐章,那是宁静洪亮的天堂潮汐的回响。

然后学识渊博的森茨伯里教授走来,品评《精灵市集》说:

> 主诗["精灵市集"]的韵律最好描述为去除打油诗味的斯克尔顿体短韵诗,带着自斯宾塞以来各种韵律发展汇合而成的音乐,代替了乔叟门徒那种木器敲击之音。从中可以看出一种不规则诗行的倾向,它曾经在十七世纪晚期和十八世纪早期的品达体诗歌中间或出现过,也曾先后在塞耶斯和阿诺德先生的无韵诗中出现过。

然后还有沃尔特·罗利爵士:

> 我认为她是当今最好的诗人……最糟糕的是你无法讲解真正纯粹的诗歌,就像无法讲述纯净水的成分一样——掺了杂质的、甲基化的、含沙的诗歌才是最好的讲解材料。克里斯蒂娜让我只想做一件事:哭泣,而不是讲解。

所以,似乎至少有三派评论:大海乐音派;不规则诗行派;还有叫人哭泣而不评论派。这是令人困惑的,如果我们遵循这三种观点,只会搞得头昏脑涨。最好还是自己去阅读,敞开心灵去感受诗歌,就在所有急促和不完美中记录下它的冲击和影响。以此为例,记录可能是下面这样:哦,克里斯蒂娜·罗塞蒂,我必须谦卑地承认,我虽然能背诵你的许多首诗,却还没有从头至尾读过你的全集。我没有追随你的轨迹或跟踪你的发展。实际上,我怀疑你并没有很多发展。你是一位本能的诗人,你总是从同一个角度观察世界。岁月流逝、与他人和书本的思想交流对你没有丝毫影响。你小心地忽略任何可能动摇你信仰的书,忽略任何可能扰乱你本能的人。或许你是明智的,你的本能如此可靠、如此直接、如此强烈,写出的诗歌在耳畔如音乐般鸣响——像莫扎特的乐曲或是格卢克的曲调。但是,你的旋律尽管调和匀称,却是一首复杂的乐曲。当你拨动竖琴时,许多琴弦同时交响。像所有本能诗人一样,你对世界的视觉之美十分敏感。你的诗歌充满了金粉和"天竺葵的甜美缤纷";你的目光时时注意到灯芯草有"天鹅绒的头顶",蜥蜴有"奇特的金属鳞甲"——事实上,你的目光带着一种前拉斐尔式的强烈感性,会让英国天主教徒克里斯蒂娜感到吃惊。但或许正是她造成了你沉思时的那种执着与忧郁。巨大信仰的压力包围钳合着这些小诗。或许造就了它们的坚实性,但肯定造就了它们的忧郁——你的上帝是一位严厉的神灵,你的天堂花冠上嵌有荆棘。你的眼睛刚刚饱享了美丽,你的心智就告诉你美丽都是虚幻的,美丽都会逝去。死亡、遗忘和安宁的黑色海浪轻轻拍打着你的诗歌。忽然,又不协调地听到了一阵疾跑声和欢笑声,有动物轻快的脚步,秃鼻乌鸦粗嘎的怪叫,还有那些傻乎乎毛茸茸的动物用鼻子探索的呼哧声,因为你绝不是一个纯粹的圣徒。你会恶作剧,会拧鼻子,你与一切空话和伪装势不两立。你虽然生性谦逊,却又相当激烈,确信自己的天分,坚持自己的眼光。坚定的手修剪你的诗行,敏锐的耳检验诗中的音乐。你的作品中没有软弱、怠惰和不相干的东西。总之,你是一位艺术家。因此,即使当你漫不经心地写作,摇晃铃铛给自己解闷时,也仍然为那位挟带火焰的贵宾敞开着一条通道,他会偶尔降临,把你的诗行熔铸成任何一双手都无法拆开的永恒纽带:

>   带给我盛满死亡睡意的罂粟花,
>   还有那环绕勒扼的常青藤,
>   向着月亮开放的报春花。

意象的组合这般奇特,诗歌的奇迹这般伟大,真可以说,即使阿尔伯特纪念碑已化成尘土,你在那里间小屋写出的一些诗将依旧匀称完好。在遥远的将来,我们的后代还会吟唱:

>   当我死去的时候,亲爱的

或是:

>   我的心儿像歌唱的小鸟

那时,或许托灵顿街已变成了珊瑚礁,鱼儿在你故居卧室的窗口游进游出;或许森林又收复了那些人行道,袋熊和蜜獾拖着轻软蹒跚的脚步在树丛间穿行,绿色植物已经缠满原来的栅栏。想象着这一切,再回到你的传记,如果特布斯夫人的茶会上我也在场,当一位娇小的黑衣老妇起身走到屋子中央,说道"我是克里斯蒂娜·罗塞蒂"时,我肯定会在激动崇拜之下做出什么冒失的事情——笨手笨脚地折断一把裁纸刀,或是打碎一个茶杯。

马爱新 译

托马斯·哈代的小说[*]

当我们说托马斯·哈代的逝世使英国小说失去了领袖,言下之意是没有另一位作家有那样众望所归的至高地位,以至对他的尊敬显得那样自然和理所应当。当然,没有人对这种声望索取得更少,这位超脱单纯的老人,他本人若是听到此类场合的大量溢美之词,一定会局促不安的。但实事求是地说,当他在世时,有一位小说家让小说看起来是一份可敬的职业。只要哈代活着,就没有理由轻视他从事的艺术。这也不仅仅是因为他特殊的天赋,而是有一部分源于他谦逊正直的品格,源于他在多塞特郡度过的简朴的生活,毫无私利图谋和自我宣传。他的天赋与其高尚的使用方式相结合,让人不得不敬重这样一位艺术家,同时也敬爱他的为人。不过,我们要谈的是他的作品,那些很久以前写成的小说与当前的小说有隔世之感,就像哈代本人离当前的骚动与渺小如此遥远一样。

要追溯哈代的小说家生涯,我们必须倒退五十多年。一八七一年他三十一岁,已经写出了一部小说,《非常手段》。但他那时可不是一个自信的艺术家,他自己说"正在摸索一种方

---

[*] 写于1928年1月。

法"。他似乎意识到自己具有多种天赋，只是不了解它们的性质，不知道如何发挥利用。阅读那第一部小说就是感受作者的困惑。作家的想象力强大而有讽刺特色；他有自修获得的广博书本知识，能够塑造人物却不能控制他们。他显然受自己技巧上的问题所阻碍，而更奇特的是，他感觉到人类是外部力量的玩弄对象，这个认识驱使他极端地乃至戏剧性地运用巧合。他已经认定小说不是玩具，也不是论证，而是为男人女人的生活刻下真实的，或许是严酷的印象。但或许书中最引人注目的特点是瀑布之声，它的轰鸣与回响贯穿全篇。在他后期作品中占有巨大比重的那种力量，已经初现端倪。他表现出细微娴熟的观察自然的能力，他知道雨落在树根上和落在耕地上是不同的，风吹过不同树木的枝丫时声音也不同。然而他还在更大的意义上觉察到自然是一种力量。他感到自然中有一种幽灵，它可以对人类命运表示同情，嘲弄，或保持漠然旁观。他已经有了那种意识；那个关于阿尔德克利夫小姐和塞西莉亚的粗糙故事值得纪念，因为它是在神的注视之下，在大自然面前展开的。

　　他是诗人这一点应该已是显而易见，而他是小说家这一点或许还不大确定。但第二年，《格林伍德树下》问世之后，"摸索一种方法"的困难显然已被克服了许多。前一本书中那种生硬的独创性消失了。相比之下，第二本书娴熟、迷人，有田园牧歌风味。作者似乎很可能发展成我们英国那些风景画家之一，画面中全是农舍菜园和乡村老妇，收集那些正迅速废弃不用的老式习俗和语言，免得它们被遗忘。但又有哪个好心的古风爱好者，哪个口袋里装着显微镜的自然学家，哪个关心语言形态变化的学者，听到附近树林里一只小鸟被猫头鹰杀死时的叫声会如此紧张？那叫声"穿透寂静而没有与之混合"。我们又听到一种怪异而不祥的回音,在很远的地方,仿佛宁静的夏日清晨海上传来一声炮响。但阅读这些早期作品时,我们会有一种浪费之感,仿佛哈代的天赋顽固而反复无常,先是一种才能左右着他,接着又是另一种。它们不肯老老实实地并驾齐驱。事实上,这很可能就是哈代这类作家的命运,他既是诗人又是现实主义派;既是乡野丘陵忠实的儿子,又被书本知识带来的怀疑和失望所折磨;既热爱旧式生活和纯朴的乡民,却又注定要亲眼看到他祖辈的信仰和血肉化为透明轻薄的幻影。

造化在这种矛盾之上又添了一种可能扰乱均衡发展的成分。有些作家对一切都是天生自觉的,另一些作家有许多东西是不自觉的。有些作家,如亨利·詹姆斯和福楼拜,不仅能够充分利用天分带来的东西,而且在创作中能够控制自己的天才。他们意识到每个情形的所有可能性,从来都不会觉得出乎意外。而非自觉的作家,如狄更斯和司各特,则好像突然不由自主地被抬起来推向前去。浪潮退去后,他们也说不清刚才发生了什么,以及为什么会这样。我们应该把哈代归入后面一类——他的优点和弱点也来源于此。"片刻的洞见"准确地描述了这些具有惊人美感与力量的段落,它们在哈代写的每一本书中都可以找到。在一种我们无法预测,他似乎也无法控制的活力催化之下,一幕情景在其他描写中鲜明地跳了出来。我们看到载着法妮遗体的马车在林荫道上穿行,湿漉漉的树枝滴着雨水;看到身体肿胀的绵羊在三叶草中挣扎;看到特洛伊在呆立不动的芭谢巴身体周围挥舞宝剑,削落她的头发,把毛虫吐到她的胸口。这些情景栩栩如生,不仅是在眼前,所有感官都参与了;这一幕幕在我们心中展开,它们的光辉留存下来。可是笔力来得与去得一样突然,片刻的洞见之后是长段的平凡目光。我们也无法相信有任何技巧能抓住这野性的笔力,更好地利用它。所以那些小说充满了不平衡,它们笨重、暗淡而缺乏表现力,但决不是荒芜的;它们总是带着一点朦胧的无意识,那种清新的光环和表达的空白,往往能带来最深刻的满足。就好像哈代本人都不大知道自己在做什么,好像他的意识中有他表达不出的东西,留待读者去揣摩其中的全部意思,并用自己的经验去加以补充。

由于上述原因,哈代的天才发展不稳定,才艺不均衡,但时机一到,却能收到辉煌的成效。在《远离尘嚣》中,这时机圆满地到来了。题材合适,方法合适,诗人和农夫,感性的人,忧郁深思的人,博学的人,一起参与写出了这一本书,无论时尚潮流如何变幻,这本书都会在伟大英国小说中占有一席之地。首先是对自然世界的感受,哈代比任何小说家更擅长让我们感到,人的生命的小舞台是被自然风景包围的,那风景虽然独立存在,却赋予人的戏剧一种深刻庄严之美。暗黑的丘陵横亘在苍穹之下,缀有死者的坟冢和牧人的小屋;丘陵像海浪一般平滑,却又坚实而永恒,起伏绵延到无穷天际,波谷中掩藏着宁静的村庄,白天轻烟袅袅,夜间点点灯火在无边的黑暗中闪烁。加布里埃尔·奥克在世界的背脊上看管着羊群,是永恒的牧人,星星是远古的灯塔,他已在羊群旁边守望了许多世纪。

但在山谷里,世界充满温暖与生命;农庄上忙忙碌碌,谷仓里储备充足,田野间老牛哞哞,羊儿咩咩。大自然丰饶、美妙,精力旺盛,尚无恶意,依然是劳动者的伟大母亲。现在哈代第一次充分发挥出他的幽默,从乡下人的嘴里表达出来,这里的幽默最自由也最丰富。一天的活计干完后,简·柯根、亨利·弗雷和约瑟夫·普尔格拉斯聚在麦芽作坊,抒发那种精明与诗意参半的幽默。自从朝圣者们踏上了"朝圣之路",这种幽默便在他们头脑中酝酿，在喝啤酒时表达出来。莎士比亚、司各特和乔治·爱略特都喜欢偷听这些，但没有哪一位比哈代更喜欢，听得更有同情心。但西撒克斯小说中村民的角色不是要作为个体而凸显出来，他们构成了通俗智慧、通俗幽默的集合，永恒生命的储备。他们评论男女主人公的行为，但任凭特洛伊、奥克、法妮或芭谢巴进进出出，远去消失，简·柯根、亨利·弗雷和约瑟夫·普尔格拉斯依然在那儿，夜里喝酒，白天犁地，他们是永恒的。我们在小说中频频见到这些人，他们身上总是有一些典型的东西，更多是种族特征而非个人特色。村民是健全心智的伟大庇护所，乡村是快乐的最后堡垒。当他们消失时，人类便没希望了。

奥克、特洛伊、芭谢巴和法妮·罗宾让我们看到小说中男人女人的丰满形象。每本书中都有三四个人物站出来，像避雷针一样吸引各种元素的力量，如奥克、特洛伊和芭谢巴，尤斯塔西娅、维尔迪夫和维恩，亨查德、卢塞塔和法弗莱，裘德、苏·布莱德黑德和费洛特森。这不同的组合之间甚至还有某种相似性。他们在生活中作为个人有不同的个性，但又作为典型而具有相似性。芭谢巴就是芭谢巴，但她又是女人，是尤斯塔西娅、卢塞塔和苏的姐妹；加布里埃尔就是加布里埃尔·奥克，但他又是男人，是亨查德、维恩和裘德的兄弟。无论芭谢巴多么可爱迷人，她仍然是柔弱的；无论亨查德多么顽固错误，他仍然是坚强的。这是哈代观点的一个基本成分，是他许多作品的主要特征。女人是柔弱而感性的一方，她依附于坚强的一方，模糊了他的视线。可是在哈代更杰出的作品中，生命活力多么充沛地倾注到这不变的框架之上！当芭谢巴在马车上坐在她的植物中间，对着小镜子中自己可爱的容貌微笑时，我们会知道，她在故事结束之前将会遭受并给他人造成多么强烈的痛苦（我们能知道这一点,恰恰证明了哈代的能力)。但此刻却是充满了生命的鲜艳与美丽。就这样一次又一次。他的人物,无论男女,对他来说都是有无限吸引力的生灵。对女人他显出比对男人更温柔的关怀,或许也对她们更有兴趣。或许她们的美丽是空虚的,她们的命运是可怕的,但当生命的红晕还在时,她们的脚步是自由的,她们的笑容是甜美的,她们能够沉入大自然的胸膛,成为那种静穆庄严的一部分,也能够轻盈体现天上流云的动态和林间芳华的野性。男人则赢得我们更冷峻的同情,他们的苦难不像女人的那样是由于依赖别人,而是由于与命运相冲突。对于加布里埃尔·奥克这样的男人我们无须有什么一时的担心。我们必须尊敬他,即便不能够那么畅快地去热爱他。他脚跟站得很稳,能对受到的任何打击予以相应机敏的还击,至少对男人是如此。他有一种来自品格而非教育的预感,知道可以期望什么。他性情稳定,感情坚贞,可以警醒地忍受而不会畏缩,但他也不是木偶。在普通场合他是一个朴实平凡的人,走在街上也不会有人回头注目。总而言之,谁也无法否认哈代的能力——真正小说家的能力,即能让读者相信他的人物是受自己激情和特质驱使的个体,同时——这就是诗人的才能了——那些个体又象征着某种我们所共有的东西。

正是在思考哈代塑造男人和女人的能力时,我们最强烈地意识到他与其他作家之间的深刻差异。回顾他笔下的一些人物,问问自己为什么会记得他们,我们会想起他们的激情,他们彼此爱得多深,而又往往走到那样悲剧性的结局。我们想起奥克对芭谢巴的忠贞爱情,维尔迪夫、特洛伊和菲茨皮尔斯那种男人狂烈而短暂的激情。我们想起克利姆对他母亲的孝顺之爱,亨查德对伊丽莎白·简那种近乎专横的强烈父爱。可是我们不记得他们是如何爱的,不记得他们如何交谈、改变和相互认识,那种逐渐一步一步,从一个阶段进入另一个阶段的精微过程。他们的关系不是由看似细小但却十分深刻的精神理解和微妙感觉组成。在所有作品中,爱情是塑造人生的重大事实之一,但它是一场激变;发生得突然而汹涌澎湃,没有什么可谈的。恋人们之间在不抒发激情时的谈话是实际或哲理性的,仿佛履行日常职责使他们更愿意质问人生的意义,而不是探索对方的感性。即使他们有能力分析自己的感情,也因生活太忙而抽不出这个时间。他们需要打足精神去对付那些直接的打击、无常的作弄,应付命运那渐渐增强的恶意。他们没有余暇去顾及人间喜剧的细腻微妙之处。

因此,有时候可以肯定地说,在其他小说家的作品中给过我们最大满足的某些特质,在哈代那里是找不到的。他没有简·奥斯丁的完美、梅雷迪思的风趣、萨克雷的广度,或是托尔斯泰那令人惊叹的思想力量。在伟大经典小说家的作品中有一种效果的完满性,使得某些画面独立于故事之外,不受变化影响。我们不会问它们对叙事有什么意义,也不会用它们去解释场景外缘的问题。一声大笑,一阵脸红,几句对话,已经足够了,我们愉悦的源泉就此而永久。哈代却没有这种浓缩和完满,他的光芒没有直接照到人的心灵,而是掠过它照到阴暗的荒原,照见在暴风雨中摇曳的树木。当我们再向屋里望去时,炉边那群人已经散开。每个男人和女人都在孤身与暴风雨搏斗,在最少他人注视之时显示出最多的自己。我们对这些人的了解不像对皮埃尔、纳塔莎或贝基·夏普,我们不了解他们的里里外外、方方面面,比如在临时访客、政府官员、高贵女士和战地将军眼里的样子。我们不了解他们思想的错综复杂和混乱动荡。从地理上看,他们也固着在同一片英国乡村。哈代很少抛开农民或农场主去描写社会地位更高的阶层,即使偶一为之,也总是带来不幸的结果。在有闲暇有文化的人聚会的客厅、俱乐部和舞厅,在那些滋生喜剧和揭示性格层次的地方,他显得笨拙而不自在。不过,另一方面也是事实,我们或许不了解他的男人和女人相互之间的关系,却了解他们与时间、死亡和命运的关系。我们或许看不到他们在城市灯光和人群映衬下的快动作,却看到他们在土地、风雨和四季衬托下的形象。我们了解到他们在人类可能遇到的一些最重大问题面前的态度。在记忆中,他们呈现出超过凡人的高度,我们看到的不是细节,而是放大的、高贵的轮廓。我们看到苔丝穿着睡衣念洗礼祷告;看到玛蒂·索思,"像一个为更高贵的抽象人性而淡然抛弃了性别特性的人",把鲜花摆在温特伯恩的坟头。他们的语言带有《圣经》般的庄严和诗意。他们有一种无法描述的内在力量,爱的力量或恨的力量,在男人身上是反抗命运的动因,在女人身上则意味着对苦难的无限忍耐力。就是这力量支配着他的人物,使我们不需要看到隐蔽的细微特征。这是悲剧的力量。若要评论哈代在同行中间的位置的话,我们应当称他为英国小说家中最伟大的悲剧作家。

　　但是,在接近哈代思想的危险地带时,让我们保持警惕。对于富有想象力的作家,阅读时最重要的莫过于与他的文字保持适当距离。尤其是对于一位特征鲜明的作家来说,我们非常容易固定一些看法,判定他的信条,把他拴系到某种一贯的观点上。此外还有一个规律,最容易接受印象的心灵最不善于得出结论,哈代也不例外。沉浸在印象中的读者需要自己来提供评论,他需要知道何时应该撇开作者的自觉意图,去体会也许作者都没有意识到的某种深层意图。哈代本人也感到这一点。他提

醒我们说,小说"是印象,不是论证",并且:

> 未校正的印象有自身的价值,通向真正生活哲学之路似乎就在于谦卑地记录生活现象的各种形式,一如机缘变化施加给我们的那样。

他最善于提供印象;最不善于提供观点,这样说当然是对的。在《丛林人》《还乡》《远离尘嚣》,特别是《卡斯特桥市长》中,我们看到哈代对生活的印象,一如他所感受的那样,未经过有意识的整理。一旦他开始干预自己原初的直觉,他的力量就消失了。"你说星星是世界,苔丝?"当他们带着蜂箱驱车去集市时,小亚伯拉罕问道。苔丝回答说,像"我们树上的苹果,大多数都鲜艳健康——有少数是害病的"。"我们住在哪个上面呢——鲜艳的还是害病的?""害病的。"她回答道,或者说是那位戴了她的面具的忧郁思想家替她回答。这句话醒目突出,冰冷生硬,就好像在原来只看到血肉之躯的地方出现了机器的弹簧。我们被粗鲁地甩出了同情的心绪,但随后当小车被撞倒时,这种心绪又回来了,我们又从一个具体的例证中看到统治这个地球的充满讽刺意味的机制。

因此,《无名的裘德》是哈代所有作品中最痛苦的一本,也是唯一一本我们能有理由指责为悲观主义的。在《无名的裘德》中,观点被允许去支配印象,结果书中的苦难虽然是压倒一切的,却不是悲剧性的。随着一桩接一桩的不幸,我们感到对社会的控诉论证得并不公正,或者说没有深刻了解事实。这里没有一种广度、力量和对人类的认识——是这些在托尔斯泰批评社会时,使他的控诉强大可畏。在这里向我们展示的是人的卑琐残忍,而不是神的大不公平。只需要把《无名的裘德》与《卡斯特桥市长》比较一下,就可以看到哈代真正的才能在何处。裘德可怜兮兮地与大学院长和上流社会的常规作斗争,亨查德不是与别的人,而是与他外部的某种东西作斗争,那东西与具有他那种抱负和能力的人作对。没有人对他怀有恶意。就连法弗莱、纽森和伊丽莎白·简,曾经被他伤害过的人,都开始怜悯他,甚至钦佩他的人格力量。他勇敢地抵抗命运。他的毁灭主要是他自身造成,哈代让我们感到,通过支持这位老市长,我们好像是在一场不公平的斗争中支持人性。这里没有悲观主义,在全书中自始至终我们都感觉到斗争的崇高性,但它却是以最具体的形式呈现。从开场时亨查德在集市上把他的妻子卖给水手,一直到他死在伊格顿荒原,故事充满活力,风味浓郁泼辣,开合大气自由。模拟像游街、法弗莱和亨查德在阁楼上的搏斗、卡克森夫人在亨查德夫人去世时的讲话、无赖们在"彼得手指"的谈话,大自然作为背景或是神秘地支配着前景,这些是英国小说中的光辉篇章。或许,每段中快乐的成分短暂而稀少,但只要斗争是像亨查德的那样针对命运的判决,而不是针对人类的法则,只要它是在露天进行,要求肢体的活动而不是大脑的活动,那么这种斗争中就包含着伟大,包含着骄傲和愉悦。崩溃的谷物商人在伊格顿的农舍中死去,他的死可以与萨拉米斯君王埃阿斯的死相比,我们感到的是真正的悲剧情感。

在这样一种才能面前,我们发觉一般用来检验小说的方法都用不上了。例如,我们坚持说伟大的小说家应该是优美散文语言的大师吗?哈代可不是。他借助睿智和不屈不挠的真诚摸索到他需要的语句,那往往带有难以忘怀的辛辣。如果找不到,他就会用任何朴实或笨拙或旧式的言辞来对付,有时是极其棱角分明,有时又是学究式的精细。除了司各特之外,文学中没有哪种风格比哈代的更难分析，它表面看来那么拙陋，却又确实无误地达到了目的。要分析他，就好比试图以理性阐释泥泞乡村小路的迷人之处，或是一片残根断茬的冬季平原之美。然而，就像多塞特郡本身那样，正是从这些棱角生硬的成分中，他的文笔会显出一种伟大的气质，会发出拉丁文般的洪亮之音，会形成像他那荒芜丘陵一般雄伟不朽的美感。再例如，我们要求小说家观察各种可能性并且接近现实吗？哈代情节中可是充满激烈冲突与重重曲折，可能要回到伊丽莎白时代的戏剧中才能找到与之近似者。但我们阅读时却接受了他的故事，而且发现，当不是出于像乡民那种对畸形怪异本身的奇特爱好时，他的激烈冲突和戏剧性情节来自于一种狂放的诗歌精神，它带着强烈的反讽和冷峻洞察到，对生活的任何解读都不会超过生活本身的怪诞，用任何反复无常和非理性的象征来表现我们惊人的生存状况，都不会显得过于极端。

　　但是，当我们思考西撒克斯小说的伟大结构时，纠缠于细节——某个人物、某个场景、某句深刻而充满诗意的话语，似乎都显得无关紧要。哈代留给我们的是更宏大的东西。西撒克斯小说不是一本书，而是许多本。它们覆盖面很广，也不可避免地充满瑕疵——有的是败笔，有的只展示了创作者天赋中不适当的一面。然而毋庸置疑，当我们全身心地去感受它们，然后衡量从中获得的整体印象，其效果是震撼人心而令人满意的。我们从生活强加的狭隘与卑琐中解脱了出来，想象力获得了伸展和提高，幽默感在笑声中释放，我们深深沉醉于大地的美丽。并且，我们还得以进入一个忧郁深沉的灵魂，这灵魂即使在最悲伤的情绪中也带着一种庄严正直，即使在最愤怒的时候也从未失去对男人、女人苦难经历的深刻同情。因此，哈代给我们的不只是一时一地的生活记录,而是一种关于世界及人类命运的洞见,它来自于伟大的想象力、深邃诗意的天才,还有一颗温柔仁慈的灵魂。

马爱新 译

如何读书？*

首先，我想强调一下我标题末尾的问号。即使我能对自己回答这个问题，答案也只适用于我，而不是你们。实际上关于阅读，一个人能给另一个人的唯一忠告就是：跟随你自己的本能，用自己的思考，得出自己的结论。如果我们就这一点达成共识，那我才觉得可以提出几个观点和建议，因为你们不会让我的话束缚住自己的独立性，而独立性才是一个读者所能具备的最重要的素质。毕竟，对于书哪里能制定什么规则呢？滑铁卢战役是在确定的日子发生的，但《哈姆莱特》的剧本就比《李尔王》更好吗？没人说得准。每个人必须自己判断这个问题。让权威进入我们的书房，来告诉我们怎样读、读什么、对读的东西作何评价，那就会破坏本应是这种圣殿生命呼吸的自由精神。

但是——如果允许我说句陈词滥调的话，要享受自由，我们当然必须能控制自己。我们不能浪费自己的精力，无能又无知地，只为了浇灌一丛玫瑰花而把半间屋子都喷上水。我们必须训练能力，精确而有效地把它用在恰当的地方。这也许是我们在书房遇到的第一个难题。什么才是"恰当的地方"？我们很

---

* 在某校宣读的论文。

可能觉得,这里看上去只有一大堆混乱纷杂的东西。诗歌和小说、历史和回忆录、词典和名人录,用各种语言写成,由不同性情、不同种族、不同年龄的男女作者创作的书,都挨挨挤挤地摆在书架上。外面还有驴子在叫,女人在水井边闲聊,马驹在田野里飞奔。我们从哪里开始呢?怎样才能在这纷繁混乱中理出秩序,从阅读中得到最深最大的愉悦呢?

当然可以说,因为书有不同的种类——小说、传记、诗歌等,我们应该分门别类,从每一类别中获得它应该提供的东西。这样说倒是挺简单,但很少有人要求得到书自身能提供的东西。最常见的情况是,我们带着模糊而多样的想法去读书,期望小说是真实的,期望诗歌是虚构的,期望传记把人物美化,期望历史能强化我们自己的偏见。如果我们在阅读时能够消除所有这些先入之见,那会是一个很好的开端。不要对作者下命令,要努力设身处地,成为他的同事和同伙。如果你一开始就向后缩,有保留并且持批评态度,你就是在阻止自己从阅读中得到最大的价值。如果你尽可能敞开胸怀,那么从开头语句的转承曲折中,那些几乎不易察觉的迹象和暗示,就会把你带到一位独一无二的人物面前。沉浸在其中,熟悉这一切,你很快就会发现作者在给你或试图给你某种明确得多的东西。如果我们首先考虑读小说的话,一部小说的三十二章试图营造某种像建筑物一样精心控制的有形结构。但语言比起砖块更不可触摸,阅读也是比观看更费时、更复杂的过程。或许理解小说基本元素的最快方法就是先不读,先去写,自己去试验体会语言的危险和困难。回忆某些给你留下清晰印象的事件——比如说,你从街角两个正在聊天的人旁边走过。一棵树瑟瑟摇曳;一道电光闪烁跳跃;谈话的语调是喜剧性的,但又是悲剧性的;在那一刻里似乎包含了某种

253

全息的图景,某种完整的概念。

不过,当你试图用语言再现它时,却会发现它分解为上千种相互冲突的印象。有的必须弱化,有的则必须强调。在这过程中你可能会失去对情感本身的整体把握。这时候,再从你那模糊散乱的记述转向伟大小说家的开篇——笛福、简·奥斯丁、哈代。现在,你会更容易认识到他们的高明。我们不仅是面对着一个不同的人——笛福、简·奥斯丁或托马斯·哈代,而且是生活在一个不同的世界。在《鲁滨孙飘流记》中,我们踏在一条清晰的大路上,事情一件接一件发生,事实及事实的顺序就足够了。如果说户外空气和历险对笛福意味着一切的话,它们对简·奥斯丁却毫无意义。她的场景在客厅,人们在聊天,谈话中的许多面镜子折射出他们的性格。如果在熟悉了客厅中的镜像之后再转向哈代,我们会又一次晕头转向。周围是空旷荒野,头上是满天星辰。心灵的另一面在此呈现——在孤独中浮上来的幽暗一面,而不是在人群中显露的明亮一面。我们的关系不是相对于人,而是相对于大自然和命运。不过,这一个个世界虽然各不相同,却都是自圆其说的。它们的创作者都仔细遵守自己的透视法则,虽然或许让我们读得很吃力,却从来不会在同一本书中引入两种不同的现实,而水平较低的作家往往会那样做。因此,从一位伟大的小说家转向另一位——从简·奥斯丁转向哈代,从皮科克转向特罗洛普,从司各特转向梅雷迪思,就是被猛然扳扭,连根拔起,从一边抛到另一边。读小说是一种艰难而复杂的艺术,你不仅必须有极其敏锐的感受力,而且需要有极其大胆的想象力,才能利用小说家——伟大的艺术家向你提供的一切。

然而,看一下书架上那各色纷呈的群体,你会发现作家很少是"伟大的艺术家"。一本书往往根本都不会自称为艺术作品。例如,传记和自传,描述伟大人物的生平,描写久已去世和被遗忘的人,这些书与小说和诗歌摆在一起,我们应当因为它们不是"艺术"而拒绝去阅读吗?或者还是应当阅读,但要用不同的方式,带着不同的目的去读?或者我们应当首先去阅读它们,以满足那种好奇心?就像夜里走过一所房子跟前,看到里面亮着灯,百叶窗还未拉上,每一楼层让我们看到人类生活的不同剖面,于是我们会对这些人物的生活充满好奇——仆人们在闲谈,绅士们在用餐,姑娘们在为晚会梳妆打扮,老妇人在窗口织毛线。他们是谁,什么身份,叫什么名字,做什么工作,有什么想法,又有什么奇遇?

传记与回忆录解答这些问题,照亮无数这样的房屋,让我们看到人们在从事日常的事务,苦干、失败、成功、吃喝、爱恨,直到死去。有时候,在我们观看时,房屋会隐去,铁栏杆消失,我们来到了海上,在狩猎、航海、搏斗,置身于野蛮人和士兵中间,在参加伟大的战役。或者,如果我们愿意留在英格兰,留在伦敦,场景还可以改变,街道变窄,房屋变得狭小拥挤,菱形的窗格玻璃,难闻的味道。我们看到一位诗人,多恩,被赶出了这样一所房屋,因为墙壁太薄,小孩的哭声穿透过来。我们可以跟随着他,穿过书页中的条条小路,来到特威克汉姆,来到贝德福德女士的园林,那是贵族和诗人的一个著名集会地点。然后再把脚步转向威尔顿,丘原之下的那所著名房屋,听到西德尼把《阿卡迪亚》读给他妹妹听。沿着那些沼泽漫步,看到那部著名浪漫作品中描述的苍鹭。然后再跟另一位彭布罗克女士——安妮·克利福德一起北上,到她那荒凉的旷野;或是投身于城市,控制着我们的兴奋,看到加布里埃尔·哈维穿着黑天鹅绒西服跟斯宾

255

塞争辩诗歌。在伊丽莎白时代伦敦的黑暗与辉煌之间摸索前行,是再迷人不过的。但来不及停留,坦普尔和斯威夫特,哈利和圣约翰们在向我们招手;可以花上许多钟头去理清他们的争吵,解读他们的性格。厌倦时,我们可以继续徜徉,经过一位戴钻石的黑衣女士身旁,走向塞缪尔·约翰逊、戈德史密斯和加利克;如果我们愿意,也可以越过海峡,去结识伏尔泰和狄德罗、德方夫人;某些地方和某些名字多么频繁地重现!我们重又来到英格兰和特威克纳姆——贝德福德夫人的园林旧址,蒲柏的故居,来到草莓山的沃波尔故居。沃波尔介绍我们结识了那么多的新面孔,有那么多家庭要去拜访,那么多门铃要按。例如,我们或许会在贝里斯小姐的门前犹豫片刻,因为看到萨克雷走了过来,他是沃波尔所爱女子的朋友。所以,只要拜访一个个朋友,一座座花园,一处处住宅,我们就可以从英国文学的一端漫游到另一端,醒来发现自己又回到现在——如果我们能这样把这一刻与以前的所有时刻区分开来的话。这是阅读这些生平与文字的方法之一,我们可以让它们照亮过去的许多窗口;可以观察那些已故名人的日常习惯,有时还可幻想与他们已经很亲密,以至能发现他们的秘密;有时我们可以抽出一本戏剧或诗歌,看看它在作者面前读起来会不会有所不同。但这又引出了其他问题,我们必须问自己,一本书在多大程度上受作者生活的影响?——让作者本人来说明其创作,这样的做法有多少安全性?——语言是如此敏感,如此容易接受作者的性格影响。我们应当在多大程度上抵抗或屈从于由作者本人引起的同情和反感?这些都是在阅读那些生平和文字时摆在面前的问题。我们必须自己做出回答,因为在如此个人化的问题上,受别人的爱好引导是再致命不过的事情。

我们还可以带着另一种目的去读这类书籍，不是为了照亮文学，不是为了熟悉名人，而是为了唤起和运用我们自己的创造力。书架右边不是有一扇打开的窗户吗？放下书卷看看窗外是多么令人愉快！外面的景象多么新鲜刺激，它的无意识、它的不相关、它的永动不息——马驹绕着田野奔跑，女人在井边打水，驴子扬头发出它那刺耳的长嘶。任何图书馆的一大部分不过就是记录了男人、女人和驴子生活中这些转瞬即逝的时刻。每一种文学在成熟的过程中，都会有自己的垃圾堆，逝去时光和被遗忘的生命的记录，由已经消亡的微弱迟疑的口音讲述。但是，如果你放任自己去享受在垃圾堆里阅读的乐趣，就会惊讶地发现那些被丢弃腐朽的人类生活遗迹，你甚至会被它们征服。也许是一封信——但它给出了怎样一幅画面！也许只是几句话——但它们给人怎样的联想！有时整个故事呈现在眼前，带着如此美丽的幽默、哀婉和完整性，看上去仿佛是一位伟大小说家的手笔，其实不过是一位老演员，塔特·威尔金森在回忆琼斯船长的奇特故事；不过是阿瑟·威尔斯利手下一位年轻的副官爱上了里斯本的一位漂亮姑娘；不过是玛丽亚·艾伦在空落落的客厅里丢下针线活，叹息说她多么希望当初听了伯尼博士的建议与她的里希私奔。这些都没有价值，极其微不足道，但不时在垃圾堆里翻翻，找出埋在厚厚岁月中的指环、剪刀和破鼻子，努力把它们串联起来，这是多么有趣啊！同时马驹在绕着田野奔跑，女人在井边汲水，驴子在长嘶。

但我们最终会厌倦翻垃圾的阅读，厌倦必须寻寻觅觅去把威尔金森、邦伯雷和玛丽·艾伦等人的叙述补充完整，他们所能提供的都只是些真假参半的东西。他们没有艺术家那种把握和筛除的本领；他们连自己的生活都不能完全真实地讲述，把一个本来可以那么好看的故事给毁损了。他们能提供的只是一些事实,而事实是非常低级的文学形式。因此,我们越来越渴望放下那些不完全的、近似的陈述,不再想搜寻人性的细微差别,而想欣赏经过更高提炼的东西,文学中更纯粹的真实。这时我们便产生了一种心境,强烈而概括,不留意细节,而是强调某种有规则的、反复出现的韵律,它的自然表达便是诗歌。这就到了阅读诗歌的时候……在我们几乎可以写诗时。

> 西风,你何时吹起?
> 丝丝小雨归大地,
> 只愿爱人在怀中,
> 同床共枕重相依!

诗歌的影响是如此强烈而直接,一时间,除了诗歌本身之外,我们再没有别的感觉。我们进入了多么深邃的境界——这种沉浸多么突然又多么彻底!这里没有什么东西可以抓握,没有什么可以阻挡我们的飞翔。小说的幻觉是渐渐形成的,效果是预先有准备的,然而在读这四行诗句时,有谁会停下来问这是何人写的,有谁会想起多恩的屋子或是西德尼的秘书,或去把它们置于错综复杂的过去和世代更替之中?诗人永远是我们的当代人,我们的生命在这一刻集中和压缩,就像在任何剧烈震撼的私人情感中一样。然后,那感觉确实会开始在我们心中一圈圈扩大,更外围的感觉神经被触动,开始发出声音和评论,我们感到了回音和影像。诗歌的强烈效果所涉情感范围极广,我们只需比较几个例子,先看下面这两句的震撼与直接:

> 我将像树一样倒下,倒在我的坟地,
> 只记得我悲伤难抑。

再看看这几句摇曳的韵律:

> 分分秒秒所剩无多,仿佛沙漏
> 即将流尽;漫长光阴将人销蚀,
> 渐渐引向坟墓,回首往昔岁月,
> 一段欢乐年华,喧嚣宴乐已毕,
> 回到家中,结局却是悲伤愁苦;
> 生命已厌倦放纵,细数每颗沙粒,
> 声声哀叹,直到最后一颗落下,
> 结束一切不幸,终于归入安息。

或是看看这几句的沉静思考:

> 无论青年还是老年,
> 我们的命运、生命中心与家园,
> 都在于无限,也只有在那边。
> 带着希望,永远不死的希望,
> 努力,渴望,期盼,
> 永远都有梦要实现。

再对照这几句中无限的清丽:

> 月亮悠悠升上青天,
> 空中无处停驻:
> 轻盈向上飘去
> 一两颗星相伴——

或是这几句的奇妙幻想:

> 那林中游荡者
> 仍然不会停止游荡

纵使远远下方
世界烈火烧得正旺
一股火光升起
在他眼中柔美好似
树荫中红花一枝

只需比较这些诗句,我们就能领略到诗人多样的艺术手法,他能让我们同时成为演员和观众;他能摸透人物的性格,就像把手伸进手套里一样,从而成为福斯塔夫或李尔王;他能浓缩、扩大、表达,一次便成为永恒。

"只需比较"——这一语道破了秘密,承认了阅读真正的复杂性。第一道程序,即以最大的理解力接受印象,只是阅读工作的一半。我们若想从书中得到全部的快乐,就必须完成另一半。我们必须对这多种印象做出判断;必须把这些短暂的画面综合出一个实在而永久的印象。但不是直接地去做,而要等阅读的尘埃落定,等冲突和疑问平息;散步,聊天,摘拾枯萎的玫瑰花瓣,或是睡上一觉。然后,突然而不经意地——自然的潜移默化就是这样,这本书又会回来,但却是以另一种形式。它会作为一个整体浮现在心头,细节都各就各位。我们看到了从头至尾的形状,它是一个谷仓,一个猪圈,或是一座大教堂。现在我们可以把书与书作比较,就像比较建筑物一样。但这种比较意味着我们的态度改变了,我们不再是作者的朋友,而是他的法官。就像做朋友时再多同情也不嫌多一样,做法官时再严厉也不为过。那些浪费我们的时间和同情的书,它们不就是罪犯吗?那些假书、伪书,使空气中充斥腐败和病菌的书的制造者,他们不就是社会最阴险的敌人、腐蚀者、污染者吗?所以让我们审判严厉一些,让我们把每本书与同类别中最伟大的作品相比。读过的书以我们裁判固定下来的形象浮在脑海中——《鲁滨孙飘流记》《爱玛》《还乡》。就连最新和最差的小说也有权利放在最好的作品旁边被审判。诗歌也是一样——当韵律的陶醉过去,辞藻的光彩消退,一个形象会回到我们脑海中,它必须与《李尔王》、与《费德尔》、与《序曲》作比较;或即使不与这些,也要与我们眼里的同类型诗歌中最出色者相比。或许我们可以相信,新诗和新小说的"新"是最肤浅的特点,我们只需要稍稍修改评判老作品的标准即可,而不需要彻底改变。

如果假装阅读的第二步(评判和比较)与第一步(敞开心扉接受大量涌入的印象)一样简单,那是愚蠢的。当书已不在面前时还要继续阅读,把一个幻影形象与另一个相互对照;还要有广博的阅读量和足够的理解力,能使这种比较生动活泼而具启发性——这些都很难。更难的是还要进一步说出:这本书不仅属于哪种类型,而且具有哪种价值,它失败在哪里,成功在哪里,好在哪里,不好在哪里。履行读者的这种职责需要极大的想象力、洞察力和经验学识,很难想象有哪个人的头脑充分具备这能力。即使是最自信的人,最多也只能在他身上发现这种能力的种子而已。那么,干脆放弃这部分阅读,让批评家们,让图书馆里那些身着礼袍的权威,去替我们判定书籍的绝对价值问题,这样是不是更明智呢?但这是多么不可能啊!我们或许会强调同情的价值,或许会在阅读时努力忘却自己的身份,却还是知道无法做到完全同情,无法做到完全把自己沉浸进去。内心总是有一个小魔鬼在轻轻说"我讨厌,我喜欢",我们无法让他保持沉默。其实,正因为有这种好恶,我们与诗人和小说家的关系才如此密切,无法容忍他人来插在中间。即使结果很糟糕,我们的判断错误,但自己的趣味,那种让震动传遍全身的感觉神经,仍然是我们主要的明灯。我们通过感觉学习,若要抑制自己的个性特质,就不可能不使它贫弱化。不过,随着时间的推移,我们或许能够训练自己的趣味,使它服从某种控制。当它贪婪地饱尝了各种书籍——诗歌、小说、历史、传记,然后又停止阅读,长时间地观察了现实世界的多样与不和谐之后,我们会发现它有一点点改变,不再那么贪婪,比较喜欢思考了。渐渐地,它不光能给出对某本书的判断,而且能告诉我们某些书有一种共同的特点。它会说,注意,**这个**应该叫什么呢?然后给我们念《李尔王》和《阿伽门农》,以揭示那种共同的特点。这样,在自己的趣味指引下,我们会超越单本书籍,去寻找把书归为不同类别的那些特征。我们将为之起名,由此拟定某种规则,在感性认识中引入秩序。我们会通过这种分辨而获得一种更深入、更少见的愉悦。不过,规则只有通过书籍本身接触而不断被打破,才真正具有生命力。在真空中制定脱离实际的规则是再容易、再愚蠢不过的。——为了在这种艰难的努力中把握好方向,现在终于可以求助于那些非常罕见的作家,他们能够提升我们对于文学艺术的领悟。柯尔律治、德莱顿和约翰逊那些成熟的批评,诗人和小说家本人那些成熟的话语,往往有着惊人的中肯性,能够照亮在我们脑海深处迷雾中涌动的模糊念头,使之固定成形。但只有当我们老老实实带着自己阅读中产生的问题和想法去请教时,它们才会提供帮助。要是我们把自己完全交到它们的权威之下,像绵羊躺在树荫里一样,就会一无所获。只有自己的判断与这些意见发生冲突并被其征服时,我们才会真正理解。

既然如此,既然读书需要有极其杰出的想象力、洞察力和判断力,你或许会得出结论:文学是一种非常复杂的艺术,我们就是读一辈子书也不可能对文学评论做出任何有价值的贡献。

我们只能继续当读者,不应当享有进一步的荣誉,像那些同时又是批评家的极少数佼佼者那样。但作为读者,我们仍然有自己的责任,甚至是重要性。我们设立的标准和做出的评判会渗入空气中,成为作家写作时呼吸的氛围。由此会产生一种影响,尽管从未出版,却会对作者起作用。这种影响如果开明、有力、真诚而有个性,就可能有很重要的价值。因为如今批评已经失效,书籍就像射击场上的动物靶子一样流动,批评家只有一秒钟的工夫去装弹、瞄准和射击。如果他把兔子当成老虎、把老鹰当成家禽,或者完全打飞,把子弹浪费在远处安详吃草的奶牛身上,也都是情有可原。如果在媒体没有准头的射击之外,作家能感到还有另一种批评,来自于爱读书而读书的人,他们在慢慢地、非专业地、带着最大的同情,但又以最严格的态度阅读。这难道不有利于提高作家的写作质量吗?如果通过我们的影响,能使书籍更茁壮有力,更丰富多样,那将是一个有价值的目标。

不过,又有谁读书是为了达到目标呢——无论是多么值得称道的目标?难道就没有什么事情是可以因为它本身的价值而做的吗?难道就没有什么快乐是终极性的吗?至少我有时梦想,当末日审判来临,伟大的征服者们、律师们和政治家们来接受奖赏——王冠、桂冠、刻在大理石上的永不磨灭的姓名时,上帝看到我们夹着书走过来,会转向彼得,不无嫉妒地说道:"看,这些人不需要奖赏,我这里没什么可以给他们的。他们爱好读书。"

马爱新 译